Bloemeneiland

Van dezelfde auteur

All-inclusive
De vlucht
Zomertijd
Cruise
Après-ski
De suite
Zwarte piste
Bella Italia
Noorderlicht
Bon Bini Beach
Het chalet
Route du soleil
Winterberg
Goudkust
Mont Blanc
Costa del Sol
Sneeuwengelen
Hittegolf
Lawinegevaar
Het paradijs
Winternacht

Super de luxe
IJskoud
Het strandhuis
Zuidenwind
De eilanden
Sneeuwexpress
Lentevuur
Souvenir
Waterland
Midwinter
Zomeravond
Dwaalspoor
Nachtvorst
Roadtrip
Koraalrif
Gletsjer
Strandfeest
De vallei
Mayday
Sneeuwstorm

Lees je graag de vakantiethrillers van Suzanne Vermeer? Schrijf je dan in voor de nieuwsbrief op suzannevermeer.nl of volg Suzanne Vermeer op:

❶ SuzanneVermeerFanpage
❷ SuzanneVermeerFanpage

Suzanne Vermeer

Bloemeneiland

A.W. Bruna Uitgevers

© 2024 Suzanne Vermeer
© 2024 A.W. Bruna Uitgevers, Amsterdam

Omslagbeeld
© Wil Immink Design/Istock/Pixabay/Freepik
Omslagontwerp
Wil Immink Design

ISBN 978 94 005 1703 5
NUR 332

Disclaimer
Dit verhaal is fictie. Namen, personages, plaatsen en gebeurtenissen zijn een product van de fantasie van de auteur of zijn gebruikt in een fictionele omgeving. Elke gelijkenis met bestaande personen of organisaties berust op toeval.

Behoudens de in of krachtens de Auteurswet van 1912 gestelde uitzonderingen mag niets uit deze uitgave worden verveelvoudigd, opgeslagen in een geautomatiseerd gegevensbestand, of openbaar gemaakt, in enige vorm of op enige wijze, hetzij elektronisch, mechanisch, door fotokopieën, opnamen of enige andere manier, zonder voorafgaande schriftelijke toestemming van de uitgever. Voor zover het maken van reprografische verveelvoudigingen uit deze uitgave is toegestaan op grond van artikel 16 h Auteurswet 1912 dient men de daarvoor wettelijk verschuldigde vergoedingen te voldoen aan Stichting Reprorecht (Postbus 3060, 2130 KB Hoofddorp, www.reprorecht.nl). Voor het overnemen van gedeelte(n) uit deze uitgave in bloemlezingen, readers en andere compilatiewerken (artikel 16 Auteurswet 1912) kan men zich wenden tot de Stichting PRO (Stichting Publicatie- en Reproductierechten Organisatie, Postbus 3060, 2130 KB Hoofddorp, www.stichting-pro.nl).

Proloog

Ik lig op een tafel. Hij is hard en voelt kil aan, net als de mensen hier van wie ik een glimp heb opgevangen toen ik binnen werd gebracht. Ze dragen mondkapjes, steriele mutsen en latex handschoenen. Ik weet niet hoe lang ik hier al lig, maar het voelt eindeloos. Om me heen klinkt gemompel, maar geen woord daarvan is voor mij bedoeld. Alsof ik er niet ben, alsof ik niet besta terwijl het wel om mij draait. Ik heb het zo hard nodig, een woord van troost, een hand waar ik in kan knijpen, iemand die het zweet met een koele doek van mijn voorhoofd dept. Maar niets van dat alles is me gegund. Het is de straf die ik lijdzaam moet ondergaan omdat ik zondig ben.

Voor mijn hoofd is een blauw doek gespannen dat me belet om mijn lichaam te zien. Maar dat ik het niet zie, wil niet zeggen dat ik het niet voel. De pijn komt en gaat in golven en wordt steeds heftiger. De tussenpozen worden korter en het lukt me nauwelijks meer om op adem te komen. De volgende pijnscheut komt alweer en ik zet me schrap. Ik probeer hem met mijn ademhaling op te vangen, weg te puffen, maar ik vergeet alle trucjes als de pijn me doorklieft als een scherp mes. Ik kan alleen nog maar schreeuwen. Het is zo erg dat ik bijna flauwval. Ik smeek om pijnstilling, om barmhartigheid, omdat ik het niet lang meer volhoud.

Eindelijk verschijnt er een hoofd boven het blauwe doek. Kille donkere ogen kijken me aan. 'Zondaars zullen lijden zoals Jezus Christus heeft geleden aan het kruis. Puur en rauw, zonder barmhartigheid. Alleen dan kunnen ze doorleefd en oprecht boete doen om weer bij God in genade te vallen. Pas als die genade is geschonken, maken ze weer kans om het rijk der hemelen te mogen betreden.'

Wat daarna komt hoor ik niet meer. Een nieuwe pijnscheut beneemt me de adem en ik voel dat ik wegzak. Iemand slaat me hard in mijn gezicht en schreeuwt dat ik moet persen. Dat persen de enige manier is om de pijn uiteindelijk te laten stoppen. Mijn lichaam kromt zich en ik geef alles wat ik heb. Ik slaak een rauwe, dierlijke kreet. Als ik eindelijk stop met gillen en mijn lichaam zich eindelijk ontspant, hoor ik het: gehuil. Gehuil dat niet van mij is, maar van het kindje dat negen maanden veilig in mijn buik heeft gezeten. Ik wil het zien, ik wil het voelen, ik wil het aan mijn gezwollen borsten leggen om het te voeden met mijn melk. 'Mijn baby, geef me mijn baby.' Ik huil met mijn kindje mee. Ik voel even geen pijn, even geen uitputting, alleen maar liefde voor het kleine mensje dat ik zojuist het leven heb geschonken. 'Geef me mijn baby,' smeek ik nogmaals. Nog steeds is er niemand die reageert op mijn smeekbede. Dan hoor ik voetstappen op de linoleumvloer. Een deur slaat dicht. Het gehuil stopt. Ik hoor alleen nog mijn eigen gesnik. Ik houd mijn adem in. Heel in de verte hoor ik weer gehuil. Het is niet meer in deze kamer en het wordt steeds zachter. Steeds verder van me vandaan. Ik probeer overeind te komen. 'Geef me mijn baby! Ik mocht mijn kindje zien. Ik wil weten of het een jongen of een meisje is. Ik mocht het vasthouden. Dat hebben jullie beloofd!'

Sterke handen drukken me neer op de tafel. Strenge ogen kijken me aan. 'Het is beter zo. Wat je nooit gezien hebt, kun je ook niet missen. Maak het niet moeilijker voor jezelf dan het al is. Er is nooit een baby geweest en je gaat weer verder met je leven. Dat is hoe het zal gaan.'

'Mijn kindje, geef me mijn kindje.'

'God zal voor haar zorgen, jouw taak zit erop.'
'Ik moet het zien.' Ik probeer weer overeind te komen, me onder die sterke handen uit te worstelen. Terwijl ik me verzet voel ik een venijnig prikje aan de binnenkant van mijn elleboog. Ik lijk wel in een draaimolen te zitten en de kamer begint steeds harder te tollen. Voordat ik alle houvast kwijtraak hoor ik iemand in mijn oor fluisteren: 'Het is een meisje.' Dan word ik in een zwart gat geslingerd.

Ik word wakker in een bed met gesteven lakens die tot mijn kin zijn opgetrokken. De rugleuning van het bed staat wat omhoog en mijn hoofd rust op een hard kussen. Mijn armen liggen boven de lakens langs mijn lichaam. Ik heb mijn koude handen tot vuisten gebald. Tussen mijn benen voel ik een schrijnende pijn en mijn borsten zijn zo strak ingebonden dat ik nauwelijks kan ademen. Wat is er gebeurd? Waar ben ik? Heb ik een ongeluk gehad? Alles doet pijn en ik voel me zo slap. En dan treft het me als de bliksem. Mijn baby! Ik heb een baby gekregen en ze hebben haar van me afgenomen. Ik moet haar zoeken. Ik sla de dekens van me af. Ik draag een blauw hesje en een grote witte onderbroek. Ik huiver als ik mijn blote voeten op het linoleum zet. Ik ben draaierig en misselijk. Mijn benen begeven het bijna en ik klamp me vast aan het bed totdat ik me weer wat stabieler voel. Met wankele passen strompel ik richting de deur. Elke stap voelt alsof ik door een modderstroom moet waden. Ik grijp de deurklink vast alsof het mijn laatste reddingsboei is. De duizelingen worden erger, maar ik laat me er niet door tegenhouden. Ik zwalk de lege gang op terwijl ik onophoudelijk smeek om mijn baby. Mijn lieve kleine meisje. 'Geef me mijn kindje. Waar is mijn dochter? Breng me naar haar toe!' In mijn ooghoeken zie ik zwarte vlekken die steeds groter worden en mijn zicht steeds verder vernauwen. Er loopt iets warms langs *mijn benen. Ik haal mijn hand langs de binnenkant van mijn been om het weg te vegen. Mijn hand is rood. Geschrokken kijk ik naar de vloer. Ook daar is het rood en er begint een plasje te ontstaan rond mijn voeten. Ik kijk over mijn schouder. Een spoor van bloed volgt me vanaf mijn kamer. 'Mijn baby!' krijs ik in paniek. De pijn in mijn gezwollen borsten is niet te harden. Het is samen met de leegte in mijn buik het laatste wat ik voel voordat mijn benen het begeven en ik met een klap op de grond val.*

Rennende voetstappen. 'Ze heeft een nabloeding, maak de ok in orde.' Iemand tilt me op. Ik krijg het in de verte mee, maar kan niet reageren. Mijn lijf is als een weerloze pop. Ik krijg er geen controle over. Dan verlies ik weer het bewustzijn.

Mei 2024
Deventer, Nederland

1

'Oké, ben je er klaar voor?' Ik pak de lange blonde vlecht van minstens veertig centimeter in mijn hand. Op het moment dat ik de schaar erin wil zetten klinkt er een paniekerig: 'Wacht even.'
'Het hoeft niet, hè,' stel ik de vrouw in de kappersstoel gerust. 'Als je het niet zeker weet, kunnen we er ook gewoon eerst een stukje afknippen zodat je rustig kunt wennen aan wat korter haar. Als het bevalt kom je gewoon terug en halen we er weer wat af. Ik kan er helaas geen haar aan knippen als je spijt krijgt. Het groeit vanzelf weer aan natuurlijk, maar voordat het weer op deze lengte is... Dat duurt wel even.'
De vrouw sluit haar ogen. Haar wimpers worden nat en er glijdt een traan over haar wang. 'Doe het maar. Vlug, voor ik me bedenk.'
Ik zet de schaar in de dikke vlecht en knip hem resoluut af.
'Is het gebeurd?' vraagt de vrouw.
'Ja, kijk maar.' Ik houd de vlecht in de lucht zodat ze hem in de spiegel kan zien. De vrouw opent haar ogen en slaat haar hand voor haar mond. 'O,' zegt ze met gebroken stem. Ze steekt haar hand uit en ik geef haar de vlecht. Ze streelt hem liefkozend met haar vingers en dan verschijnt er een vastberaden blik op haar gezicht. Ze veegt de tranen uit haar ogen en legt de vlecht op haar schoot. 'Maak er maar iets hips van met een gek kleurtje of zo.'

'Wil je niet eerst even een paar kapsels bekijken in het boek?'

'Nee hoor, je hebt de vrije hand, verras me maar.'

'Oké, dan ga ik aan de slag. Het kleurtje mag je zelf uitkiezen, dat is zo persoonlijk.' Ik geef haar een kleurenstaal en maak haar haren nat met een plantenspuit. Mijn kam glijdt er soepel doorheen en dan begin ik met knippen.

'Ik ben Aafke, trouwens,' zegt de vrouw na een tijdje. 'Sorry dat ik zo op het laatste moment binnen kwam rennen zonder afspraak. Het was een soort "nu of nooit"-moment.'

'Geeft niks, joh. Ik ben bijna klaar met knippen, heb je al een kleurtje uitgezocht?'

'Ik denk dat ik voor highlights ga. Is het stom als ik roze neem?'

'Nee, waarom zou dat stom zijn? Als ik zelf moest kiezen zou ik ook voor roze gaan. Het gaat prachtig samen met je blonde haar en het is weer eens wat anders.'

'Hoe laat sluit je eigenlijk?' vraagt Aafke.

'Een kwartier geleden,' zeg ik grinnikend. 'Maar de klant is koning.'

'Ah, vandaar die lege zaak. Nogmaals sorry.'

'Het geeft echt niet. Ik woon hierboven en ik ben na sluitingstijd toch altijd nog wel even bezig met opruimen en zo.' Ik leg de laatste hand aan Aafkes kapsel. 'Wil je koffie of thee terwijl ik de kleur ga maken?' vraag ik terwijl ik mijn hand uitsteek naar de kleurenstaal.

'Weet je, laat die kleur anders maar zitten. Dat kost veel te veel tijd, en aangezien je eigenlijk al gesloten bent voel ik me daar toch niet echt senang bij. Ik wil je je vrije avond niet ontnemen. Ik weet hoe schaars vrije tijd is als je een eigen zaak hebt.'

'Ik vind het echt niet erg, anders had ik je niet nog binnengelaten.'

'Nee, het is goed zo. Wil je het wel nog een beetje in model föhnen, als het niet te veel moeite is?'

'Zeker weten?'

'Zeker weten,' bevestigt Aafke vol overtuiging.

Ik spuit wat volumespray in Aafkes haren en ga aan de slag met de föhn en een föhnborstel. 'En, tevreden?' vraag ik als ik klaar ben. Ik houd de spiegel zo dat Aafke haar nieuwe moderne coupe van alle kanten kan bekijken. Ik hoor haar slikken en zie haar met een verdrietig gezicht naar de lange vlecht in haar schoot kijken. 'Spijt?' vraag ik aarzelend.

Ze kijkt nogmaals in de spiegel en dan verschijnt er een voorzichtige lach op haar gezicht. 'Prachtig.'

Ik zucht opgelucht. 'Je gezicht komt heel mooi uit met dit nieuwe kapsel. Je hebt prachtige jukbeenderen die alleen maar meer worden geaccentueerd.'

'Ik zal het de komende tijd toch van mijn gezicht moeten hebben,' zegt ze zachtjes terwijl ze met de vlecht in haar handen speelt. Ik begrijp niet wat ze met die opmerking bedoelt en het voelt op de een of andere manier niet goed om ernaar te vragen. Ik doe de kappersmantel bij haar af en ze staat resoluut op uit haar stoel. Bekijkt zichzelf nog eens in de spiegel. Ze steekt haar vlecht omhoog. 'Deze neem ik mee als souvenir, en over een week kom ik terug en dan mag je alles eraf halen. Is het mogelijk om daar nu meteen een afspraak voor te maken? Binnen de openingstijden uiteraard.' Ze lacht, pakt haar creditcard en loopt naar de kassa.

Ik kijk haar eerst met open mond na, maar dan valt het kwartje. Die vlecht, een afspraak om haar hoofd kaal te scheren, de angst en het verdriet in haar ogen... Ze probeert zich groot te houden, maar nu ik verder kijk dan mijn neus lang is zie ik hoe breekbaar ze is. Dat dit om iets heel anders gaat dan om een nieuw kapsel. Er vormt zich een brok in mijn keel. Ik neem plaats achter de kassa en kijk haar aan. 'Het is kanker, hè?'

Ze schrikt even van mijn directe vraag, maar knikt dan instemmend. 'Borstkanker. Ik word over twee weken geopereerd en als ik voldoende ben hersteld, krijg ik een combinatie van chemotherapie en bestraling. Ik raak mijn haar sowieso kwijt, maar het is voor mij belangrijk om zelf controle te nemen over het moment waarop dat gebeurt. Ik trek het niet als ik over een paar weken elke ochtend wakker word met uitgevallen plukken haar op mijn kussen. Door het nu alvast te laten knippen kan ik een beetje aan het idee wennen en emotioneel toewerken naar het moment dat de tondeuse eroverheen gaat. Klinkt misschien stom, maar voor mij werkt het.'

'Het klinkt ontzettend logisch wat je zegt. Jeetje, wat heftig voor je.'

Ze haalt haar schouders op. 'Het is zoals het is en ik zal het ermee moeten doen. Ik krijg veel steun van mijn vriend en mijn beste vriendin.'

'Weten ze dat je je haar vandaag hebt laten knippen?'

'Nee, want dan zouden ze mee zijn gegaan om me te steunen. Ik moest dit zelf doen. Ik vind het al moeilijk dat ik straks zo afhankelijk word na die operatie, bestraling en chemo. Ik heb het nodig voor mijn eigenwaarde om te ervaren dat ik ook nog steeds dingen zelf kan. Ik weet dat ze me met alle liefde zullen verzorgen en dat ik altijd op hen kan bouwen, maar ik wil voorkomen dat ik mezelf verlies in dit hele verhaal. Ik wil ook op mezelf kunnen terugvallen als het moeilijk wordt, ik wil trots op mezelf kunnen zijn en vandaag ben ik dat. Ik heb dit gefikst en ik sta nog overeind. Ik hou mijn vlecht nog een dagje bij me en dan doneer ik hem aan de Haarstichting. Ik hoop dat ze er iemand mee kunnen helpen die het nodig heeft, en mocht ik mijn eigen kale kop zat worden, dan hoop ik dat ze mij ook kunnen helpen.'

Ik heb inmiddels vochtige ogen en Aafke ziet het. 'Ach, sorry. Ik moet jou ook helemaal niet lastigvallen met mijn sores.'

'Je valt me niet lastig, Aafke. Je verhaal raakt me omdat het zo herkenbaar voor me is. Ik ben mijn moeder een halfjaar geleden aan kanker verloren en ik zit nog volop in de rouw.'

'Wat erg. Gecondoleerd. Ook borst?'

'Nee, alvleesklier. Het is heel snel gegaan nadat ze de diagnose kreeg. Ze was net zestig geworden.'

'Had je een goede band met je moeder?'

'Ja, we zijn altijd twee handen op één buik geweest. Ze heeft me alleen opgevoed. Ik heb mijn vader nooit gekend, maar ik heb dat nooit als een gemis ervaren. Ze was mijn moeder en vader tegelijk en ik ben nooit iets tekortgekomen. Ondanks het feit dat ik nu veertig ben, mijn zaakjes goed op orde heb en prima op eigen benen kan staan, voel ik me toch verweesd. Het zit hem vooral in het gemis van de "normale" dingen: even een telefoontje, even langs voor een bakkie, samen een filmpje pakken, een knuffel... Als dat allemaal wegvalt besef je pas dat alles wat je als vanzelfsprekend beschouwde helemaal niet zo vanzelfsprekend is. En dan begint het te knagen. Had ik niet vaker langs moeten gaan? Al die keren dat ik afspraken moest afzeggen omdat ik het zo druk had met mijn werk... Ik kan die verloren tijd niet meer inhalen.'

'En nu ben je weer aan het overwerken dankzij mij.' Aafke kijkt me aan met haar blauwe ogen, die nog groter lijken nu haar haren zijn gekortwiekt, en legt haar hand op de mijne.

'Dit zie ik niet als overwerk. Ik praat niet graag over het

verlies van mijn moeder, maar jouw situatie en openheid raken me en er wel over praten helpt. Al ben jij degene die zelf met die rotziekte moet omgaan.'

'Het is fijn als mensen zich er iets bij kunnen voorstellen. Dan voel ik me minder eenzaam.'

Ik glimlach en Aafke laat mijn hand los. 'Wat ben ik je verschuldigd?' Ze zwaait met haar vlecht.

'Helemaal niks.'

'O nee, dat wil ik niet. Jij moet ook brood op de plank hebben.'

'Het zit wel goed met dat brood, maak je daar geen zorgen over. Ik sta geregistreerd bij de Haarstichting als kapsalon met één ster. Dat betekent dat mensen die een vlecht van minimaal dertig centimeter willen doneren aan de Haarstichting hier een gratis knipbeurt kunnen krijgen. Jouw vlecht voldoet ruimschoots aan die dertig centimeter.'

'Nou, vooruit dan, voor deze ene keer, maar als ik volgende week langskom voor de tondeusebeurt wil ik gewoon betalen. Ik moet er nog een beetje aan wennen dat ik ineens een liefdadigheidsproject ben geworden.'

'Deal,' zeg ik en we schudden elkaar de hand. 'Wanneer zou je volgende week kunnen?' vraag ik terwijl ik de agenda in mijn computer check.

'Vrijdag?'

'Prima. Ik heb nog een plekje om 14.00 en om 16.30 uur.'

'Doe die laatste maar. Ik wil het onvermijdelijke zo lang mogelijk rekken,' zegt ze dapper met een knipoog.

'Staat genoteerd.'

'Een fijne avond, Pien.'

'Jij ook, Aafke, en tot volgende week.'

Ze loopt met opgeheven hoofd naar de uitgang. Vlak voor ze naar buiten stapt, roep ik haar nog iets na. 'O, en Aafke?'

Ze kijkt vragend om.
'Ik vind je stoer!'
Er verschijnt een grote lach op haar gezicht en ze recht haar schouders. Dan is ze weg en ben ik weer alleen.

2

'Leo, met mij, ben je thuis? Tijd voor een wijntje? Gezellig. Ik haal wel een flesje op weg naar jou. Nee, ik heb nog niet gegeten, de laatste klant is net pas de deur uit. Je hebt te veel paella gemaakt? Hè, wat rot nou. Ik zal over mijn hart strijken en je ervan afhelpen.' Ik zucht theatraal. '*You owe me big time.*' Ik sluit af met een 'Zie je zo' en hang op met een grote glimlach. Leo's paella is de lekkerste van de wereld.

Ik ren vlug naar boven, naar mijn knusse appartement boven de kapsalon, en berg het geld uit de kassa op in de kluis die is weggewerkt in de inpandige voorraadkast. Daarna app ik de slijter die op een steenworp afstand van mijn kapsalon zit en vraag of ik zo nog een flesje sauvignon blanc bij hem kan ophalen. Dat kan. Ik gooi mijn haren los, haal er een borstel doorheen en spuit wat deodorant onder mijn oksels. Douchen doe ik wel als ik vanavond thuiskom. Ik trek een schoon shirt aan op een luchtige broek van viscose en werk mijn uitgelopen mascara een beetje bij. Het kan ermee door en Leo heeft me wel in ergere staat gezien. Op weg naar buiten pak ik een dun katoenen zomerjasje en mijn rugzak mee. Ik sprint naar de slijterij. De deur zit al op slot, maar Frank ontgrendelt hem zodra hij me ziet. 'Onverwachte date, Pien?' vraagt hij lachend.

'Zoiets, ja. Fijn dat je me uit de brand helpt.'

'Tuurlijk. Ik ben binnenkort wel weer toe aan een knipbeurtje, dus...' Hij haalt zijn hand door zijn grijze haren.

'Haha, goeie deal, loop maar een keer binnen.'

'Kijk, ik heb hem ook nog mooi voor je ingepakt.' Frank overhandigt me de fles en ik werp hem een luidruchtige luchtkus toe. 'Je bent een *lifesaver*, Frank.'

'Jaja, maak nou maar dat je wegkomt, dan kan ik op huis aan. De vrouw zit te wachten met de piepers.'

'Doe Caroline de groeten van me en geef mij maar de schuld.'

'Pf, weet wat je zegt...'

'Ik kan haar hebben.' Ik knipoog terwijl ik me uit de voeten maak.

'Fijne avond, Pien,' vang ik nog net op voordat de deur dichtslaat, en ik steek mijn hand op.

Met de wijn in mijn rugzak en mijn jas onder de snelbinders fiets ik in een stevig tempo naar Leo. Hijgend en een beetje bezweet bel ik even later aan bij de knusse benedenwoning met souterrain. Leo doet stralend open en trekt me naar binnen. Ik haal mijn rugzak van mijn rug en voordat ik me kan bukken om de fles wijn eruit te halen heeft ze haar armen al om me heen geslagen voor een knuffel. Ik koester me in haar warmte en haar vriendelijkheid en plant een kus op haar wang. Leonor is mijn beste vriendin en ik voel me bij haar altijd meteen op mijn gemak. Mijn stramme schouders beginnen te ontspannen. 'Daar was ik even aan toe,' zeg ik als ze me weer loslaat.

'Zo'n dag?' vraagt ze begripvol.

'Het was superdruk. En ik mis nog steeds mijn beste kapper.'

Ze glimlacht een beetje ongemakkelijk en gaat me voor naar de kleurig ingerichte woonkamer. 'Hé, je hebt een nieuwe loungestoel!' Ik plof neer op de stoel met het bonte patchworkdesign en zet mijn rugzak naast me neer. 'Nou, dat zit helemaal niet verkeerd,' zeg ik goedkeurend. 'En die kleuren sluiten naadloos aan bij de rest van je inrichting.'

'Ik was er zelf ook best tevreden over,' zegt ze lachend. 'Blijf maar even lekker zitten terwijl ik de paella nog even goed doorwarm.'

'Wacht even.' Ik pak de fles wijn uit mijn rugzak en geef hem aan haar. 'Die had je nog van me tegoed. Als je hem even in de vriezer legt tot we gaan eten is hij wel koud genoeg.'

'Heeft Frank zich weer voor je uitgesloofd?' vraagt Leo grinnikend als ze de sticker van zijn slijterij herkent op de verpakking. Ik trek mijn wenkbrauwen op en grinnik terug.

Leo verdwijnt met de fles wijn de keuken in en ik snuif de heerlijke geuren op die meteen als ze de deur opendoet de woonkamer binnenkomen. Mijn maag knort verlangend. Ik dek de tafel en steek wat kaarsen aan. Daarna plof ik weer neer in haar nieuwe bontgekleurde stoel. Ongeduldig wacht ik tot ze met een grote dampende schaal de kamer weer inkomt. Ik spring op en leg nog vlug een onderzetter neer, zodat ze de schaal op tafel kan zetten. 'O Leo, wat ruikt dat lekker.'

'Als het net zo lekker smaakt, heb ik mijn werk goed gedaan. Schep jij vast op, dan haal ik de wijn nog even.'

'Smakelijk,' zegt ze opgewekt als ze ons heeft ingeschonken. Ik schuif een grote hap naar binnen en knik instemmend. Genietend eet ik door tot mijn ergste trek is gestild en kijk dan op. Leo kijkt me met gefronste wenkbrauwen aan. 'Hoe lang is het geleden dat jij een fatsoenlijke maaltijd hebt gehad? Kook je nog wel voor jezelf?'

'Dat schiet er de laatste tijd nog weleens bij in,' beken ik schuldbewust. 'Ik maak lange dagen en als ik dan eindelijk vrij ben, heb ik negen van de tien keer geen puf meer om achter mijn fornuis te kruipen. Lang leve de diepvriespizza.'

'Pien, je bent toch geen student meer? Weet je wel hoe ongezond al dat bewerkte kant-en-klaarvoedsel is?'

Ik haal mijn schouders op. 'Ik moet toch wat.'

'Ben je echt zo druk, of maak je het druk?' Leo werpt me haar befaamde kritische blik toe.

'Hoe bedoel je?' vraag ik alsof mijn neus bloedt.

'Sinds het overlijden van je moeder ben je steeds harder gaan werken. Ik weet dat het een goede afleiding is van je verdriet, maar het tempo waarin je nu tekeergaat hou je niet eindeloos vol. Je bent jezelf aan het uitwonen, Pien, en ik maak me zorgen om je.'

'Dat hoeft niet, hoor. Het gaat prima met me. Ik ben gewoon zo goed dat iedereen door mij geknipt wil worden.' Ik lach, maar het klinkt gemaakt.

Ze kijkt me weer aan met die strenge blik. 'Ik meen het serieus, Pien. Dat die kapsalon van jou is, wil niet zeggen dat je alles zelf hoeft te doen. Delegeren is ook een belangrijke taak van een leidinggevende. Je zult af en toe ook wat rust moeten pakken om op de been te blijven. Ik snap dat het verleidelijk is om te blijven wegrennen, maar er komt een moment dat je de realiteit onder ogen moet zien. Je kunt niet eeuwig blijven vluchten. Je moeder zou ook hebben gewild dat je goed voor jezelf zorgt en aangezien zij het niet meer tegen je kan zeggen, doe ik het.' Zachtjes laat ze erop volgen: 'Ze heeft me gevraagd om een beetje op je te letten en ik neem die taak heel serieus.'

'Heeft ze je dat gevraagd?' zeg ik terwijl zich een brok in mijn keel vormt. 'Dat heb je me nooit verteld.' Ik grijp naar mijn glas wijn en klok de helft ervan in één keer naar binnen. Het komt me op een nieuwe kritische blik te staan. 'Vergeet niet te proeven,' zegt Leo, 'het is een heel lekkere wijn.'

Met trillende hand zet ik het glas weer op tafel. Terwijl

mijn ellebogen op het tafelblad steunen, leg ik mijn hoofd in mijn handen en masseer mijn slapen. 'Ik ben gewoon zo moe, Leo. Ik kan niet meer. Sinds mam er niet meer is lijkt het wel of ik mezelf helemaal kwijt ben. Alles heeft zijn glans verloren.'

Leo staat op van haar stoel, gaat achter me staan en slaat haar armen om me heen. 'Dat is toch ook logisch. Je bént ook een stuk van jezelf kwijtgeraakt. Jullie waren zo hecht en verbonden. Het cliché van twee handen op één buik is voor jullie uitgevonden.'

'Het lukt me gewoon niet om haar los te laten.'

'Je hoeft haar ook niet los te laten, maar je kunt misschien proberen om haar wat minder krampachtig vast te houden. Probeer jezelf ook een beetje open te stellen voor de mensen en dingen om je heen. Ook al heeft alles voor jou nu een zwart randje, er zijn echt nog heel veel mooie dingen. Je moet ze alleen willen zien.'

'Het doet gewoon zo'n pijn, Leo.'

'Ik weet het, liefje. Ik zou willen dat ik haar bij je terug kon brengen, maar dat kan ik niet. Je zult het moeten doen met mij als *second best*.'

'Je bent de beste second best die er is,' snif ik. Ze geeft me een kus op mijn wang en laat me dan los. Als ze weer op haar plek zit, kijkt ze me aan. 'Weet je wat jij nodig hebt? Verandering van omgeving. Even loskomen van alles. Wat zou je ervan zeggen als we er samen eens een paar weken tussenuit piepen? Een wandelvakantie onder de zon.'

'Wandelen? Ik weet nu al niet hoe ik mijn ene voet voor mijn andere moet zetten.'

'Kom op, Pien, je bent altijd gek geweest op wandelen. Bewegen in een mooie omgeving is dé manier om je hoofd leeg te maken. Geloof me, het werkt. Even op iets anders focussen dan op je verdriet en alle praktische regelingen waar je zo tegen opziet en die je voor je uit blijft schuiven. Denk je eens in: overdag lekker wandelen, zwemmen in de zee, beetje flaneren over een boulevard, 's avonds lekker met de beentjes op tafel aan een cocktail, starend naar de ondergaande zon...'

Leo heeft een dromerige blik in haar ogen gekregen en ik moet eerlijk bekennen dat ik me laat meeslepen door het plaatje dat ze schetst. Het klinkt heel verleidelijk om even uit te breken naar een andere omgeving. Hier in Deventer heb ik het gevoel dat ik steeds maar in hetzelfde kringetje blijf ronddraaien en niet verder kom. Dat is niet gezond. Ik móét verder, want ik heb nog een heel leven voor me. 'Oké, je hebt wel een punt,' zeg ik schoorvoetend. 'Laat me er nog even over nadenken en kijken of ik het praktisch rondkrijg met de kapsalon, maar als ik heel eerlijk ben is een vakantie misschien wel precies wat ik nodig heb.'

'Iedereen heeft het van tijd tot tijd nodig om even op te laden, zeker als je zo'n pittige tijd achter de rug hebt als jij. Dat mantelzorgen voor je moeder heeft er ook flink in gehakt, hoe fijn het ook was om dat te kunnen doen.'

Ik knik instemmend.

'Je bent nu aan het óverleven, Pien, en we gaan ervoor zorgen dat je weer gaat leven. Ik mis mijn sprankelende, blije vriendin.'

'Ik mis mezelf ook.' Ik haal een keer diep adem en neem nog een slok wijn.

'We gaan je terugvinden, al is het het laatste wat ik doe.' Leo heft haar glas wijn en neemt een slok. Met haar ogen dicht laat ze de wijn eerst rondwalsen in haar mond. 'Die Frank weet wel wat lekker is, hoor.' Ze kijkt me ondeugend aan. Ik trek een vies gezicht en steek mijn hand op. '*Too much information*. Maar over lekker gesproken, hoe is het eigenlijk met je huurder with benefits?'

'Diego? Als hij keurig zijn huur betaalt, mag hij af en toe op afroep uit het souterrain komen,' zegt ze met een knipoog.

'Hij staat nog niet op de nominatie voor een verhuizing naar boven?'

'Gut, nee, ik moet er niet aan denken. Het is een aardige kerel en hij heeft een waanzinnig lijf, maar van het idee om hem constant om me heen te hebben krijg ik de kriebels.'

'Je bent gewoon liefdesbang.' Ik grinnik. 'Goed boek trouwens, ik zal het je eens cadeau geven.'

'Liefdesbang. Moet jij zeggen. Jij bent net zo'n eeuwige vrijgezel als ik,' zegt ze terwijl ze een flinke hap paella naar binnen schuift. 'Ik heb mezelf inderdaad weer overtroffen,' mompelt ze als ze haar mond leeg heeft. 'Maar nog even over die vakantie, ik kan denk ik twee à drie weken weg in juni.'

'Juni is al over amper vier weken.'

'Je moet het ijzer smeden als het heet is.'

'Ja, dat zal, maar ik weet niet of ik zo snel vervanging kan regelen voor de kapsalon.'

'Je hebt de vervanging al in huis! Wat ik ook van haar vind, Indira zou dat prima kunnen.'

'Ik weet het niet, hoor. Het is een hele verantwoordelijkheid.'

'Is het ook, maar Indira is een ervaren kapper en ze is bitchy genoeg om die andere meiden flink aan het werk te zetten.'

Ik moet lachen. 'Daar heb je wel een punt, ja. Ik zal haar eens vragen of ze het zou zien zitten.'

'*Trust me*, die springt een gat in de lucht. Het zou de ultieme waardering zijn waar ze altijd zo om loopt te bedelen.'

'Oké, het is misschien een poging waard...'

'Het is dát of de zaak dichtgooien, en dat laatste wil je ook niet, denk ik.'

'Nee, dat vind ik niet echt een visitekaartje naar mijn klanten, bovendien wil ik mijn vaste schare niet in de armen van de concurrent jagen. Juni is altijd een drukke maand, dus dan moet ik gewoon open zijn.'

'De beste kapper van de concurrent is toevallig in de maand juni ook op vakantie, dus dat scheelt weer,' zegt ze lachend.

'Misschien kan de beste kapper van de concurrent er tijdens haar vakantie eens over nadenken om terug te komen naar haar oude stek,' kaats ik terug.

'Je weet dat ik dat niet kan doen, Pien, dat zou niet goed zijn. Ik match simpelweg niet met die andere meiden van je en dat is niet bepaald bevorderlijk voor de werksfeer. Zonder mij heb je er een prima stel aan.'

Ik schuif mijn bord van me af. Er valt even een ongemakkelijke stilte, die Leo snel doorbreekt: 'Als jij het met Indira regelt, dan ga ik vast nadenken over een fijne bestemming. Toetje?' Leo wacht mijn antwoord niet af en verdwijnt met de nog halfgevulde schaal paella naar de keuken.

3

Ik snuif de geur van een vers gevallen regenbui op terwijl ik Leo's straat uit fiets. Ik ben moe en rozig van de wijn, misschien zelfs een beetje aangeschoten. Gapend sla ik in eerste instantie links af voor de kortste route naar mijn appartement, maar na een paar honderd meter bedenk ik me. Leo's woorden, over dat ik mama moet gaan loslaten om weer te kunnen leven, spoken door mijn hoofd. Ik weet dat ze gelijk heeft, maar ik vraag me echt af of ik dat kan. In alle boeken die ik heb gelezen over rouw staat dat het een heel persoonlijk proces is. Dat iedereen het op diens eigen manier en in diens eigen tempo doet en dat het geen zin heeft om dingen te forceren. Maar wanneer ben je aan het forceren en wanneer is het een duwtje in de rug? Ik moet voor mezelf die grens gaan bepalen. Maar vanavond nog niet. Ik knijp in mijn remmen. Er is ineens maar één plek waar ik op dit moment wil zijn en dat is niet mijn eigen appartement. Ik zet koers naar de Zwolseweg, waar mijn ouderlijk huis staat. De plek waar ik mijn jeugd heb doorgebracht en waar mijn moeder een halfjaar geleden haar laatste adem uitblies. Ik ben sinds ze is gestorven alleen nog maar meer verknocht geraakt aan die plek. Elke keer als ik er binnenstap word ik overvallen door de leegte, maar ook door alle vertrouwde geurtjes en herinneringen. Elke centimeter in dat huis heeft zijn eigen verhaal en het geeft me troost om ze op te rakelen en me erin onder te dompelen. Het huis is nu van mij.

De vermoeidheid slaat inmiddels echt toe en ik kan mijn ogen nog amper openhouden. Ik tik een paar keer tegen mijn wang om wakker te blijven. De straat is, op een paar mensen die hun hond uitlaten na, verlaten. De lucht is zo helder dat ik ondanks de straatverlichting toch wat sterren kan zien. Net wanneer ik omhoogkijk schiet een krolse poes krijsend langs mijn fiets en ik ga bijna onderuit. Vloekend knijp ik in mijn remmen. Mijn hart bonkt in mijn keel als mijn fiets slippend tot stilstand komt. Wanneer de kat veilig aan de overkant van de weg is fiets ik verder. De adrenaline die vrijkwam door de schrik heeft me weer alert gemaakt. Zonder verdere incidenten arriveer ik op de Zwolseweg. Als ik in de buurt kom van nummer 157 ga ik wat harder fietsen om er zo snel mogelijk voorbij te zijn. Het is het huis waar in september 1999 de beruchte Deventer moordzaak plaatsvond. Fiscaal jurist Ernest Louwes werd uiteindelijk veroordeeld voor het doden van de toenmalige bewoner, de weduwe Wittenberg, maar er zijn altijd twijfels blijven bestaan over die veroordeling. Was het toch niet de klusjesman, of een gerechtelijke dwaling? Ik was vijftien toen het misdrijf in mijn straat plaatsvond en sliep er destijds weken slecht van. Ik kwam mevrouw Wittenberg weleens tegen op straat en daardoor kwam het allemaal wel heel dichtbij. De politie en cameraploegen liepen af en aan in onze straat en ik durfde me nauwelijks buiten de veilige hekken van onze tuin te begeven. Heel lang ben ik bang geweest dat er achter elke struik een moordenaar verborgen zat en het heeft mijn moeder heel wat tijd en geduld gekost om dat uit mijn hoofd te praten en me te troosten als ik weer gillend wakker werd uit de zoveelste nachtmerrie. Nog steeds, zoveel jaren later, krijg ik de kriebels als ik langs dat huis moet. Dat precies op dit moment de lantaarnpaal die ervoor staat kapot is, helpt ook niet echt mee. Met kippenvel op mijn rug fiets ik als een bezetene door en mijn ademhaling wordt pas weer rustig als ik het tuinhekje van mijn moeders huis dichtklik en mijn fiets onder de overkapping in de achtertuin zet. Net alsof zo'n hekje kwade geesten tegenhoudt... Ik geloof niet echt in spoken, maar toch ben ik er bang voor. Tot grote hilariteit van Leo. 'Hoe kun je nou bang zijn voor iets waar je niet in gelooft?' Zij is groot fan van gothic thrillers en horror, zowel in boekvorm als op film. Het kan haar niet eng en bloederig genoeg zijn. Onlangs probeerde ze me een boek van Thomas Olde Heuvelt aan te smeren. 'Echt, Pien, dit moet je lezen, hij is zó goed! Echt de Nederlandse Stephen King.'

'Ik ga het mezelf niet aandoen, Leo. Als ik zo'n boek lees, dan slaap ik weer weken niet. Doe mij maar een lekkere romcom. Sophie Kinsella is veel beter voor mijn nachtrust.'

'Oké, oké, je bent reddeloos verloren, ik geef het op.'

De *Shopaholic*-serie heb ik destijds verslonden en nog steeds ren ik naar de winkel als er weer een nieuw boek van haar verschijnt. De recentste roman is me het dierbaarst, maar die staat nog ongelezen in de kast. Net na mijn moeders dood viel hij in de bus. Het was haar laatste sinterklaascadeautje aan mij, samen met een kaart met haar bibberige handschrift:

Lieve Pien, laat de titel van dit boek geen werkelijkheid worden. Verdrink niet in je verdriet en zorg voor voldoende ontspanning. Als je maar half zo goed voor jezelf zorgt als je voor mij hebt gedaan, dan komt het wel goed. Je bent de beste dochter die een moeder zich kan wensen. Dank je wel voor alles, meisje. De woorden die uitdrukking geven aan hoeveel ik van je houd zijn nog niet uitge-

vonden. Daarom houd ik het maar simpel. Je bent mijn hart, mijn alles. Love you to the moon and back. *Met al mijn liefde,*
Mama

Ik heb een uur gehuild en de tekst op de kaart keer op keer herlezen terwijl ik haar stem in mijn hoofd hoorde. Krampachtig heb ik het afgelopen halfjaar geprobeerd om haar stemgeluid vast te houden in mijn herinneringen, maar ik merk dat het al een beetje begint te vervagen. Het is alsof ze elke keer als ik die laatste kaart pak zachter gaat praten en ik me steeds meer moet inspannen om haar te horen. Ik vrees het moment waarop er nog slechts gefluister klinkt, maar meer nog ben ik bang voor de totale stilte die uiteindelijk zal volgen. Het is onvermijdelijk, ik weet het, maar ik kan het maar moeilijk accepteren.

Ik schud de herinnering van me af en pak mijn sleutels om mezelf binnen te laten. De stilte in de hal met de klassieke Portugese tegelvloer is oorverdovend. Ik stap over de reclamefolders en post heen en hang mijn jas op aan de kapstok naast die van mijn moeder. Ik ruik even aan de kraag van haar jas, die nog steeds de geur van haar parfum vasthoudt. Ik gooi mijn sleutels op het kastje dat ertegenover staat en bekijk mezelf in de spiegel. Uitgelopen mascara heeft een rouwrand gevormd onder mijn ogen, mijn wangen zijn vuurrood van de wijn en het harde fietsen. Ik zie er niet uit. Leo heeft gelijk: het is inderdaad tijd om even rustiger aan te gaan doen en mezelf uit dat moeras van verdriet te trekken. De vakantie die Leo voorstelde zou inderdaad weleens precies kunnen zijn wat ik nodig heb. Ik ga er niet langer over nadenken, ik ga het gewoon doen. Maar nu moet ik eerst slapen.

Ik neem meteen de trap naar boven en aarzel als ik de

klink van mijn oude slaapkamerdeur al in mijn hand heb. Dan loop ik verder en ga de slaapkamer van mijn moeder in. Het bed is keurig opgemaakt, zoals ik het de laatste keer heb achtergelaten. Ik streel even over de pastelgroene sprei als ik naar het raam loop om de bedompte geur die in de kamer hangt weg te krijgen. Ik gooi de ramen wagenwijd open en laat mijn handen op het kozijn rusten als ik zo ver mogelijk naar buiten leun. Een aangenaam briesje verkoelt mijn verhitte hoofd en ik snuif de zoete geur op van de grote bloesemboom in de voortuin die uitbundiger bloeit dan ooit. Alsof hij de dood van mijn moeder wil compenseren met extra leven. Als de vermoeidheid me opnieuw overspoelt zet ik de ramen op een kier en draai me om naar het bed. Opeens zie ik mijn moeder weer in dat bed liggen. Een jongere versie van mijn moeder, lang voordat ze ziek werd, toen ik nog op de basisschool zat. Ik kroop in het weekend altijd vroeg bij haar in bed en dan sliepen we samen nog even uit. Het roept zo'n verlangen op dat ik op het bed ga liggen. Heel even uitrusten voordat ik mijn kleren uittrek en onder het zachte satijnen laken kruip. Ik voel mezelf wegglijden, en plotseling lijkt het wel alsof er iemand bij me op bed kruipt. Ik kan me niet bewegen, maar net als ik echt een angstig gevoel krijg, hoor ik de stem van moeder. *Slaap maar lekker, liefje.* Ik voel me warm worden, alsof ze achter me ligt, en ik zak helemaal weg.

Ik schrik wakker en ga rechtop in bed zitten. Kreunend grijp ik naar mijn hoofd. Het voelt alsof iemand er een stevige dreun tegenaan heeft gegeven. Als de ergste bonkende pijnscheut is afgenomen kijk ik om me heen en realiseer me dat ik niet in mijn eigen slaapkamer ben. Dan herinner ik me dat ik even op mama's bed was gaan liggen. Ik moet onmiddellijk in slaap gevallen zijn. Ik graai naar mijn telefoon op het nachtkastje en zie dat het drie uur 's nachts is. Ik heb dus een paar uur diep liggen tukken. Mijn tas ligt naast het bed op de vloer en ik trek hem naar me toe. Ik pak er een stripje paracetamol uit en loop ermee naar de badkamer. Eerst wat aan die hoofdpijn doen. 'Bedankt voor de chateau migraine, Frank,' mopper ik terwijl ik weet dat het niet terecht is. Met die wijn was niks mis, hij is gewoon verkeerd gevallen omdat ik zo oververmoeid ben en normaal niet zoveel drink als ik vanavond heb gedaan. De lol van een stevige kater heb ik nooit ingezien en daarom heb ik mezelf er ook altijd voor behoed. Mijn vriendinnen vonden dat saai, maar the day after lachte ik altijd het hardst. Hoe dan ook, op dit moment moet ik eraan geloven.

Ik druk twee paracetamolletjes uit de strip en vul het grote glas dat op het planchet onder de spiegel staat met water. Ik klok ze naar binnen en probeer meteen de muffe smaak uit mijn mond te spoelen. Als ik de laatste slok heb doorgeslikt voelt mijn tong meteen weer net zo droog als daarvoor. Ik plens wat koud water in mijn gezicht en huiver als een paar druppels mijn nek in lopen. Ik zou een moord doen voor een grote mok warme melk met honing die mijn moeder vroeger altijd voor me maakte als ik niet kon slapen. De vermoeidheid trekt aan mijn lijf, maar ik kan het niet opbrengen om weer terug naar bed te gaan. Ik weet nu al dat ik toch niet meer kan slapen omdat mijn hoofd weer in de piekerstand is geschoten. Verweesd loop ik naar beneden en knip een lampje aan op het dressoir. Vanuit mijn moeders leesstoel kijk ik naar de krassen die de poten van het hoog-laagbed hebben achtergelaten op het parket. Nadat het was opgehaald kwam het besef van haar overlijden pas echt goed binnen. Die grote lege plek in de kamer, het was gewoon niet te doen. Inmiddels kan ik ernaar kijken zonder meteen het huis uit te willen rennen, maar het is nog steeds niet minder pijnlijk.

Mijn blik gaat naar de eettafel, waar een grote stapel ongeopende post op ligt. Ik heb me er tot nu toe nog niet toe kunnen zetten om me erdoorheen te worstelen, maar ik weet ook dat ik er niet te lang meer mee kan wachten. Rekeningen en de belastingdienst hebben geen boodschap aan rouwende mensen. Misschien moet ik nu maar eens een beginnetje gaan maken. Of het verstandig is met mijn katerige kop is een ander verhaal, maar het geeft in elk geval een beetje afleiding. Ik haal de rest van de post uit de hal, pak een schrijfblok en pen en neem met een groot glas water plaats aan de tafel.

Als eerste verzamel ik alle reclamefolders en gemeentekrantjes en leg ze op een keurige stapel. Dat ruimt lekker op. Ik ga verder met sorteren, maak een stapeltje 'rekeningen' en deel de enveloppen die van de buitenkant niet voldoende duidelijkheid geven in bij 'overige'. Ik besluit meteen maar door de zure appel heen te bijten en begin met het openen van de rekeningen. Op mijn notitieblok schrijf ik de afzender, de uiterste betaaltermijn en het bedrag dat nog voldaan moet worden. Gelukkig zijn er niet veel betalingsachterstanden ontstaan door mijn lakse gedrag, omdat het gros van de rekeningen maandelijks automatisch wordt afgeschreven. Morgen zal ik de rest rechttrekken en een lijstje maken met abonnementen die ik moet opzeggen. Ik trek het stapeltje 'overige' naar me toe en kan al vlug concluderen dat de helft ervan spam is van bedrijven die zonnepanelen, isolatiemaatregelen of kleding aanbieden. Ik leg ze op de stapel met andere reclametroep.

Ik gaap en kijk op mijn horloge. Halfvijf. Zal ik nog twee uurtjes in bed kruipen of de laatste enveloppen wegwerken? Ik moet uiterlijk om acht uur bij Curlzzz zijn om mijn meiden op te vangen en om halfnegen open te kunnen. Ik voel me ongelofelijk brak en het is maar de vraag of ik van twee uurtjes slaap opknap of dat ik me dan nog slechter voel. Misschien moet ik maar even doorpakken en de dag met veel koffie zien door te komen. Vanavond vroeg naar bed om bij te tanken.

Futloos blader ik door de stapel enveloppen en er is er meteen een die me opvalt. Het is de enige envelop met een handgeschreven adres en de envelop zelf is versierd met een paarse vlinder die boven op een bloem zit. Nieuwsgierig vis ik hem uit het stapeltje en maak hem open. Er zit een gevouwen vel papier in. Even aarzel ik. Briefgeheim is toch iets heiligs, zelfs als het een brief aan een overledene is. Ik bekijk de envelop nog eens. Nu ik goed naar de postzegel kijk zie ik dat het een buitenlandse zegel is. Met moeite lees ik 'Portugal' en 'Madeira'.

Ik weet dat mijn moeder voordat ze mij kreeg een tijdje op Madeira heeft gewoond, maar ik had geen idee dat ze nog contact had met iemand van daar. Vreemd dat ze me daar nooit iets over heeft verteld. Ik word nu toch wel heel nieuwsgierig naar de afzender van de brief. Als het een oude vriendin van haar is, dan heeft ze het recht om te weten dat mijn moeder is overleden. Mijn handen trillen een beetje als ik het dunne papier tussen mijn vingers houd. Het voelt toch alsof ik iets stiekems aan het doen ben en elk moment betrapt kan worden. Ik vouw het papier open, strijk het glad en leg het voor me neer op tafel. Het is ouderwets briefpapier, waar dezelfde paarse vlinder met de bloem van de envelop op staat. Zo lieflijk als het briefpapier oogt, zo hard is de boodschap geschreven. De afzender valt meteen met de deur in huis. In dikke zwarte blokletters staat een naam geschreven: **CAROLINA GOMES, 1-2-1984**. Even denk ik dat het om een rouwkaart gaat, maar een datum van overlijden ontbreekt. Onder de naam en de geboortedatum staat in een keurig handschrift: *I know what you did. Does she know too? It's time to tell the truth. Finally. Contact me. thruthbetold@gmail.com.*

Vol ongeloof lees ik de tekst nogmaals. Wat heeft dit in godsnaam te betekenen? Wie is Carolina Gomes en wat heeft ze met mijn moeder te maken? En wie wordt er bedoeld met 'zij' in het zinnetje '*does she know too?*' Gaat dat over die Carolina, of misschien over mij, de dochter die van niks weet? Zou dit een foute grap kunnen zijn? Mijn moeder en ik hebben naar mijn weten altijd alles gedeeld met elkaar. Leuke, maar ook minder leuke dingen. Eerlijkheid is iets wat me met de paplepel werd ingegoten. Ik kan gewoon niet geloven dat mijn moeder iets groots voor me verborgen heeft gehouden. Ik dacht dat ik haar door en door kende, maar ik kan niet ontkennen dat deze brief me buikpijn bezorgt. Ik moet weten wat hier aan de hand is en wat het met mijn moeder te maken heeft. Eerder zal ik geen rust hebben.

Ik keer de envelop binnenstebuiten, op zoek naar meer aanknopingspunten. Die vind ik niet. Het enige wat ik zou kunnen doen om verder te komen is een mail sturen naar het adres dat in de brief staat. Ik open het mailprogramma op mijn telefoon en begin gehaast een bericht te typen.

Dear Madam, Sir,
My name is Pien Voortman and I'm the daughter of Roos Voortman. Unfortunately, my mother died six months ago. While cleaning her house I found this letter. It was unopened so she never read it. I opened it today and I was quite shocked about the content. Who is Carolina Gomes and what has she got to do with my mother? My mother never talked about a Carolina Gomes. You imply

that the truth must be revealed, but what truth are you talking about? I have no idea what this is about. I would really appreciate it if you could tell me more. You can reach me at pienvoortman@gmail.com or call me at 0031 629 47 60 47.
I hope to hear from you.

Kind regards,
Pien

Ik verzend de mail en zet de meldingen voor nieuwe mails aan. Daarna staar ik wezenloos voor me uit. Wat is hier aan de hand? Ik word opgeschrikt door een melding van mijn telefoon. Er is een nieuwe mail binnengekomen. Snel open ik mijn mailbox en de moed zinkt me in de schoenen. Mijn mail kan niet bezorgd worden omdat het mailadres van de ontvanger ongeldig is.

4

Vol ongeloof staar ik naar het scherm van mijn telefoon. Hoe kan dat nou? Ik kopieer de tekst uit mijn mail naar een nieuw bericht, check de spelling van het mailadres een paar keer en verzend de mail opnieuw. *Ping.* Weer retour. Hardnekkig blijf ik proberen, me wanhopig vastklampend aan de enige concrete link die ik heb. Na zes mislukte pogingen kan ik niet anders dan accepteren dat het mailadres echt niet werkt. Wat is dit voor iets raars? Iemand neemt de moeite om mijn moeder een brief met een beschuldiging te sturen omdat de waarheid boven tafel moet komen en sluit af met een niet-werkend mailadres. Het moet toch niet gekker worden! Wat moet ik nu? De brief maar gewoon negeren? Ik weet nu al dat ik dat niet kan. Dit moet de wereld uit. Ik trek het niet dat iemand bagger uitstort over mijn moeder, die niet meer in staat is om zich te verdedigen of vragen te beantwoorden. Daarom moet ik haar stem zijn en op zoek gaan naar antwoorden. Wie uit deze beschuldigingen, en waarom?

Ik pak mijn moeders iPad en zet hem aan. Dan toets ik de naam Carolina Gomes en haar geboortedatum in op Google. Ik krijg best wat hits op de naam in verschillende landen, maar geen van alle matcht met de geboortedatum van 1 februari 1984. Ik klik LinkedIn aan en zie dat er meer dan veertig profielen met de naam Carolina Gomes zijn. Misschien zit ze daartussen? Ik scrol erdoorheen, maar zie al snel dat het om Amerikaanse profielen gaat, en ik ben op zoek naar een Carolina Gomes uit Portugal. Via een ander linkje kom ik op een pagina met een lijst van de meest voorkomende namen in Portugal. De naam Carolina staat op de vijfde plaats en de achternaam Gomes op de vierde. De moed zinkt me een beetje in de schoenen. Het gevoel dat ik aan het zoeken ben naar een speld in een hooiberg wordt alleen maar groter. Ik log in op mijn Facebook- en Instagram-account en zet mijn zoektocht voort. Ook daar kom ik niet echt verder. Ook deze socials bevestigen dat er heel veel Carolina's in Portugal zijn die ook nog eens de achternaam Gomes dragen. Ik klik lukraak een paar profielen aan, maar klik ze bijna net zo snel weer weg. Ik heb geen idee waar ik naar op zoek ben, en al die Carolina's die me lachend of sexy aanstaren vanaf hun profielfoto zeggen me helemaal niets. Het gros van de Carolina's heeft haar geboortedatum ook niet ingevuld bij haar profielinformatie en degenen die dat wel hebben gedaan zijn van een andere datum of ander bouwjaar. Gefrustreerd log ik uit en sluit de iPad af. Ik schuif het ding zo hard van me af dat het bijna van de tafel vliegt. Gelukkig kan ik dat nog net voorkomen. Met mijn hoofd in mijn handen blijf ik even zitten.

Als ik mijn ogen weer opendoe en op mijn horloge kijk, schrik ik me rot. Het is al halfacht! Ik ben zo in beslag genomen door de brief en mijn online speurtocht dat ik de tijd ben vergeten. Ik heb niet eens meer tijd om te ontbijten als ik om acht uur bij de kapsalon wil zijn. Ik zou Indira kunnen bellen om te vragen of ze vandaag wil openen zodat ik nog even rustig kan eten, maar die kater ligt me nog zo zwaar op mijn maag dat ik daar toch maar van afzie. Ik heb meer aan een dubbele espresso en een ibuprofen of paracetamol.

Ik ren naar boven, graai mijn spullen bij elkaar en vlieg de badkamer in. 'Lekker dan, Pien,' zeg ik als ik mezelf in de spiegel zie. Ik zie er doodmoe en verlept uit. En mijn haren, mijn hemel! Mijn normaal zo wervelende volle krullenbos hangt als een bos stro langs mijn gezicht. Zonder een flinke wasbeurt krijg ik al die pieken en klitten er niet uit en voor die wasbeurt heb ik nou net geen tijd. Ik bind de boel dus maar bij elkaar in een slordige knot, het is het beste wat ik er op dit moment van kan maken. Ik spuit snel wat deo op en loop terug naar de slaapkamer. Daar hijs ik mijn rugzak op mijn rug, sluit het raam en sla het beddengoed terug zodat de boel kan luchten. Vanavond kom ik wel terug om het bed netjes op te maken. Ik kijk op mijn horloge. Nog twintig minuten, ik moet nu echt gaan.

Ik dender de trap af, gris mijn huissleutels en fietssleutel mee en sluit mijn moeders huis af. Tegen de tijd dat ik op mijn fiets zit en de straat uit peddel loopt het zweet al in straaltjes over mijn rug. Bah, wat voel ik me belabberd. Ik zou me het liefst ziek melden vandaag, maar dat is mijn eer te na. Ik had niet zo onverantwoord veel moeten zuipen, eigen schuld, dikke bult. Maar die andere kwestie waar ik me zo beroerd door voel, ligt buiten mijn schuld. De cryptische en toch ook dreigende boodschap in de brief zoemt als een irritant insect door mijn hoofd en overstemt al mijn gedachten. Het is voor het eerst in mijn leven dat ik door mijn geliefde Deventer fiets zonder ervan te genieten. De sfeervolle steegjes, de leuke winkeltjes, de prachtig kleurende ochtendlucht boven de ontwakende stad, het doet me allemaal niets vanochtend. En er is nog iets aan de hele kwestie wat knaagt, al kan ik niet zeggen waarom: Carolina is net zo oud als ik. Ergens diep vanbinnen roert zich iets waar ik me niet prettig bij voel.

5

'Dus je vindt een brief uit Madeira tussen een stapel post in je moeders huis met de naam en geboortedatum van een onbekende vrouw met een vage tekst dat een of andere waarheid boven tafel moet komen. En dan word je ook nog gevraagd contact op te nemen via een mailadres dat niet werkt. Hoe dan?' Leo kijkt me verbijsterd aan. Ik slik de hap lasagne door waarop ik al een paar minuten zit te kauwen. 'Wist ik het maar. Het is nogal verwarrend, eerlijk gezegd begrijp ik er niks van en weet ik niet zo goed wat ik ermee aan moet.'

'*I'll bet you don't...*' Leo neemt een flinke slok wijn en ik grijp naar mijn glas water om het restant van de deegklomp in mijn mond weg te spoelen. 'Wat moet ik nu, Leo? Ik weet het gewoon even niet meer.'

'Laat me even nadenken, want ik heb geen pasklaar antwoord voor je.'

Terwijl Leo nadenkt prik ik lusteloos in de berg lasagne op mijn bord die maar niet wil slinken.

'Je hebt de socials al uitgeplozen, hè?' vraagt ze uiteindelijk.

'Yep. Zoeken naar een speld in een hooiberg is makkelijker, zeg maar. Ik weet niet hoe ze eruitziet, dus dat helpt niet. Elke foto van een Carolina Gomes uit Madeira kan de vrouw zijn om wie het gaat zonder dat ik het weet. Bovendien zijn er nogal wat vrouwen met die naam.'

'En de Carolina's die hun geboortedatum op de socials hadden staan matchten niet met de geboortedatum van deze Carolina, toch?'

'Nope.' Ik kan wel janken omdat Leo zo met me meedenkt. Dat geeft me het gevoel dat ik er niet alleen voor sta. Leo is de beste bondgenoot die ik me kan wensen, dat is al meermaals gebleken.

'Oké, met online gepruts komen we dus niet verder. Dan zit er maar één ding op: onze vakantie gaat naar Madeira en tussen het vakantie vieren door kunnen we wat speurwerk verrichten.'

'Meen je dat?'

'Ja, natuurlijk.'

'Je vindt niet dat ik de boel moet laten rusten?'

'Absoluut niet, ben je gek! Die brief is niet zomaar geschreven, ook al is de uitvoering nogal knullig, met een niet-werkend mailadres. Als ik zo'n brief zou krijgen, zou ik het ook niet kunnen laten rusten. Iemand uit vage beschuldigingen naar je moeder op een toon die niet bepaald prettig is, dat hoef je niet over je kant te laten gaan. Sterker nog, nu je moeder geen vragen meer kan beantwoorden én zichzelf niet kan verdedigen, moeten wij die taak op ons nemen. Dat verdient ze.'

'Ik vind het zo lief dat je dat zegt.'

'Ik meen het ook. En nu moet je je bord leegeten, Pien, je bent alweer afgevallen, of niet?'

'Mijn riem moest vanochtend een gaatje strakker, maar verder valt het wel mee, toch?'

'Hoeveel gaatjes moest je riem het afgelopen halfjaar strakker?'

'Drie,' zeg ik schoorvoetend. 'Maar ik had genoeg reserve,' sputter ik als ze me heel streng aankijkt en naar mijn bord wijst.

'Maak dat de kat wijs, Pien, eten. Je moet in goede conditie zijn als we Madeira onveilig gaan maken met de benenwagen.'
'Dus we gaan het doen?'
'Zeker weten. Heb jij Indira al gepolst of ze de honneurs twee à drie weken wil waarnemen als we op pad zijn? Ik heb in elk geval de eerste twee weken van juni een go van mijn werk en als het nodig is kan ik er vast nog iets aan plakken.'
'Dat heb je al gecheckt?'
'Ja, meteen nadat we het erover hebben gehad.'
'Dan ben je voortvarender te werk gegaan dan ik.'
'Precies, en daarom kun je niet achterblijven.'
'Ik bespreek het morgen met Indira, goed?'
Leo knikt. 'Zodra je het met haar geregeld hebt gaan we boeken.' Haar ogen stralen.
'Je vindt het spannend, hè?'
'Ja, natuurlijk. Ik heb altijd een voorliefde voor spanning gehad en detective spelen past helemaal in mijn straatje.' Ineens wordt haar gezicht ernstig.
'Wat?' vraag ik.
'Tja, ik weet eigenlijk niet of ik je dit moet zeggen, want het maakt de zaak alleen maar complexer en verwarrender voor je...'
'Wat bedoel je?'
'Nou, ik zat te denken...'
'Leo, kom op, zeg het. Als je ergens aan begint moet je het ook afmaken.'
'Wat weet je eigenlijk over je vader, buiten dat het een vakantiescharrel van je moeder was?'
'Nou, precies dat. Het was trouwens geen scharrel, maar een onenightstand. Mijn moeder had niet eens contactgegevens met hem uitgewisseld en kwam er pas achter dat ze

zwanger was van mij toen ze weer in Nederland was. Ze had niet echt goede herinneringen aan die onenightstand en heeft dus ook nooit moeite gedaan om die man te achterhalen.'

'En dat was oké voor jou?'

'Natuurlijk heb ik me weleens afgevraagd wie mijn vader is, maar een grote innerlijke drang om hem te zoeken en een relatie met hem op te bouwen heb ik eerlijk gezegd nooit gehad. Misschien wel omdat ik altijd heb gehoord dat mijn moeder hem als een foutje beschouwde, maar wel heel blij was met het eindresultaat. Ik heb er altijd blind op vertrouwd dat mijn moeder het beste met me voorhad en er nooit een halszaak van gemaakt.'

'Wat staat er eigenlijk op je geboortebewijs?'

'Geen idee, daar heb ik nooit naar gekeken. Hoezo?'

'Nou, misschien een heel gekke gedachte, hoor, maar zou het kunnen dat jij die Carolina Gomes bent?'

'Wat? Hoe bedoel je?'

'Zou het kunnen dat je moeder niet je biologische moeder was? Ja, ik drop nu inderdaad wel een enorme bom... Maar die Carolina is net zo oud als jij en je moeder had een grote kinderwens, maar geen partner. Zou het kunnen dat ze naar Madeira is gegaan om een kindje te adopteren, omdat ze het daar niet zo nauw namen met de regels, zeker niet in de jaren tachtig? Jij bent geboren op 2-1-1984 en zij op 1-2-1984. Een getalletje is zo omgewisseld.'

'Wat een belachelijk idee, mama was daar voor haar werk! Natuurlijk is ze mijn biologische moeder!' Mijn stem klinkt schril van paniek. Leo raakt een heel gevoelige snaar en geeft woorden aan het onderbuikgevoel dat ik zelf nog niet kon duiden. Als het waar is wat Leo zegt, dan is mijn hele leven een leugen en ik geloof niet dat ik dat aankan.

6

'Beweer je nou werkelijk dat je denkt dat ik geadopteerd ben, Leo?'
'Ik beweer niks, ik hou alleen alle opties open. Als je iets wilt onderzoeken, is het niet goed om van tevoren al dingen uit te sluiten. Dat betekent dat je zoekt naar de antwoorden die je wilt vinden en dat je voor alle andere dingen de andere kant op kijkt. Als je de waarheid echt wilt achterhalen, moet je een open mind hebben en out of the box durven te denken. Durf je dat, Pien?'
Ik laat Leo's gewetensvraag even op me inwerken. 'Eerlijk antwoord? Nee, ik denk niet dat ik dat durf.'
'Dan moet je die brief door de shredder halen en het er niet meer over hebben. Dat is ook een optie, hè. Je hóéft hier niks mee te doen. Een keuze is als een T-splitsing, je kunt rechtsaf of linksaf en het is aan jou wat het wordt.'
'Jemig, Leo, je lijkt wel een wandelend zelfhulpboek,' kreun ik.
'Maar ik heb wel een punt, of niet?'
'Misschien...'
'Misschien?'
'Oké, ja, je hebt een punt. Nou je zin?'
'Ik hoef mijn zin niet te krijgen, ik hou je alleen wat dingen voor ter overweging. Als je serieus wilt onderzoeken wie die brief aan je moeder heeft geschreven en wie Carolina Gomes is, dan moet je er helemaal voor gaan, anders

heeft het geen zin. Dat is hoe ik ertegen aankijk.'

'Ik ben gewoon bang, Leo, snap je dat niet? Mijn hele leven en alles waar ik in geloof staat op het spel.'

'Natuurlijk ben je bang. Ik zou het in mijn broek doen als ik jou was. Maar ik ken je goed genoeg om te weten dat er altijd iets aan je zal blijven knagen als je niet weet wat er aan de hand is. En je doet dit niet alleen, hè, we doen het samen en ik zal je steunen waar ik kan.'

Ik knik gelaten. Ik haat het dat ze gelijk heeft, dat alles wat ze zegt raak is. Ik haat het dat een wildvreemde mé in deze onmogelijke positie brengt in een periode dat ik toch al wankel op mijn benen sta. Had ik die brief maar nooit gevonden. Het wringt aan alle kanten en er is maar één manier om dat te stoppen. Op het moment dat ik dat denk, stelt Leo me de vraag: 'En, gaan we naar Madeira of niet? Het is aan jou.'

'Vind je het echt niet erg om je spaarzame vrije dagen op te offeren voor een speurtocht die misschien helemaal niets oplevert?'

'Ik offer helemaal niets op. We gaan samen lekker op vakantie op een prachtig eiland en terwijl we daar zijn vragen we wat rond. No big deal, toch? En ik doe het natuurlijk ook een beetje uit eigenbelang, want je weet hoe dol ik ben op spanning. Ik weet nu al dat het geen saaie vakantie wordt.' Ze knipoogt naar me met een grote grijns op haar gezicht.

'Maar dat adoptiedingetje, serieus?' vraag ik haar. 'Hoe kom je daarbij? Vind je dat ik niet op mama lijk of...'

'Nou ja, lang verhaal kort, ik heb pas een boek gelezen met een plot waarbij de hoofdpersoon er door omstandigheden achter kwam dat haar ouders niet haar echte ouders waren. Op de een of andere manier moest ik daar meteen aan denken toen je me vertelde over die brief.'

'Maar Leo, dat is fictie! Dit is echt, dit gaat over mijn leven.'

'Soms overtreft de werkelijkheid de fantasie... Het is niet alleen fictie, Pien, dit soort dingen gebeuren ook in het echte leven, dat weet jij ook.'

'Maar stel nou dat dit in mijn geval aan de orde is, denk je dan niet dat ik op de een of andere manier had moeten voelen dat er iets niet klopt? Dat gevoel heb ik echt nooit gehad.'

'Maar toch ben je nu aan het twijfelen geslagen, dat zegt misschien ook iets?'

'Twijfelen is een te groot woord. Ik kan niet van het ene op het andere moment alles loslaten waarin ik altijd heb geloofd omdat er een of andere vage brief in de bus is gevallen. Maar ik heb wel vragen, ja, en dat mijn moeder ze niet meer kan beantwoorden maakt me onzeker. Ik tast ineens volledig in het duister over haar verleden, terwijl ik dacht dat ik alles van haar wist. Het doet pijn dat ze me blijkbaar niet genoeg vertrouwde om te vertellen wat er destijds op Madeira is gebeurd.'

'Dat heeft niets met vertrouwen te maken, Pien. Iedereen heeft dingen die hij of zij liever voor zichzelf houdt, om wat voor reden dan ook.'

'Maar wat kan mama's reden dan zijn? Ik kan echt niks bedenken.'

'Dat kan van alles zijn. Een nare ervaring, schaamte, verzin het maar. Misschien was ze bang dat je anders tegen haar aan zou gaan kijken of dat jullie relatie zou veranderen als je minder leuke dingen over haar te weten zou komen.'

'En daar word ik nou zo wanhopig van: dat we geen echte concrete aanknopingspunten hebben en alleen maar in het wilde weg kunnen raden wat de dingen in die brief betekenen.'

'Als die brief op waarheid berust, hè... want dat moeten we nog zien vast te stellen. Geen idee hoe, maar daar verzinnen we wel wat op als we op Madeira zijn.'

'Maar wat wil je dan? Langs de deuren gaan met die brief, in de hoop dat er ineens een Carolina Gomes opendoet? Of iemand die zegt: "Hé, dat is mijn handschrift, ik heb die brief geschreven."'

'Voor mijn part. In twee weken tijd kun je heel wat deuren afwerken, hoor.'

'Maar Leo, dat is toch onbegonnen werk?'

'Misschien, maar heb jij een beter idee dan?'

'Op dit moment heb ik even totaal geen ideeën.'

'Dan moet je eten.' Leo schuift het bord met lasagne weer naar me toe. '*Food for thought.*' Ze steekt een grote hap in haar eigen mond en kauwt genoeglijk. Ik volg haar voorbeeld met een muizenhapje. Als Leo de grote berg op haar bord naar binnen heeft geschoven, steekt ze haar vork in de lucht. 'Maar jij hebt je geboorteakte dus nog nooit gezien?'

Ik frons mijn wenkbrauwen. 'Nee, hoezo?'

'Op een geboorteakte worden biologische ouders vermeld. Als je moeder daarop staat, dan kunnen we dat adoptieverhaal wellicht laten rusten. En misschien staat op dat document ook iets over je vader? Stel nou dat er een naam op die akte staat, dan kunnen we hem gaan zoeken. Misschien kan hij je meer vertellen over wat er destijds is voorgevallen met je moeder, of misschien zegt de naam Carolina Gomes hem wat?'

'Poeh, om het even nog gecompliceerder te maken. Ik heb nooit de behoefte gehad om mijn vader te zoeken en contact met hem te krijgen. Ik heb mama's uitleg altijd geaccepteerd. Hij was een losse flodder die niets zou toevoegen aan mijn leven.'

Leo trekt een moeilijk gezicht.

'Wat?' vraag ik.
'Om heel eerlijk te zijn vind ik dat je moeder dat niet goed heeft aangepakt. Ze heeft een beslissing voor jou genomen en die als enige optie aan je gepresenteerd. Ik vind dat ze je de ruimte had moeten bieden om die beslissing zelf te nemen, en jou niet op had moeten zadelen met haar gevoelens. Daardoor heb je nooit je eigen afwegingen kunnen maken. Ik vind dat ieder kind er recht op heeft om te weten wie zijn ouders zijn, ik zie dat als een basisrecht. En ik vind ook dat je moeder je vader had moeten informeren over haar zwangerschap. Als ik in jouw schoenen stond, zou ik meer willen weten over mijn afkomst. Heb je echt nooit die behoefte gehad?'

'Natuurlijk vroeg ik me weleens dingen af, maar ik wilde mama niet kwetsen, dus ik heb er nooit op doorgevraagd.'

'Wat voor vragen had je dan?'

'Mijn krullen bijvoorbeeld, heb ik die van mijn vader? Want mama's haar was zo recht als een plank. En dat lichte tintje van mijn huid, dat moet van mijn vader zijn, want mama was een echte kaaskop. Dat soort dingetjes.'

'Je bent gewoon half Portugees, Pien. Je bent verwekt op Madeira. Je bent er nooit geweest, toch?'

'Nee, mama meed Portugal als de pest. Ze wilde altijd liever naar Spanje of Italië en dat vond ik prima.'

'Misschien is het wel heel bijzonder als je over een paar weken voet op Madeirese bodem zet, een soort thuiskomen. Op dat eiland ligt toch een gedeelte van je roots. Dat moet je voelen, dat kan niet anders.'

'Ben jij er eigenlijk weleens geweest?'

'Ja, één keer. Ik geloof dat ik een jaar of vijftien was of zo. Ik vond het geweldig daar. De zee, de bloemen, het eten, de kneuterige marktjes en... leuke jongens. Ik heb me er geen seconde verveeld.'

'Heb jij je ooit weleens verveeld, Leo?' zeg ik grinnikend.

'Nee, niet echt eigenlijk. Maar nog even over dat geboortebewijs, heb je enig idee waar je moeder dat soort documenten bewaarde?'

'De kluis in de kelder zou een logische plek zijn. Klinkt misschien stom, maar ik heb er nog niet in gekeken sinds haar overlijden. Is niet eens bij me opgekomen. Ik weet dat ze onze paspoorten daarin bewaarde, wat sieraden en wat cash. Er lagen ook enkele documentmappen in, maar daar heb ik nooit in gekeken. Tegenwoordig is ook zoveel digitaal. Ik heb ook niets daarvan nodig gehad bij de afwikkeling van haar overlijden.'

'Dan wordt het misschien tijd om dat wel te doen. Wie weet wat voor informatie je vindt. En mocht je geboortebewijs er niet tussen zitten, dan kun je dat altijd nog opvragen bij de gemeente.'

Ik knik, niet bepaald enthousiast.

'Zullen we anders zo samen even naar het huis van je moeder gaan om in die kluis te kijken?'

'Als je het niet heel erg vindt, doe ik dat liever op een ander moment. Mijn hoofd ontploft. Er komen zoveel dingen tegelijk op me af dat ik er even niks meer bij kan hebben. Eerlijk gezegd denk ik dat ik aan vakantie toe ben.' Ik lach geforceerd.

Leo staat op en loopt naar het kastje waarop haar iPad ligt, ze pakt hem ervanaf en zet hem voor mijn neus. Ze haalt het toestel uit de sluimerstand, googelt op 'vakantie Madeira' en klikt op een link die leidt naar een appartement in Funchal.

'Funchal is de hoofdstad. Ik zat er destijds ook met mijn ouders en het is echt het bruisende hart van het eiland,' licht ze toe.

'Funchal... Dat is ook de plaats waar mijn moeder destijds verbleef.' Ik trek de iPad wat dichter naar me toe en begin de omschrijving van Funchal op de website te lezen. Het ligt aan een baai in de bergen en wordt beschouwd als een van de mooiste steden van Portugal. Het stadscentrum is levendig, je hebt er leuke pleintjes, oude steegjes die historie ademen, talloze winkeltjes, terrasjes, restaurants en bars, een haven, een overdekte markt en een casino. Ondanks alle drukte zijn er ook voldoende plekken waar je tot rust kunt komen. Het Santa Catarina Park en de Botanical Gardens worden daarvoor speciaal aanbevolen. Er zijn zand- en kiezelstranden en er bevinden zich vele strand- en zwembadcomplexen op het eiland. Als ik doorscrol naar wat foto's met eten en drinken begint Leo achter me enthousiast in haar handen te klappen.

'O, die spies kan ik me nog herinneren. Zo lekker!' Ze doelt op een gekruide vleesspies die als '*Espetada*' op de kaart staat. 'En madeirawijn! Toen ik er met mijn ouders was mocht ik per hoge uitzondering een half glaasje meedrinken omdat ik jarig was. En...'

'Ja, stop maar, ik ben om. Laten we nu meteen boeken.'

'Maar moet je niet eerst zeker weten dat Indira die weken voor je waarneemt?'

'Ik denk dat dat wel goed komt, en anders gooi ik de zaak even dicht.'

Leo kijkt me vol ongeloof aan. 'Heb je een klap op je hoofd gehad of zo? Jij de zaak dichtgooien? Dat was toch onbespreekbaar?'

'Soms moet je je standpunt aanpassen. Ik ben zó toe aan vakantie en rust dat de gedachte dat ik de hele zomer moet doorwerken ineens ondraaglijk is. Bovendien denk ik dat ik het simpelweg niet lang meer volhou zonder in te storten als ik niet even een break neem.'

Leo kijkt me nog steeds aan alsof ik haar voor de gek

houd, maar haalt uiteindelijk haar schouders op. 'Oké, dan gaan we boeken. Appartement of hotel?'

'Het liefst iets met een keukentje zodat we zelf kunnen bepalen wanneer we gaan eten. Bovendien vind ik restaurantjes veel gezelliger dan zo'n lopend buffet in een hotel.'

'Eens!'

Op de website waar ik de beschrijving van Madeira net heb gevonden worden ook suggesties gedaan voor hotels en appartementen. We scrollen erdoorheen, tot Leo ineens zegt: 'Wat dacht je van deze?' Ze klikt een accommodatie aan met de naam NEXT Hotel. Ze bieden hotelkamers, studio's en suites aan. Ontbijt, half- of volpension is mogelijk maar niet verplicht. Studio Standaard Zeezicht voor twee personen voldoet precies aan onze eisen. Groot genoeg en mét keukentje. Het centrum van Funchal is op loopafstand en alle kamers kijken uit op zee. Het gebouw verdient niet de schoonheidsprijs, maar als we in ons appartement zitten met uitkijk op zee hebben we daar helemaal geen erg in. Leo klikt verder naar de uitgebreide details. 'Kijk, het hotel ligt op een heuvel aan zee maar... ah, jammer, geen strand.'

'Maar wel een bushalte op honderd meter, dus dat biedt perspectief. Het strand Farmosa ligt er ongeveer vijf kilometer vandaan, dus daar zal vast wel een bus heen gaan. Bovendien denk ik dat we, ons kennende, niet heel veel op het strand zullen liggen. Jij wordt na een halve dag op je krent liggen vaak al ongedurig.'

'Haha, ja, daar heb je wel een punt. Ik word er altijd zo hangerig van en voor het kleurtje hoef ik het niet te doen met mijn Spaanse roots. Oké, het gebrek aan strand bij het hotel is geen breekpunt en dat rooftopterras met zwembad maakt veel goed.'

'Eens. En, o, yes, ze hebben een spa! Ik kan me niet meer herinneren wanneer ik voor het laatst naar de sauna ben geweest. Hm, en ze doen ook massages. Ik wil me wel even laten kneden door zo'n lekkere Portugese jongen en ik denk dat jij er ook enorm van zult opknappen.' Ze geeft me een plagende por.

'Pf, die spieren van mij staan zo strak van alle stress dat er een non-stopmassage van een week nodig is. Dat wil ik zo'n jongen niet aandoen. Mezelf trouwens ook niet. Maar doe gerust je ding,' zeg ik lachend. 'Drie weken zonder je huurder met benefits is natuurlijk ook wel een onmenselijke opgave.'

'Haha, leuk. Maar goed, wat vind je? Doen?'

'Doen. Ik trakteer.'

'Nee, joh!'

'Jawel. Zie het maar als detectivefee. Ik ben dolblij dat je me wilt helpen met mijn speurtocht. Want Leo, echt, ik zie er zo tegen op. Maar ik kan het ook niet laten gaan, daar had je wel een punt. Bah, ik haat geheimen en leugentjes om bestwil. Als kind al. Toen mijn moeder me vertelde dat Sinterklaas niet bestond heb ik een week niet tegen haar gesproken. Ik mocht niet liegen, waarom zij dan wel?'

'Principiële Pientje, dat is een van de redenen waarom ik zo dol op je ben.'

'*Love you too*, Leo.' Ik pak mijn creditcard uit mijn tas en zet de boeking in gang.

'Weet je echt zeker dat je alles wilt betalen? Ik voel me er toch een beetje ongemakkelijk bij en ik wil je niet op kosten jagen.'

'Als ik het niet kon missen, zou ik het niet doen. Mama heeft me wat geld nagelaten en ik weet zeker dat deze uitgave haar goedkeuring kan wegdragen. Ze was stapelgek op je, Leo.'

'Dat was wederzijds,' zegt Leo met zachte stem. 'Ik mis haar ook, weet je. Wat voor geheim ze ook voor je verborgen heeft gehouden, ze was een topmoeder en een goed mens.'

'Ja, dat was ze. Daarom vind ik het ook zo erg wat er nu allemaal gebeurt. Ze wordt terecht of onterecht van iets beschuldigd en kan zich niet meer verdedigen. Ze kan ook niet meer uitleggen wat haar beweegredenen zijn geweest. Ik denk stiekem dat ik haar dood pas echt kan gaan verwerken als ik dit hele verhaal heb afgesloten. Wat de uitkomst ook zal zijn, ik heb antwoorden nodig om het te kunnen laten rusten en verder te gaan met mijn leven.'

'En ik ga je helpen die antwoorden te vinden. Je hebt me net officieel ingehuurd als privédetective en ik neem mijn taak heel serieus. Ik gun je die rust zo, Pien. Over een paar weken landen we op Madeira en gaan we aan de slag.'

'Maar wat nou als we niks vinden? Wat moet ik dan?'

'Ik zou willen dat ik je een garantie op succes kon beloven, Pien, maar dat zou niet eerlijk zijn en ik weet hoe je hecht aan eerlijkheid. Garanties zijn er niet in het leven. Ik kan je alleen beloven dat ik er voor je ben en mijn uiterste best zal doen om samen met jou dit mysterie te ontrafelen.'

'Ik weet serieus niet wat ik zonder je had gemoeten het afgelopen jaar, en dit leven is te kort om je ooit terug te kunnen betalen.'

'Nou, je hebt net al een mooie aanbetaling gedaan. Maar serieus, Pien, ik geloof in onvoorwaardelijke vriendschap. Belangeloos klaarstaan voor elkaar. De ene keer heb jij mij nodig, de andere keer ik jou. Zo werkt dat. Jij zou voor mij toch hetzelfde doen?'

'Ja, natuurlijk!'

'Nou, waar lullen we dan nog over? Ik zet mijn printer even aan, dan kunnen we de boekingen afdrukken. We gaan naar Madeira, babe!'

7

Het is al tegen middernacht als ik wegrijd uit Leo's straat. De talloze tropische plaatjes die we hebben bekeken als voorpret op onze vakantie waren even een goede afleiding van alle shit in mijn hoofd. Maar nu ik hier alleen door het donker rijd, komt die opmerking van Leo – dat ik misschien zelf wel die Carolina Gomes ben – weer terug. Dat zou betekenen dat mama altijd voor me heeft verzwegen dat ze me heeft geadopteerd, en dat maakt me heel onrustig. Ik kan me niet voorstellen dat het zo is, maar ik kan het ook niet als totale onzin afdoen. En dus ben ik, ondanks het late tijdstip, weer op weg naar het huis van mijn moeder om de inhoud van haar kluis te bekijken. Toen Leo voorstelde om het samen te doen heb ik gezegd dat ik het niet aankon, maar de waarheid is dat ik haar niet wilde beledigen of buitensluiten, terwijl ze me alleen maar wilde steunen. Die kluis uitspitten is iets wat ik alleen moet doen. Het is te intiem en persoonlijk om daar iemand anders bij te betrekken. Wie weet wat ik voor dingen tegenkom?

Ik trap flink door. Net als de vorige keer dat ik hier was ga ik met lood in mijn schoenen naar binnen. Het enige verschil is dat ik deze keer broodnuchter ben. Ik moet volledig helder zijn. Later kan ik het altijd nog op een zuipen zetten.

Nadat ik de voordeur aan de binnenkant op slot heb gedaan en wat lampen heb aangeknipt loop ik linea recta door naar de kelder, waar de kluis zich bevindt. De muffe lucht van een ruimte die te lang afgesloten is geweest dringt mijn neusgaten binnen wanneer ik de trap afloop. Eens stond deze kelder vol met voedselvoorraden en een collectie van goede wijnen, maar dat is al een hele tijd geleden. De eetlust van mijn moeder nam met de dag af nadat ze de diagnose kanker had gekregen. Het echte voedsel maakte plaats voor medische voeding uit een flesje en alcohol werd een no-go bij de zware medicatie die ze kreeg. Met weemoed kijk ik naar het rek, waar nog een restantje Nutridrink in staat. Ik loop naar de grote dekenkist die in de hoek staat en doe de deksel omhoog. Hij zit van boven tot onder volgestouwd met speelgoed en knuffels uit mijn jeugd. Ik wroet er wat doorheen. Onderin liggen monopoly en mens-erger-je-niet, geflankeerd door Catan en rummikub. Daarbovenop ligt mijn tot op de draad versleten knuffelhond Woef. Mijn lievelingspop Juliëtte ligt onder een berg My Little Pony's die ik spaarde vanwege hun mooie gekleurde manen. Met een gevoel van nostalgie neem ik Juliëtte in mijn armen en aai over haar lange blonde haren zoals ik dat als kind talloze keren heb gedaan. Met mijn vingers verwijder ik de klitten die in de loop der jaren zijn ontstaan. Ze draagt nog steeds hetzelfde rode jurkje dat ze aanhad toen ik haar voor sinterklaas kreeg. Mijn liefde voor haren en kapsels ontwaakte bij Juliëtte. Terwijl ik haar haren eindeloos kamde en borstelde vertelde ik haar al mijn geheimen en fantasieën wanneer mijn moeder te druk was voor een uitgebreid kopje thee na school. Ik sluit de kist en zet Juliëtte erbovenop. Kan ze meekijken terwijl ik misschien wel het grootste geheim van mijn leven ga ontdekken.

'Oké, Pien, genoeg gedraald weer. Actie,' zeg ik hardop tegen mezelf. Ik schuif de lege kast waar de kluis achter zit verstopt aan de kant en toets uit mijn hoofd de veiligheidscode in. Het is een combinatie van mijn eigen en mijn moeders geboortedatum. Het slot klikt en ik open de deur. De kast, die nu schuin voor de kluis staat, houdt het licht van de kelderlamp gedeeltelijk tegen, dus ik schakel de zaklampfunctie op mijn telefoon in en schijn mezelf bij.

De inhoud van de kluis is, voor zover ik kan zien, niet veranderd sinds de laatste keer dat ik mijn paspoort eruit haalde. Dat ligt samen met mijn moeders paspoort op een stapel losse documenten. Ernaast liggen een paar documentmappen en achterin een envelop met wat cashgeld. In die mappen heb ik sowieso nooit gekeken, en het stapeltje losse papieren heb ik ook nooit aangeroerd. Op de envelop met geld na haal ik de kluis leeg en ik ga met de mappen en papieren tegen de dekenkist aan zitten. Juliëtte kijkt over mijn schouder mee als ik de paspoorten apart leg en het eerste vel papier in mijn handen neem. Het is mijn moeders verzekeringspolis bij Interpolis. Eronder liggen nog een paar polissen van voorgaande jaren en een aantal polissen van haar ziektekostenverzekering. Verder nog wat contracten voor nutsvoorzieningen, telefonie en internet. Kortom, allemaal huis-tuin-en-keukendingen en dus niets bijzonders of verrassends. Als er al iets te vinden is over mij of mijn afkomst, zal dat in een van de dossiermappen moeten zitten.

Er liggen een blauw en een oranje exemplaar aan mijn voeten en ik begin met de oranje map. Voorzichtig maak ik hem open zodat de inhoud er niet meteen uit valt. Bovenop ligt een boekje waar alle vaccinaties die ik als kind heb gehad in staan. Daaronder liggen mijn veterstrikdiploma van de kleuterschool en alle andere diploma's die ik ooit gehaald heb, zoals school- en zwemdiploma's. Daarna volgen mijn oude schoolrapporten en ik moet me inhouden om de beoordelingsverhaaltjes van alle meesters en juffen niet te gaan lezen. Het laatste document in de map is mijn geboortekaartje. Voorop staat een grote ooievaar die een in roze doeken gewikkelde baby in zijn snavel houdt. Daaronder staan in sierlijke letters mijn naam en geboortedatum. Het is de eerste keer in mijn leven dat ik dit kaartje zie en op de een of andere manier ontroert het me. Ik realiseer me ook meteen dat het document dat ik hoopte te vinden, mijn officiële geboortebewijs, niet in deze map zit – terwijl dat wel logisch was geweest. Mijn zenuwen beginnen weer toe te nemen. Mijn moeder hield haar administratie goed bij, dus waarom zit het er niet tussen? Betekent dat dat er inderdaad iets mis is met mijn officiële papieren? *Rustig aan, Pien, er is nog een map. Nieuwe ronde, nieuwe kansen.*

Ik pak de tweede map en open hem. De eerste documenten zijn oude diploma's van mijn moeder en een paar verlopen paspoorten die ze blijkbaar niet weg heeft kunnen doen. Ik leg het allemaal aan de kant nadat ik er een vluchtige blik op heb geworpen. Ik spit verder totdat mijn vingers een document te pakken hebben waar mijn adem even van stokt. Mijn geboortebewijs. Ik vreet de letters op het document op. Mama staat geregistreerd als mijn biologische moeder en tot mijn grote teleurstelling staat er bij vader 'onbekend'. Ik heb volgens het document de Nederlandse nationaliteit en ben in Deventer geboren op 2 januari 1984. Tot zover klopt alles wat mijn moeder me ooit verteld heeft. Dat zou een enorme opluchting moeten zijn. Uit niets op dit document blijkt dat ik geadopteerd ben. Maar ik merk nu pas hoezeer ik er onbewust toch op gehoopt had om de naam van mijn biologische vader aan te treffen. Naast het feit dat het een mooie aanwijzing zou zijn voor de speurtocht op Madeira heeft het verlies van mijn moeder een vuurtje aangewakkerd waarvan ik dacht dat het gedoofd was.

Met haar dood ben ik een stuk van mezelf verloren en ik had stiekem gehoopt dat een kennismaking met mijn biologische vader dat gat een beetje op zou vullen. Hij heeft haar gekend en kan me hopelijk dingen over haar vertellen die ik nog niet weet. Ik wil weten of hij verliefd op haar was of dat ik inderdaad ben verwekt tijdens een vluchtige onenightstand zonder betekenis. Ik wil weten waar hij haar heeft leren kennen, waarom hij haar aantrekkelijk genoeg vond om haar uit te nodigen in zijn bed. Maar ik wil ook meer weten over zijn achtergrond. Heeft hij nog meer kinderen en heb ik dus misschien wel halfzussen of -broers? Hoe was zijn jeugd? Heb ik uiterlijke kenmerken of bepaalde karaktertrekken van hem geërfd? Alle vragen die ik mijn hele leven zo diep mogelijk heb weggestopt om mijn moeder niet te kwetsen, komen nu in één keer in een overweldigende tsunami naar boven. Het overvalt me en slaat me even lam. Nu mijn moeder niet meer leeft en mijn geboortebewijs geen informatie geeft over mijn biologische vader ben ik weer terug bij af. Ik heb werkelijk geen idee waar ik met mijn vragen terecht zou kunnen. Ik zal moeten accepteren dat ik nooit zal weten wie mijn vader is en die pil smaakt een stuk bitterder dan ik dacht. Heb ik mezelf dan mijn hele leven voor de gek gehouden door te doen alsof het me niets interesseerde omdat ik gelukkig was met het leven dat ik met mama had? Leo heeft met haar insinuaties iets in gang gezet wat ik niet meer kan stoppen en ik geloof niet dat ik daar blij mee ben. Het leidt namelijk tot niets, nu mijn geboortebewijs geen enkele informatie blootgeeft over mijn vader. Het heeft me alleen maar onrustiger en verweesder gemaakt.

 Met tranen in mijn ogen leg ik het geboortebewijs weg en pak het laatste mapje dat ik nog niet heb bekeken. Het is een roze foto-etui met een wit eendje op de voorkant. Het is voor de helft gevuld met babyfoto's die ik nog nooit heb gezien. Ik probeer ze in mijn hoofd te vergelijken met de babyfoto's die ik van mezelf ken. Ik bestudeer de gelaatstrekken van het kindje zorgvuldig. Op de eerste foto heeft het meisje dezelfde gitzwarte haartjes en ronde neus als ik me herinner van mijn eigen babyfoto's. Op de foto daarna draagt ze een roze mutsje dat ik herken en op de volgende foto een rompertje dat me ook bekend voorkomt. Op drie andere foto's houdt mijn moeder het meisje vast. Ze kijkt met dezelfde liefdevolle blik naar het kindje als ze altijd naar mij heeft gekeken. Mama ziet er ongelofelijk jong uit op die foto's. Ze draagt haar gepermanente donkerblonde haar in een halflang kapsel. Een paar weerbarstige krullen springen vrolijk langs haar gezicht. Haar uitstraling is fris, energiek en gelukkig. Vooral gelukkig.

Het kindje op de foto's ben ik, dat weet ik zeker. Maar waarom deze foto's niet in het babyalbum zitten dat in de woonkamer in de boekenkast staat, is me een raadsel. Ik blader door naar de laatste foto en knipper verbaasd met mijn ogen. Het is geen foto van mij of van mama met mij, maar een foto waar een jonge man en een meisje op staan. Ik schat dat de man net de volwassen leeftijd heeft bereikt, maar het meisje is absoluut minderjarig. Ik gok dat ze vijftien of zestien jaar is. De man heeft een arm om het meisje heen geslagen en kijkt met een open blik de camera in. Het meisje heeft een aarzelende lach op haar gezicht die niet terug te vinden is in haar ogen. Haar rechterhand rust krampachtig op haar buik en ik kan niet goed zien of ze haar linkerarm om de man heen heeft geslagen of dat ze die strak langs haar lichaam houdt. Het is duidelijk dat de man genegenheid voelt voor het meisje, maar of dat andersom ook zo is? Het is moeilijk in te schatten. Het kan natuurlijk ook zijn dat ze heel erg verlegen is of reageert op de persoon die de foto maakt. Zowel het meisje als de jongeman heeft gitzwart haar. Dat van het meisje is in een strakke knot gebonden en dat van de man is met gel achterovergekamd in een lage staart. Daardoor is niet te zien of ze steil of krullend haar hebben. De man draagt een zwart jasje over een wit shirt en een zwarte pantalon. Het meisje draagt een braaf bloemig jurkje dat tot net onder haar knieën reikt. Wie zijn deze mensen en wat doen ze in het foto-etui van mijn moeder? Voorzichtig haal ik de foto uit het insteekmapje om te kijken of er iets op de achterkant staat geschreven. Dat is niet het geval. Weer een nieuw raadsel waar ik geen antwoorden bij geleverd krijg. Dan realiseer ik me dat de foto in het mapje zit met babyfoto's van mij. En dan begint er weer iets te knagen. Kan het zijn dat die man en dat meisje mijn biologische ouders zijn? *Pien, je hebt je geboortebewijs toch gezien? Je bent geboren in Deventer en Roos Voortman is je biologische moeder,* probeer ik mezelf gerust te stellen. Of is het mogelijk dat mijn geboortebewijs vervalst is, zoals Leo vanavond even tussen neus en lippen door liet vallen?

Ik pak mijn telefoon en fotografeer mijn geboortebewijs en het stel op de foto. Ondanks het late tijdstip verstuur ik ze toch per app naar Leo. Als ze al slaapt heeft ze haar telefoon op stil staan en wordt ze er niet wakker van. Als ze nog niet slaapt heb ik mazzel. Ik moet dit met haar delen en weten wat zij ervan denkt. Vrijwel meteen verschijnt er een bericht terug van Leo met de veelzeggende tekst *Wtf?!* Voordat ik de tijd krijg om haar te antwoorden belt ze al. 'Wie zijn die mensen, Pien?'

'Ik heb werkelijk geen idee. Ik vond de foto achter in een mapje waar babyfoto's van mij in zitten. Foto's die ik nog nooit heb gezien. Ik wist niet beter dan dat mijn babyfoto's allemaal in een album in de boekenkast zitten.'

'En die foto van dat meisje met die man zat dus ook in dat mapje?'

'Ja, dat zeg ik. Wat denk jij dat dat te betekenen heeft, Leo?' Ik kan de opkomende angst en onzekerheid in mijn stem niet verbergen.

'Misschien hebben het meisje en die man een link met jou?' suggereert Leo in eerste instantie voorzichtig. 'Of eigenlijk bedoel ik gewoon: zou het kunnen dat deze mensen je biologische ouders zijn?'

Ik krimp ineen nu ze de woorden die natuurlijk ook door mijn hoofd spookten hardop uitspreekt. 'Maar je hebt mijn geboortebewijs gezien, toch? Daarop staat toch echt dat Roos Voortman mijn biologische moeder is en dat mijn vader onbekend is. Dat document ziet er heel authentiek uit.'

'Maar dat wil niet zeggen dat het ook authentiek is,' pareert Leo meteen. 'In het verleden zijn er nogal wat misstanden geweest met interlandelijke adoptie en in 1989 zijn de regels pas aangescherpt, nadat er steeds meer kritiek kwam. Jij bent uit 1984...' Ze laat even een stilte vallen en ik heb geen behoefte om haar op te vullen.

'Volgens mij is er nog vrij recent een onderzoek gedaan naar misstanden bij adoptie en de rol die de Nederlandse overheid daarbij speelde. Wacht, ik googel het even. Ja, hier heb ik het. Die Sander Dekker, je weet wel, de voormalige minister van Rechtsbescherming, heeft in 2018 een onderzoek aangekondigd naar misstanden bij interlandelijke adoptie. Dat was vooral gericht op landen als Bangladesh, Brazilië, Colombia, Indonesië en Sri Lanka, maar volgens mij namen ze het in die tijd in Portugal ook niet zo nauw met de regeltjes.'

'Maar Leo, dat meisje op die foto, ze ziet eruit als een tiener.'

'Ze zal niet de eerste tiener zijn die een "ongelukje" heeft gehad met een oudere vent.'

'Een ongelukje?' vraag ik beledigd.

'Foute woordkeus, maar je begrijpt wel wat ik bedoel. Portugal is heel katholiek, dus ongehuwd zwanger worden en ook nog op een jonge leeftijd zal not done geweest zijn. En zeker niet op een eiland, waar de mensen vaak minder ruimdenkend zijn dan op het vasteland. Gezien het geloof zal abortus waarschijnlijk een no-go zijn geweest en was adoptie een goed alternatief om de schande zo veel mogelijk onder het tapijt te vegen.'

'Vind je dat die man en dat meisje, sorry, ik kan haar geen vrouw noemen, op me lijken?'

'Tja, moeilijk te zeggen. Ze hebben in elk geval jouw haarkleur, maar of ze ook krullen hebben is met die strak ingebonden kapsels niet te zien. De kleur van hun huid is wat donkerder dan die van jou, maar dat kan natuurlijk ook door de zon komen. Ik vind je neus niet echt lijken op die van hen, maar je lippen weer wel. Ah, ik weet het niet, Pien, op basis van een foto kan ik daar geen gefundeerde uitspraak over doen.'

'Ik vind het allemaal zo verwarrend, Leo. Als ik naar mijn geboortebewijs kijk, denk ik: niks aan de hand, er staat zwart-op-wit dat mama ook echt mijn moeder was, maar dan vind ik zo'n foto in een mapje bij mijn babyfoto's en dan hoor ik jouw complottheorieën en dan weet ik het niet meer.'

'Heb je de achterkant van de foto gecheckt? Staan daar geen namen of een datum op of zo?'

'Dat is natuurlijk het eerste wat ik heb gedaan, maar nee: er staat geen enkele aanwijzing op die foto.'

'We nemen hem mee naar Madeira en laten hem daar aan zo veel mogelijk locals zien. Hopelijk is er iemand die dat meisje en die man herkent en ons meer over hen kan vertellen. Het is niet veel, maar we hebben nu in elk geval een concreet plaatje en de naam uit de brief waar we mensen op kunnen bevragen.' Leo geeuwt luidruchtig en doet geen poging om haar vermoeidheid te verbergen. Ik kijk op mijn horloge en zie dat het al bijna één uur is. 'Ik had helemaal niet door dat het al zo laat is,' verontschuldig ik me. 'Ik laat je met rust, want morgen moet je weer voor dag en dauw op.'

'Dat geldt ook voor jou, toch? Probeer wat slaap te pakken, Pien, want als je nog een paar van die doorwaakte nachten hebt, kan ik je straks opvegen.'

'Maar hoe kan ik nou slapen terwijl het zo'n puinhoop is in mijn hoofd?'

'Een kop warme melk met honing en schaapjes tellen. Dat werkte bij mij vroeger heel goed. Beloof me dat je het probeert. En anders ga je maar met je ogen dicht op bed liggen, want dan rust je toch.'

'Nu klink je net als mijn moeder.'

'Ook als de mijne. Hoe ouder je wordt, hoe meer je hun wijsheden gaat waarderen en koesteren.' Ze geeuwt weer.

'Slaap lekker, Leo, ik spreek je snel. En, o, by the way, Indira neemt voor me waar als we op vakantie zijn, dus dat is een pak van mijn hart.'

'Tof van haar, ook al blijft ze een bitch.'

'Trusten, Leo.' Hoofdschuddend verbreek ik de verbinding.

De schaapjes en de melk moeten nog even wachten, want ik wil eerst alle documenten weer netjes in de mappen doen zodat ik de boel weer in de kluis kan leggen. Gestructureerd stop ik alles weer terug zoals ik het gevonden heb. Bij de oude paspoorten van mijn moeder aarzel ik even, dan blader ik ze een voor een door en check ze op stempels die erin zijn gezet bij buitenlandse reizen. Ik zoek naar de jaren rond mijn geboortejaar en vind een inreisstempel voor

Madeira in januari 1983 en een uitreisstempel voor augustus 1983. Na augustus kan ik de drie daaropvolgende jaren geen buitenlandse tripjes meer vinden in haar paspoorten. Dat betekent dat ze in elk geval in Nederland was toen ik werd geboren. Als ze inderdaad zwanger was van mij, heeft ze de laatste maanden van haar zwangerschap in Nederland uitgezeten. En het betekent ook dat ze in Nederland was toen Carolina Gomes werd geboren. Als mijn moeder zwanger was, dan moet daar bewijs van zijn bij haar gynaecoloog, waar ze al zo lang als ik me kan heugen komt voor haar controles. Hij moet haar tijdens haar zwangerschap begeleid hebben. Nu pas realiseer ik me dat uitstrijkjes normaliter via de huisarts gaan en dat je alleen naar een gynaecoloog wordt doorverwezen als je iets mankeert. Gold dat voor mijn moeder? Ze heeft me er in elk geval nooit iets over verteld. In de jaren dat ik graag een broertje of zusje wilde en haar daarnaar vroeg, zei ze altijd dat we het toch goed hadden met zijn tweetjes. In die tijd gaf ze me Juliëtte cadeau en ze stimuleerde me om na schooltijd vriendjes en vriendinnetjes mee naar huis te nemen om mee te spelen.

Op een gegeven moment hadden we het er niet meer over. Nu ik dit heb ontdekt vraag ik me af of 'we hebben het toch goed samen' wel de echte reden was voor het uitblijven van een broertje of zusje. Ook omdat ze in die tijd een lat-relatie kreeg met Jonas. Ik mocht hem graag, maar van de ene op de andere dag was hij verdwenen en ik heb nooit begrepen waarom. Daarna is ze nooit meer aan een nieuwe relatie begonnen. Mijn moeders verklaring dat ze gewoon niet bij elkaar pasten heb ik nooit honderd procent geloofd. Ze pasten juist uitstekend bij elkaar en even leek een echt gezin heel dichtbij. Hoe goed ze haar verdriet en teleurstelling na de breuk ook voor me probeerde te verbergen, ik zag hoe kapot ze ervan was. Was het wel mijn moeders eigen keuze om geen kinderen meer te krijgen? Er is maar één iemand die daar antwoord op kan geven en dat is haar gynaecoloog. Ik ga morgen meteen een afspraak maken met die man in de hoop dat ik daar een stukje wijzer van word. Als hij me kan vertellen of mijn moeder in 1983 inderdaad zwanger was van mij, kan ik dat hele adoptiegedoe laten voor wat het is en dat zou me een lief ding waard zijn. Dan weet ik nog steeds niet wie Carolina Gomes is en het feit dat mijn moeder niet op Madeira was toen het meisje werd geboren maakt het alleen maar verwarrender. Wat kan ze gedaan hebben, als ze niet eens op het eiland was?

8

De wachtkamer van de polikliniek gynaecologie van het Deventer Ziekenhuis zit stampvol. Er zitten een aantal vrouwen met blije gezichten en dikke buiken, maar ook vrouwen met trieste en wanhopige gezichten hand in hand met hun partners. Ik neem plaats op de laatste vrije stoel, maar kom meteen weer overeind om hem af te staan als een hoogzwangere vrouw puffend de wachtkamer binnenschuifelt. Ze kijkt me dankbaar aan en ploft neer. Met argusogen kijk ik naar de klok die in de wachtkamer hangt. Ik heb om elf uur een afspraak met dokter Van Dinther. Ik ben tien minuten te vroeg en ik vrees dat ik hier voorlopig nog niet weg ben. Ik loop naar de koffieautomaat om mijn cafeïnetekort aan te vullen. Terwijl het apparaat een bekertje voor me tapt app ik Indira dat mijn afspraak waarschijnlijk behoorlijk uit gaat lopen en dat ze me voorlopig nog niet terug hoeft te verwachten. Ik krijg meteen een opgestoken duimpje terug met de tekst: *Doe rustig aan, alles onder controle hier. Senna neemt je klanten wel over als je niet op tijd terug bent.* Sinds ik haar heb gevraagd om de honneurs in de kapsalon waar te nemen als ik op vakantie ben zijn haar werklust en verantwoordelijkheidsgevoel alleen maar toegenomen. Ik heb mezelf de afgelopen week wat op de achtergrond gehouden en haar de leiding laten nemen. Dat deed ze uitstekend en de andere meiden pasten zich feilloos aan. Dat geeft me een heel gerust gevoel en daarom durfde ik vandaag ook een afspraak in het ziekenhuis te maken onder werktijd. *Je bent een kanjer!* app ik terug.

Nippend aan mijn koffie ga ik met mijn rug tegen de muur staan wachten. Tot mijn verbazing wordt mijn naam even na elf uur al afgeroepen door een vrouw in een witte jas. Ik neem aan dat ze de assistent is van dokter Van Dinther. Ze schudt me de hand, stelt zich voor als 'De Wit' en ik loop achter haar aan een gang in. Bij een deur waar een naambordje met DE WIT naast hangt gaan we naar binnen. In de kamer staan een onderzoeksbank met beensteunen en een bureau met een computer. Tot mijn verbazing gaat ze zelf achter het lege bureau zitten. 'Naam en geboortedatum?' vraagt ze. 'Dan zoek ik uw gegevens er even bij.'

'Voor dokter Van Dinther, neem ik aan?'

Ze kijkt verstoord op. 'U zult het met mij moeten doen.'

'Maar ik heb een afspraak gemaakt met dokter Van Dinther.'

'Dat lijkt me sterk, want dokter Van Dinther is met pensioen en ik heb zijn plek en zijn patiënten overgenomen.'

'Daar is mij niks van verteld toen ik de afspraak maakte. Ik moet dokter Van Dinther echt persoonlijk spreken.'

'Er vragen nog veel mensen naar hem, dus ik zal mijn collega's van de planning vragen om het de volgende keer duidelijk te vermelden. En waarom wilde u dokter Van Dinther persoonlijk spreken?' De Wit kijkt me voor het eerst echt aan.

'Omdat ik hem dingen wil vragen over mijn overleden moeder die essentieel zijn voor mijn toekomst. Mijn moeder was al vanaf haar twintigste patiënt bij dokter Van Dinther. Kunt u hem niet voor me bellen?'

Dokter De Wit vouwt haar handen en legt ze op het bureau. 'Ik vrees dat ik dat niet kan doen. Dokter Van Dinther kampt met acute ernstige gezondheidsproblemen.'

Moedeloos zak ik onderuit op mijn stoel. 'Kan ik dan het medische dossier van mijn moeder inzien? Daar vind ik vast de informatie die ik zoek.'
'Uw moeder is overleden, zei u?'
Ik knik. 'Ja, en ik ben haar enige erfgenaam.'
'Heeft ze bij leven toestemming gegeven voor het inzien van haar dossier door derden na haar dood?'
'Geen idee. Moet dat?'
'Jazeker. Zonder die specifieke toestemming zijn dossiers niet toegankelijk voor nabestaanden. Dat is allemaal bij wet geregeld. Als u me de naam en geboortedatum van uw moeder geeft, kan ik het even voor u checken.'
Ik dreun de gegevens op en ze trekt haar toetsenbord wat dichter naar zich toe om ze in te voeren. 'Eens even kijken... Nee, er staat geen toestemming geregistreerd voor inzage, het spijt me. Maar misschien kunt u uw vragen aan mij voorleggen en dan zal ik kijken wat ik kan doen.'
'Ik heb eigenlijk één specifieke vraag en dat is of mijn moeder in 1983 zwanger was en op 2 januari 1984 is bevallen van een dochter.'
'Dat is veertig jaar geleden.'
'Correct.'
'Maar zo ver kan ik helemaal niet terugkijken. Dossiers worden maximaal twintig jaar bewaard en daarna vernietigd. Ik kan vanaf nu dus twintig jaar terugkijken, maar alles van daarvoor is niet meer beschikbaar.'
'Dat meent u niet.' Het lukt me niet langer om mijn teleurstelling te verbergen en mijn stem hapert van de emoties.
'Mevrouw Voortman, waarom vertelt u me niet wat er aan de hand is? Waarom wilt u weten of uw moeder zwanger is geweest? Denkt u ergens nog een zus te hebben van wie u nooit weet hebt gehad toen uw moeder nog leefde?'

Ik schud mijn hoofd. 'Nee, dat is het niet. Ik heb na de dood van mijn moeder wat aanwijzingen gevonden waardoor ik ben gaan twijfelen of ze wel mijn biologische moeder is. Ik ben die dochter die op 2 januari 1984 is geboren. Ik hoopte dat er iets in het dossier van mijn moeder terug te vinden is over een zwangerschap, als bewijs dat ik niet geadopteerd ben. Want als mama niet mijn biologische moeder was, dan is mijn hele leven een leugen geweest, althans, zo voelt het. Alles waar ik heilig in geloofde komt dan op losse schroeven te staan. Ik heb antwoorden nodig om verder te kunnen en dit te laten rusten, maar ik kan het mijn moeder niet meer vragen. Ik had gehoopt om hier de informatie te vinden waar ik zo'n behoefte aan heb.' Het huilen staat me inmiddels nader dan het lachen en ik voel dat mijn ogen waterig worden.

'Ach, u krijgt het wel voor uw kiezen. Deze hele kwestie staat de rouw om uw moeder in de weg en ik begrijp dat dat heel verwarrend is. U mist uw moeder, maar tegelijkertijd weet u niet of de verhalen over uw afkomst wel kloppen.'

'Het verscheurt me vanbinnen.'

'Is er een vader in beeld?'

'Nee, ik heb nooit geweten wie mijn vader is. Ik weet, of beter gezegd, er is me altijd verteld dat ik verwekt ben op Madeira. Mijn moeder had daar een onenightstand en daar ben ik per ongeluk uit voortgekomen. Terug in Nederland kwam ze erachter dat ze zwanger was en ze heeft besloten me alleen op te voeden en dat heeft ze heel goed en liefdevol gedaan. Ik heb me altijd heel gewenst gevoeld en de band tussen mij en mijn moeder was ijzersterk. Daarom haat ik het dat ik nu aan dingen ben gaan twijfelen.'

'Misschien kan ik u toch een beetje helpen,' zegt De Wit aarzelend. 'Volgens de wet mag ik u geen inzage geven in uw moeders dossier, maar er is een clausule die zegt dat er in een uitzonderingssituatie gegevens verstrekt mogen worden. Dit kan als een uitzondering gezien worden.'

Hoopvol kijk ik op. 'Ik ben u eeuwig dankbaar.'

'Er zijn geen garanties dat ik iets vind, maar ik ga het dossier vlug doornemen. Uw moeder was tot aan haar dood patiënt van dokter Van Dinther, toch?'

'Klopt.'

'Heeft ze het ooit met u gehad over gynaecologische kwalen?'

'Nee, dat waren geen dingen waar we het over hadden. Ze vond dat je kinderen niet moest lastigvallen met kwaaltjes. Mijn moeder was een heel zelfstandige vrouw die gewend was haar zaakjes zelf op te knappen. Doktersbezoekjes deed ze dus ook altijd op eigen gelegenheid. Toen ik nog thuis woonde kreeg ik er nog iets van mee als ze ergens een afspraak had, maar nadat ik op mezelf ging wonen, en dat is al zo'n achttien jaar geleden, had ik die dingen niet meer in het vizier. Pas toen mijn moeder kanker bleek te hebben vroeg ze me om mee te gaan naar het ziekenhuis en maakte ze me deelgenoot van haar ziekteproces. De kanker was te zwaar om in haar eentje te dragen. Ik heb haar gelukkig tot het einde toe met behulp van de wijkverpleging grotendeels thuis kunnen verzorgen. Ze is ook thuis gestorven, dat wilde ze graag.'

'Mooi dat u dat zo hebt kunnen doen, al zal het zwaar geweest zijn. Was het goed met uw werk te combineren? Want ondanks alle praatjes dat we meer moeten mantelzorgen zijn werkgevers vaak niet bereid om daar coulant mee om te gaan. Dat wordt een steeds groter probleem, zeker nu de thuiswerkwet is afgewezen.'

'Ik heb het geluk dat ik eigen baas ben en mijn eigen afspraken kan inplannen. Ik heb een kapsalon en een fijn stel meiden die altijd ad hoc dingen van me over konden nemen. Het was een zware maar ook een heel waardevolle tijd. De band tussen mij en mijn moeder is die laatste maanden alleen maar sterker geworden. Daarom kwam die onzekerheid over mijn afkomst ook nogal rauw op mijn dak vallen. Mijn moeder en ik hebben altijd een open en eerlijke relatie gehad, althans, dat dacht ik tot voor kort. Nu ben ik gaan twijfelen en staat mijn hele wereld ineens op zijn kop. Vandaar dat ik nu hier zit in de hoop dat ik wat wijzer word, om verder te kunnen.'

'Ik beloof dat ik in mijn lunchpauze het dossier van uw moeder zal bekijken en mocht ik iets vinden, dan bel ik u vanmiddag nog.'

'O, ik dacht dat u nu ter plekke zou kijken.'

'Dat zou ik het liefst doen, maar ik heb een overvolle spreekkamer met patiënten die op me zitten te wachten. Ik kan het me niet permitteren om nog verder uit te lopen, het spijt me.'

'Oké, dan wacht ik het af, er zit niks anders op. Veel dank in elk geval voor uw tijd en moeite. Dat waardeer ik zeer.' Ik sta op, schud dokter De Wit de hand en vertrek met lood in mijn schoenen.

De middag lijkt wel twee keer zo lang te duren als normaal. Het is inmiddels vijf uur en ik heb nog steeds niks gehoord van dokter De Wit. Die lunch waarin ze mijn moeders dossier zou bekijken heeft ze allang achter de rug. Ondanks het feit dat ze buiten haar boekje gaat door me te helpen, groeit mijn ergernis. Die komt ook voort uit een déjà vu. In de tijd dat ik veel met mijn moeder in het ziekenhuis was liep ik tegen hetzelfde aan. Beloftes van artsen over terugbellen over cruciale onderzoeksuitslagen werden zelden nagekomen. Het eeuwige wachten en er uiteindelijk toch zelf weer achteraan moeten, met een steen in mijn maag en een heel hoog stressniveau. Het heeft me behoorlijk wat energie gekost. Het kost me ontiegelijk veel moeite om mijn hoofd bij mijn werk te houden en ik vloek in mezelf als ik een verkeerde knip zet. Gelukkig heb ik inmiddels zoveel ervaring dat ik het wel weer recht kan breien en de klant het niet zal merken, maar toch. Het hoort niet. Op mijn werk hoor ik me professioneel te gedragen en mijn zorgvuldig opgebouwde reputatie geen geweld aan te doen. Indira loopt langs en ziet hoe gespannen ik ben. 'Ik neem je laatste klant wel over en sluit af,' zegt ze terwijl ze mijn schouder even aanraakt.

'Je bent een engel.'

'*I know, I know*,' zegt ze lachend. Ze voelt zich als een vis in het water in haar nieuwe rol en tegen alle verwachtingen in kost het me geen enkele moeite om dingen aan haar over te dragen, omdat ik weet dat ze in goede handen zijn. Zo goed en zo kwaad als het gaat leg ik de laatste hand aan het kapsel van mijn klant en tot mijn opluchting verlaat ze even later tevreden en met een nieuwe afspraak op zak het pand. Ik pak een bezem om de haren op de grond bij elkaar te vegen, totdat Indira hem uit mijn handen neemt.

'Wegwezen, jij. Lekker met iets fris en een zak chips op de bank neerploffen.'

'Had ik al gezegd dat je een engel bent?'

'Zeker, maar ik kan het niet vaak genoeg horen.'

'Tot morgen, Indira, en maak het zelf ook niet te laat. Het is een mooie avond om een terrasje te pakken.'

Via het kantoortje achter de toonbank loop ik naar de deur die toegang geeft tot de trap die uitkomt bij mijn appartement. Eenmaal binnen gooi ik mijn tas en sleutels op tafel en schop mijn schoenen uit. Ik zet het geluid van mijn telefoon op de hardste stand en doe hem in mijn broekzak voordat ik naar de koelkast loop en er een ijskoud flesje alcoholvrije bubbels van Viverty uit pak. Ik neem niet eens de moeite om het in een glas te schenken en zet het flesje van 200 milliliter zo aan mijn mond. Op blote voeten loop ik naar mijn bescheiden dakterrasje waar het avondzonnetje nog volop schijnt. Ik leun tegen de balustrade en kijk uit over de binnenstad waar ik zo van houd. Ook al is mijn appartement niet heel groot, het is echt mijn thuis en als ik hier zo sta begin ik weer ernstig te twijfelen of ik het wel wil inruilen voor mijn ouderlijk huis, of dat ik dat toch zal verkopen.

Ik neem nog een slok van mijn drankje en ga in mijn comfortabele hangstoel zitten. Zachtjes schommel ik heen en weer en ik begin zowaar een beetje te ontspannen. Als mijn ogen langzaam dicht beginnen te vallen schrik ik op van het geluid van mijn telefoon. Snel haal ik mijn toestel uit mijn broekzak. Het is een anoniem nummer. Normaal laat ik die gaan, maar nu neem ik op in de hoop dat het dokter De Wit is.

'Mevrouw Voortman, sorry dat ik nu pas bel, maar het lukte niet eerder. Ik heb het dossier van uw moeder van de afgelopen twintig jaar globaal bekeken.'

Mijn mond wordt droog en ik zet me schrap.

'Ik heb zoals te verwachten viel niets kunnen vinden over een zwangerschap van veertig jaar geleden, maar wat ik wel heb ontdekt is dat uw moeder endometriose had. Wist u daarvan?'

'Uhm, nee, en eerlijk gezegd weet ik ook niet wat het inhoudt.'

'Het is een aandoening waarbij weefsel dat lijkt op het slijmvlies dat zich in de baarmoeder bevindt, buiten de baarmoeder wordt aangetroffen. Dat veroorzaakt chronische ontstekingsreacties die leiden tot littekenweefsel.'

'Oké, maar wat betekende dat concreet voor mijn moeder?'

'Vrouwen met endometriose hebben een verminderde kans om zwanger te worden of kunnen in enkele gevallen zelfs onvruchtbaar worden.' Ze laat even een stilte vallen zodat ik de woorden op me kan laten inwerken.

'Wat ik wil zeggen, mevrouw Voortman, is dat het niet ondenkbaar is dat uw moeder zwanger van u is geweest...'

'Maar heel makkelijk is het ook niet, als ik u zo hoor,' zeg ik met zachte stem.

'Als ze de aandoening al jong had, acht ik de kans dat ze tijdens een onenightstand zwanger is geworden niet heel groot, nee. Maar... als de aandoening is ontstaan na de zwangerschap, dan kan het wél.'

'Maar omdat dat onduidelijk is, weet ik dus eigenlijk nog niks,' verzucht ik teleurgesteld.

'Ik had gehoopt u meer uitsluitsel te kunnen geven, maar helaas.'

'Nou ja, het verklaart in elk geval waarom er nooit een broertje of zusje is gekomen. Ik zal op een andere manier aan mijn antwoorden moeten komen, maar in elk geval ontzettend bedankt voor de moeite die u hebt gedaan.'

'Ik wens u een fijne avond en veel sterkte en succes met uw speurtocht naar de waarheid.'

'U ook een fijne avond, dokter De Wit, en nogmaals dank.'

Ik verbreek de verbinding en blijf even roerloos staan. *Mama, ben ik van jou of niet?*

Juni 2024
Funchal, Madeira

9

'Kijk ons hier nou liggen, Pien!' Leo zuigt met een vergenoegd gezicht aan het rietje dat in haar romig witte cocktail is gestoken. Ze ligt languit naast me op een strandbedje in haar knaloranje bikini. De felle kleur steekt prachtig af tegen haar caramelkleurige huid die glimt van de zonnespray. Het is de barman ook niet onopgemerkt gebleven. Automatisch trek ik mijn buik in als hij onze kant op kijkt en een knipoog geeft die duidelijk voor Leo bedoeld is. Ze lacht haar witte tanden bloot en zwaait naar hem. 'Ik zou het wel met hem kunnen doen,' verzucht ze. 'Het is echt een onwijs lekker ding.'

'Van een huurder met benefits naar een barman met benefits,' zeg ik grinnikend.

'Ja, waarom niet? Hebben we in elk geval de hele vakantie gratis drankjes. Hij heet Cristiano, net als die beroemde voetballer die trouwens ook uit Madeira komt. Geboren in Funchal zelfs. Mijn Cristiano lijkt wel een beetje op Ronaldo, vind je niet?'

'Jouw Cristiano?' Ik trek mijn wenkbrauwen op en er verschijnt even een scheef lachje rond Leo's mond. 'Nou ja, bij wijze van spreken dan.' Ze knipoogt en slurpt weer aan haar rietje. 'Heerlijk spul dit, slokje proeven?'

Ik buig me naar haar toe en neem een bescheiden slok. 'Hm, best lekker inderdaad. Wat zit er eigenlijk in?'

'Volgens Cristiano is dit een traditionele en populaire

cocktail op Madeira met de naam Nikita. Hij is vernoemd naar de bekende hit van Elton John omdat de bedenker van het drankje dat een mooi liedje vond. Er zit roomijs, ananas en witbier in. Het witbier wordt ook weleens vervangen door witte wijn, maar officieel hoort het met bier. Jouw mocktail ook lekker?'

'Ja, zalig.'

'Daar zit iets van ananas, banaan en kokos in.' Leo neemt nog een flinke slok en zet haar glas op het tafeltje naast haar ligbed. Ze vouwt haar handen onder haar hoofd en sluit haar ogen. Ondanks het feit dat we hier nog geen vierentwintig uur zijn, lijkt ze alle hectiek van thuis al van zich afgeschud te hebben en is ze totaal ontspannen. Bij mij moet het vakantiegevoel nog even indalen. Ik sta al zo lang op scherp dat ik waarschijnlijk wel een paar dagen nodig heb. Als het me al lukt, want ik kom hier niet alleen om vakantie te vieren. De woorden van dokter De Wit spoken onafgebroken door mijn hoofd. *Als ze de aandoening al redelijk jong had, acht ik de kans dat ze tijdens een onenightstand zwanger is geworden niet heel groot...* Ik wil het er met Leo niet de hele tijd over hebben, het is tenslotte ook haar vakantie en ik weet dat ze die hard nodig heeft. Daarom heb ik de onweerstaanbare drang om meteen met mijn speurtocht te beginnen voor vandaag in de ijskast gezet. Het dakterras van het hotel, waar we na een snelle brunch zijn neergestreken, heeft alles in zich om het vakantiegevoel op te roepen. Het heeft een zwembad, een bar, tafeltjes en ligbedden en het kijkt ook nog eens uit over zee.

Ik probeer me te concentreren op de zon die aangenaam brandt op mijn huid. Een zacht briesje zorgt voor prettige verkoeling. In de verte hoor ik het ritmische ruisen van de zee. De smaak van de zoete cocktail ligt nog op mijn tong.

Ik zak wat onderuit op mijn ligbed en doe mijn ogen dicht. Mijn lijf voelt steeds zwaarder en mijn hartslag vertraagt.

Loom kijk ik om me heen. Boven mijn hoofd hangt een geel-wit gestreepte parasol. Het ligbed naast me is leeg, het glas op het tafeltje ook. Waar is Leo? Ik ga rechtop zitten en kijk om me heen. Dan zie ik mijn vriendin aan de bar verderop zitten. Ze is druk in gesprek met Cristiano en elke keer als ze lacht gooit ze haar hoofd wat naar achteren en haalt ze haar hand door haar sluike zwarte haar. Ze heeft wel wat weg van de actrice Penélope Cruz. Cristiano buigt een stukje voorover en lijkt iets in haar oor te fluisteren terwijl hij een blik werpt op Leo's goedgevulde decolleté. Ze kijkt mijn kant op, zwaait enthousiast en wenkt dat ik haar kant op moet komen. Ik trek mijn slippers aan en loop met mijn nog halfgevulde glas naar de bar. Leo klopt uitnodigend met haar hand op de barstoel naast haar. *'This is my friend*, Pien.' Ze geeft me een zoen op mijn wang en kijkt Cristiano uitdagend aan.

'*I wanna be your friend too*,' zegt Cristiano lachend terwijl hij op zijn wang tikt en op de bar leunt. Leo gaat in op zijn uitnodiging en geeft hem een kus. Ze houdt haar lippen langer dan nodig is op zijn wang. Ik kuch zachtjes. Net voordat het ongemakkelijk wordt trekt ze zich terug en gaat weer op haar kruk zitten alsof er niks gebeurd is. Cristiano keert zich met een tevreden lachje van ons af en neemt de bestelling op van een paar mannen die aan de andere kant van de ronde bar staan te wachten. Ze druipen nog van hun balspel in het zwembad en zijn al aardig bruinverbrand. Ik zie Leo kijken, maar ze richt zich snel weer tot mij. 'Nah, ik hou het toch bij Cristiano, die is verreweg het knapst.'

'Zit je al lang hier?' vraag ik.

'Een tijdje. Je lag zo lekker ontspannen te slapen dat ik je maar even heb laten liggen. Voel je je wat uitgeruster nu?'

'Ik heb toch niet liggen snurken, hè?'

'Een beetje maar. Heel schattig.'

'Echt? Wat gênant.' Ik voel mijn wangen rood worden.

'Nee joh, grapje. Als je had gesnurkt, had ik je wel een por gegeven.'

'Maar even over jou, je laat er geen gras over groeien,' zeg ik terwijl ik in de richting van Cristiano kijk. 'Heb je al een date?'

'Nee hoor, gewoon wat onschuldig geflirt. Ik ken dat soort types. Flirten met alles wat los en vast zit, maar thuis gewoon een vriendin op de bank. En je kent mijn motto: ik meng me uit principe niet in goede huwelijken.' Ze lacht koket. 'Bovendien ben ik hier niet om mannen te scoren, maar om er voor jou te zijn tijdens de zoektocht van je leven.' Haar gezicht wordt ernstig. 'Zit je erg op hete kolen? Want anders breken we dit geluier af en gaan we aan de bak, hoor. Geen enkel probleem.'

'Leo, heb ik al eens gezegd dat je de beste vriendin bent die iemand zich kan wensen?'

'Vast, maar je mag het best nog eens zeggen, hoor,' zegt ze grijnzend. Ik herhaal mijn woorden nogmaals.

'Wil je omkleden en op pad?' Leo staat al op van haar stoel, maar ik schud mijn hoofd. 'Geen sprake van. Vandaag doen we wat alle vakantiegangers doen: luieren, lekker eten en drinken én zwemmen. Ga je mee het zwembad in? Of heb je al te veel van deze jongens op om te blijven drijven?' Ik wijs naar de twee lege glazen die voor haar staan.

'Wedden dat ik je eruit zwem?' Ze rent naar het zwembad en plonst er met een hoop kabaal in. Ik ren haar achterna en laat me ook in het water vallen. Ik dompel mezelf helemaal onder om de laatste sufheid van me af te spoelen. Al mijn problemen verdwijnen naar de achtergrond en voor het eerst in het afgelopen halfjaar ben ik even echt aan het genieten. Ik duik weer onder en begin met mijn ogen open te zwemmen. Ik zie Leo aan de overkant van het zwembad ook onder water verschijnen. Kleine luchtbelletjes verlaten haar mond als ze naar me toe zwemt, haar haren golven sierlijk achter haar aan. Ze lijkt wel een zeemeermin uit een Disney-film. Halverwege het bad ontmoeten we elkaar. Ze steekt haar handen uit en ik pak ze aan. Hand in hand zetten we koers naar boven. Als we door de waterspiegel heen breken houdt ze me nog steeds vast. 'Dit is hoe het zal zijn, Pien,' zegt ze hijgend. 'Wij komen samen altijd boven.' Ze laat me los, wrijft haar haren uit haar gezicht en zwemt met een soepele borstcrawl bij me vandaan.

10

Leo en ik kijken onze ogen uit als we door het oude stadscentrum van Funchal wandelen. De wijk heeft de naam Zona Velha en was vroeger een arbeiderswijk waar vissers en ambachtslieden woonden. De voormalige werkplaatsen zijn omgebouwd tot kruidenierswinkeltjes, galeries, souvenirwinkels en hippe cafés waaruit de muziek door openstaande deuren naar buiten schalt. Leo loopt lichtvoetig naast me in een azuurblauw zomers jurkje. Over haar schouders hangt een dun wit vestje. Ikzelf heb voor een rood jurkje gekozen en een dunne zwarte trui om mijn middel gebonden. De temperatuur is nu nog aangenaam, maar we zijn erop voorbereid als het later op de avond een paar graden mocht afkoelen. Het gros van de winkeltjes is al gesloten, maar Leo kan het niet laten om her en der even door de ramen naar binnen te spieken.

'Het is allemaal zo heerlijk kneuterig, Pien! We gaan hier overdag een keertje shoppen, hoor. Leuke dingetjes voor het thuisfront kopen.'

Op het moment dat ze het woord 'thuisfront' uitspreekt vertrekt mijn gezicht. Ik kan er niks aan doen. Ik heb geen thuisfront meer sinds mijn moeder is overleden en ik voel die verdomde brok verdriet weer omhoogkruipen in mijn keel. Het gaat ook niet ongemerkt aan Leo voorbij.

'Pien, sorry, dat was onnadenkend van me. Ik wilde je niet verdrietig maken.'

'Het geeft niet, Leo. Het is de realiteit. Soms overvalt het me gewoon ineens dat dingen die altijd zo normaal waren zijn veranderd. Het was een soort traditie dat ik altijd een souvenir voor mama kocht als ik in het buitenland was. Hoe truttiger, hoe beter. Ik moet even aan het idee wennen dat ik nooit meer een cadeautje voor haar kan kopen.'

'Ja, dat snap ik. Ik zal in het vervolg drie keer nadenken voor ik wat zeg.'

'En dat wil ik dus niet, Leo. Ik wil niet dat je de hele tijd op eieren moet lopen. Ik ben juist zo gek op je spontaniteit. Ik kan er niks aan doen dat ik soms ineens verdrietig word, maar dat hoort nou eenmaal bij een rouwproces. Het heeft geen zin om me te sparen, want ik moet er hoe dan ook doorheen. Het verdriet wordt niet minder als het wordt uitgesteld.'

Leo knikt instemmend. 'Weet je? Misschien hebben ze wel een heel mooie kandelaar of een ander soort kaarsenhouder in een van die winkeltjes. Die zou je kunnen kopen met een mooie kaars zodat je die thuis voor je moeder kunt branden. Naast die mooie foto van haar die op je dressoir staat.'

'Wat een goed idee. Misschien moet ik dat maar doen, ja.' Het sombere gevoel valt weer grotendeels van me af.

'Even heel iets anders, volgens mij is dit het steegje waar Cristiano het over had. Wat denk jij?'

'Het is in elk geval smal, zoals hij zei.'

'Zullen we dan maar een poging wagen? We merken het vanzelf als we verkeerd lopen en dan kunnen we altijd nog iemand aanschieten en de weg vragen.'

We lopen het straatje met kinderkopjes in en volgen het tot we bij de Rua de Santa Maria komen.

'Yes, we gaan goed.' Leo klapt in haar handen als ze de eerste kleurrijk beschilderde deuren ziet verschijnen die door honderden jonge kunstenaars onder handen zijn genomen om de straat wat op te fleuren. Elke deur heeft een andere geschilderde afbeelding in uiteenlopende kleuren. Van vrouwen in lange jurken tot landschappen en sprookjesachtige taferelen. Elke deur is een schilderij op zich.

'Kijk hoe gaaf, Cristiano heeft geen woord te veel gezegd. Het is net of we door een openluchtmuseum lopen.' Leo weet net als ik niet waar ze moet kijken om niks te missen. Bij sommige deuren blijven we wat langer stilstaan en van de allermooiste exemplaren maken we foto's.

'Misschien ga ik thuis ook wel een deur laten beschilderen om mijn woonkamer een beetje op te halen. Iets met veel kleur.'

'Ja, want je hebt helemaal geen kleur in je woonkamer,' zeg ik grinnikend. 'Maar het is wel heel origineel.'

We lopen verder in oostelijke richting, waar een aantal kroegen en eethuisjes zou moeten liggen. Ook dat blijkt te kloppen. Al snel hebben we restaurant Santa Maria gevonden, dat Cristiano ons heeft aanbevolen omdat ze daar de lekkerste Espetada hebben. De traditionele Madeirese rundvleesspies wordt geserveerd op een lauriertak en is op smaak gebracht met zout, peper, knoflook en laurier. Bovendien werkt Cristiano's neef in dat restaurant. 'Als je hem de groeten van me doet, krijgen jullie vast een drankje van het huis.' Dat gaf natuurlijk de doorslag, want we blijven Hollanders. Zowel binnen in het restaurant als buiten op het terras zijn nog een paar tafeltjes vrij. 'Lekker buiten eten?' stel ik voor.

'Ja heerlijk, dat is pas echt vakantie.'

We nemen plaats onder een van de grote witte parasols die op het terras staan. Er ligt een menukaart op tafel, dus Leo komt even naast me zitten zodat we hem samen kunnen bekijken. Wanneer de ober naar onze tafel loopt zitten we al watertandend te wachten om onze bestelling door te geven. Als voorafje nemen we *bolo do caco* (een traditioneel Madeirees brood) met knoflookboter, een portie gegrilde groenten met mango en champignons en gebakken garnalen met knoflook en kruiden. Als hoofdgerecht nemen we allebei de Espetada, omdat we daar toch wel nieuwsgierig naar zijn geworden. Als drank kies ik voor de populaire frisdrank Brisa Maracujá, die gemaakt is van passievruchtensap, en Leo voor een Madeirees biertje met de naam Coral. Als de bestelling is opgenomen vraagt Leo: 'Bent u toevallig de neef van Cristiano, de barman van NEXT Hotel?'

'Aha, u komt voor een gratis drankje,' zegt de ober lachend. Leo kijkt eerst wat ongemakkelijk en doet dan of haar neus bloedt. 'Hoe bedoelt u?'

'We krijgen hier wekelijks meiden die door Cristiano zijn gestuurd omdat hij ze een drankje van het huis belooft. Hij heeft er een soort verdienmodel van gemaakt.'

'Krijgt hij provisie of zo als hij hier klanten naartoe stuurt?' vraagt Leo verontwaardigd.

'Ik zal zijn neef er even bij halen, dan kunnen jullie het met hem uitvechten.' We zien dat hij de grootste lol heeft omdat er weer twee naïevelingen zijn die denken dat Cristiano ze een speciale gunst heeft verleend met zijn geflirt. Leo kijkt even beteuterd en ik kan een glimlach niet onderdrukken.

'Die Cristiano van jou is me er eentje, Leo,' zeg ik breeduit lachend.

'Ik zei het toch, een grote flirt met thuis een vrouwtje op de bank,' probeert ze haar gezicht te redden.

Er komt een man naar ons tafeltje lopen. Hij draagt een witte polo die strak om zijn bovenlijf spant. Op zijn borst is het logo van het restaurant afgedrukt. Hij is wat gezetter dan Cristiano, maar de gelijkenis is onmiskenbaar. Hij heeft dezelfde indringende donkere ogen en prominente kaaklijn. Net als Cristiano heeft hij sluik donker haar, alleen draagt hij het niet los maar in een laag staartje. In zijn handen houdt hij twee glazen met een gelig drankje. 'Pst, Leo, meneer de neef *on his way*,' zeg ik zachtjes.

Leo draait zich meteen om en steekt haar hand in de lucht. De neef beantwoordt haar gebaar door de glazen even in de lucht te steken en zijn witte tanden bloot te lachen. Met een sierlijk gebaar zet hij de glazen op onze tafel en pakt een van de vrije stoelen, draait hem om en gaat er achterstevoren op zitten. Terwijl hij met zijn armen op de rugleuning leunt begroet hij ons in vlot Portugees: '*Boa noite meninas, amigos do Cristiano são meus amigos.*' Hij herhaalt de zin nog eens in het Engels als ik hem wezenloos aanstaar. 'Goedenavond dames, vrienden van Cristiano zijn vrienden van mij.' Hij steekt zijn hand uit en stelt zich voor. 'Ik ben Ronaldo.'

'Cristiano en Ronaldo?' Leo trekt haar wenkbrauwen op.

'Puur toeval, al zijn mijn vader en mijn oom grote voetbalfans en is onze plaatsgenoot Cristiano Ronaldo natuurlijk hun favoriet.'

'Is dit het gratis drankje dat we aan je neef te danken hebben?' vraagt Leo.

'Inderdaad. Het is *poncha*, een lokale drank die we zelf brouwen.'

Leo ruikt aan haar glas en neemt een klein slokje. 'Zo, dat is sterk! Wat zit erin?'

'Rum van suikerriet, citroensap en honing.'

'Alcoholpercentage?'

'Veertig procent.'

'Zo, wil je ons meteen dronken hebben?'

'Lekker rustig nippen, en als je het te pittig vindt dan laat je het lekker staan.'

'Proef jij eens,' zegt Leo tegen mij. Ik neem een piepklein slokje. 'Erg zoet, maar wel lekker.'

'Dat zoete is juist het verraderlijke.' Leo lacht en neemt zelf ook nog een slokje. 'Daardoor drinkt het makkelijker en word je sneller dronken. Waarschijnlijk is dat ook de bedoeling, of niet?' richt ze zich tot Ronaldo. Hij steekt zijn handen in de lucht. 'Ik bied het alleen aan.'

'Jaja, zo lust ik er nog wel een paar.'

'De volgende moet je wel betalen,' laat hij met een knipoog weten. Leo schenkt hem een zoete glimlach.

'Maar Ronaldo, vertel eens, wat vindt je baas er eigenlijk van dat Cristiano gratis drankjes uitdeelt over zijn rug? Want ik hoorde van je collega dat wij geen uitzondering zijn.'

'Mijn baas is mijn vader en Cristiano kan wel een potje breken bij hem. Hij is zijn lievelingsneef. Een gratis drankje is een mooi middel om weer wat extra tafeltjes vol te krijgen.'

'Cristiano is een goede lokvogel, dat moet ik toegeven,' zegt Leo.

'Hij is een grote charmeur, dat kan ik niet ontkennen. Portugese mannen zijn nou eenmaal gepassioneerd en dat vinden veel vrouwen aantrekkelijk. Zeker als ze toeristen zijn. Vrouwen die hier vakantie komen vieren zijn over het algemeen een stuk losser. Ze willen gewoon feesten, een mooie man en een beetje romantiek.' Terwijl hij dat zegt kijkt hij mij onderzoekend aan. Leo kletst altijd meteen honderduit, maar ik kijk liever eerst de kat uit de boom. Ik word altijd een beetje kriegel van heel zelfverzekerde mannen die denken dat ze met een vlotte babbel en een beetje alcohol iedere vrouw om hun vinger kunnen winden. Noem me ouderwets, maar ik wil niet iemands zoveelste afgelikte boterham zijn.

'Bevalt het een beetje op Madeira?' Ronaldo kijkt mij specifiek aan en Leo houdt haar mond.

'We zijn vandaag aangekomen, maar de eerste indruk is goed. Heerlijk weer, vriendelijke mensen en een prachtige omgeving. De komende dagen gaan we het eiland verder verkennen.'

'Blijven jullie lang?'

'Drie weken.'

'De eerste keer op het eiland?'

'Voor Leonor niet, voor mij wel. Maar mijn moeder heeft hier in het verleden een tijdje gewoond.'

'Piens moeder is vorig jaar overleden, dus we bezoeken in haar nagedachtenis het eiland waar ze zo van hield.'

'Ach, wat erg voor je, Pien.' Ronaldo kijkt meelevend. 'Het is dus niet zomaar een vakantie, maar een eerbetoon. Dat moet heel dubbel voor je zijn.'

Ik weet even niet wat ik moet zeggen en ik begrijp ook niet waarom Leo in een paar minuten deze intieme informatie op tafel legt bij een totale onbekende.

'Het is een eerbetoon én een familiebezoek. Piens vader komt hiervandaan,' gaat ze verder terwijl ik me steeds ongemakkelijker begin te voelen.

'O, echt? Je bent dus half Portugees.' Ronaldo laat zijn ogen uitgebreid over mijn gezicht gaan. 'En half...?'

'Nederlands,' is Leo me weer voor.

'Mooie combi. Maar wel fijn dat je het verdriet om je moeder met je vader kunt delen. Woont hij in Funchal?'

Ik kijk Leo inmiddels wanhopig aan en ze knikt me geruststellend toe voordat ze Ronaldo antwoordt: 'Nou, dat is een beetje het ding. Pien weet niet wie haar vader is, alleen dat hij hiervandaan komt en dat haar moeder in de jaren tachtig een korte affaire met hem heeft gehad.'

'Ai...' verzucht Ronaldo.

'We hopen hier op de een of andere manier zijn identiteit te achterhalen.'

'Hebben jullie aanknopingspunten?'

'Pien heeft een foto gevonden tussen de spullen van haar moeder. Misschien kun jij er eens naar kijken? Wie weet zegt het je iets?'

'Laat maar zien. Als ik kan helpen dan doe ik dat graag. Ik ken hier een hoop mensen.'

'Pien?' Leo stoot me aan om me aan te sporen de foto erbij te pakken. Nu pas begrijp ik de opzet van dit gesprek, dat vanaf het begin al het doel had om de foto ter sprake te brengen. Ik pak mijn telefoon en klik de foto aan. Ronaldo pakt mijn telefoon. Hij zoomt in op het gezicht van de man en bekijkt het goed. Even denk ik een blik van herkenning op zijn gezicht te zien en ik begin wat hoop te krijgen. Hij kijkt nogmaals en schudt uiteindelijk zijn hoofd. 'Het spijt me, maar ik heb geen flauw idee wie deze man zou kunnen zijn. Deze foto is genomen toen ik nog niet geboren was. Ik ben van begin jaren negentig.' Hij geeft me mijn telefoon terug.

'Wie is dat meisje dat ook op de foto staat?'

'Geen flauw idee,' antwoord ik nu zelf. 'Zegt de naam Carolina Gomes je misschien iets? Die naam heb ik ook gevonden tussen mijn moeders spullen. Ze zou zo'n veertig jaar oud moeten zijn.'

'Carolina Gomes, zei je?' Ronaldo kauwt even met een bedenkelijk gezicht op de naam. 'Gomes is hier een veelvoorkomende naam. Ik ken wel een Carolina met die achternaam, maar volgens mij is ze jonger dan veertig. Ik kan even een belletje doen als je wilt?'

'Nou, dat zou wel heel aardig zijn. Graag!' Ik knijp onder tafel mijn handen tot vuisten van de spanning als Ronaldo zijn telefoon pakt en belt.

'*Carolina, minha linda!*' tettert hij enthousiast. '*Você está falando com Ronaldo. Posso te perguntar uma coisa? Quantos anos você tem?*' Ik hoor een vrouwenstem in rap Portugees terugpraten.

'*Vinte e quatro?*' zegt hij terwijl hij een ondeugend gezicht trekt. '*Você está falando sério? Você parece muito mais jovem! Em que ano exatamente você nasceu? Ah, ok. Veremos você novamente em breve? Desejo-lhe uma boa noite, Carolina. Bye, bye.*' Hij verbreekt de verbinding en stopt zijn telefoon weg.

'En?' vraag ik gretig.

'Ze is geboren op 7 mei 1990.'

'De Carolina die ik zoek is geboren in 1984,' zeg ik. Ik probeer me groot te houden, maar de teleurstelling druipt van mijn gezicht.

'Sorry. Het was mooi geweest als het meteen raak was.'

'Je kent die uitdrukking toch wel? Als iets te mooi is om waar te zijn, dan is het dat vaak ook. In elk geval heel erg bedankt voor je moeite.'

De ober die eerder onze bestelling heeft opgenomen komt aanlopen met onze voorgerechten en Ronaldo maakt plaats. 'Smakelijk eten, dames. Als ik nog iets voor jullie kan doen, laat maar weten.' Ik kijk hem na en neem een heel grote slok poncha.

11

Leo en ik zijn op onze tweede dag op het eiland na het ontbijt naar zee gelopen en vanaf daar met een kabelbaan naar het dorpje Monte gegaan, dat boven Funchal ligt. We willen er de Monte Palace Tropical Gardens bezoeken. Deze botanische tuin, met 70.000 vierkante meter de grootste van Madeira, werd op alle toeristensites als een must-see aangeduid, dus dat konden we niet negeren. Aangezien Funchal tegen een berg aan is gebouwd en Monte daar nog boven ligt, is het nogal een klim om er te komen. De kabelbaan bood uitkomst en heeft ons in een kwartier naar 560 meter hoogte gebracht. Het uitzicht op de zee en de bergen toen we hoog boven Funchal hingen was indrukwekkend. De berghellingen met hun begroeiing van gaspeldoorns, wijnrode Afrikaanse madeliefjes en inheemse boterbloemen waren een lust voor het oog. Naast een kleurenpracht aan bloemen viel het me op hoe groen alles was.

'Groen betekent ook veel regen,' was Leo's droge opmerking nadat ik haar erop gewezen had. 'Het weer schijnt hier van het ene op het andere moment nogal om te kunnen slaan. Maar...' stelde ze me gerust toen ik een sip gezicht trok, 'het weer in Funchal is het stabielste van het hele eiland, dus we hebben de goede plek uitgekozen.'

Deze ochtend schijnt de zon in elk geval volop. Leo en ik zitten even uit te rusten op een bankje. We hebben er al een pittige wandeling met klimmetjes op zitten in de getrapt aangelegde tuin, waarin elke verdieping een eigen thema heeft. We zitten nu in het Japanse gedeelte en kijken uit over een meer vol koikarpers en lotusbloemen. Ik haal mijn rugzak van mijn rug en zet hem voor mijn voeten. Het mouwloze hemdje dat ik draag is ondanks de ademende stof plakkerig van het zweet. Ik pak een flesje water uit mijn tas en neem een paar gulzige slokken. 'Jij ook wat?' bied ik Leo aan.

'Ik pak mijn eigen flesje wel, maar dank voor het aanbod.'

Ik kijk nog eens genietend naar al het groen om ons heen. Dit gedeelte heeft weer een totaal andere uitstraling dan de tropische jungle waar we net uit kwamen en waarin we omringd werden door palmvarens, exotische vogelsoorten en bloemen.

'Het is toch wel gaaf, hè, een tuin. Als ik dit zo zie, overweeg ik toch weer serieus om mijn appartement te verkopen en in het huis van mijn moeder te gaan wonen. Mijn dakterrasje wint het niet van de tuin die ik daar heb.'

'Sinds wanneer heb jij groene vingers?' zegt Leo grinnikend. 'Je kunt nog geen kamerplant in leven houden.'

'Dat komt omdat ik me er nooit echt om bekommerd heb, maar ik kan vast wel ergens een cursus tuinieren volgen. Het schijnt dat je hartstikke zen wordt van dat gewroet in de aarde.'

'En dat je er heel vieze, rafelige nagels van krijgt. Niet echt een visitekaartje voor een kapper.' Leo kijkt naar haar eigen keurig gevijlde en roze gelakte nagels, waar geen vuiltje onder te vinden is.

'Ik kan handschoenen dragen en anders is er vast wel een borsteltje waar ik mezelf mee kan schoonboenen. Misschien is een tuin wel precies wat ik nodig heb. Mijn moeder zou een gat in de lucht springen als ze zou weten dat haar tuin weer tot leven werd gewekt. Het was altijd haar trots en ze vond het vreselijk dat het zo'n oerwoud werd toen ze zelf niet meer in staat was om het onderhoud te doen.'

'Het is best een grote tuin, dus dat gaat je een hoop tijd kosten die je niet hebt. Je weet nu al vaak niet hoe je tijd vrij moet maken tussen het werken door. Op het contact met mij na heb je niet echt een sociaal leven. Ik denk dat je er meer van opknapt als je wat vaker onder de mensen komt en leuke dingen gaat doen dan wanneer je hovenier wordt. Maar goed, dat is hoe ik ertegen aankijk, hoor, je moet het zelf weten.'

'Ik ben nou eenmaal niet zo'n kroegtijger als jij, Leo. Ik moet er niet aan denken dat ik elk weekend naar zo'n bomvol café moet om zinloze gesprekken te voeren waar ik de helft niet van versta omdat de muziek zo hard staat. Ik word al moe als ik eraan denk.'

'Dus jij vindt dat ik mijn vrije tijd zinloos doorbreng?'

'Nee, dat zeg ik niet. Jij bent dol op ouwehoeren in de kroeg, op de aandacht die je daar krijgt en zolang je daarvan geniet is het helemaal prima. Het is alleen niet waar ik gelukkig van word. Ik vind het leuker om een-op-een met iemand te praten en wat dieper op dingen in te gaan. Ik ga veel liever met iemand eten. En ik heb liever een paar goede vrienden dan een hoop losse flodders.'

'Alleen vrienden?'

'Wat bedoel je? Ga je nou weer beginnen over de liefde en relaties? Ik dacht dat we daar hetzelfde in stonden. Alleen maar gedoe. En bovendien heb ik daar nu helemaal geen ruimte voor in mijn leven.'

'Ik kan me voorstellen dat dat zo voelt, maar het is ook een kwestie van ruimte maken. Weet je, Pien, ik gun het je gewoon zo. Dat je iemand vindt die zijn of haar leven met je wil delen. Het is toch anders dan vriendschap. En ik snap dat je hoofd daar de afgelopen maanden niet echt naar stond, maar hoe fijn was het geweest als je dat niet alleen had hoeven door te maken. En het hoeft niet meteen superserieus. Gewoon iemand om weer wat leuke dingen mee te doen.'

'Maar dat doe ik toch met jou?'

'En dat doe ik met liefde. Maar ik bedoel natuurlijk iets anders. Ik zou gek worden als ik niet ook op z'n tijd een leuke avond met een vent had. Liefst in mijn bed.'

'O Leo!' Ik moet lachen.

Ze grinnikt en zegt dan: 'Eigenlijk zijn we wel heel verschillend, hè?'

'Ik zou het anders willen formuleren: we zijn in balans. Jij laat mij sprankelen en ik rem jou af. Als je een vent was dan zou ik met je trouwen,' zeg ik. Leo geeft me een duw en haalt dan twee repen uit haar tas. 'Even een snelle hap tegen de hongerklop en dan gaan we maar weer eens afdalen.' Ze ontdoet haar reep van de verpakking en begint er gretig op te kauwen. Aan de verbeten manier waarop haar kaken malen zie ik dat haar nog iets dwarszit. 'Oké, vraag maar,' help ik haar op weg.

Ze kijkt me even aan. 'Je kent me te goed. Nou, ik vroeg me af of je dat huis van je moeder wel kunt betalen, het is geen goedkoop pandje, zeg maar. Ik wil niet dat je een beslissing neemt puur uit emotie en daar later spijt van krijgt. Ik gun je het beste en ik wil niet dat je in de problemen komt. De belastingdienst is niet mild als ze geld van je willen, dat heb je gezien met die toeslagenouders.'

'Als ik mijn appartement verkoop kan ik het prima betalen, dat heb ik allang uitgezocht. Er zit geen hypotheek meer op het huis, dus die lasten heb ik dan in elk geval niet. Ik ben alleen ook erg gehecht aan mijn appartement en het is zo lekker praktisch dat het boven de zaak is. Daarom heb ik de beslissing ook nog steeds niet genomen. Want ik ben het met je eens dat een keuze maken puur en alleen uit emotie niet goed is. Áls ik besluit mijn appartement te verkopen dan wil ik er geen spijt van krijgen.'

'Weet je wat ik me altijd heb afgevraagd?'

'Nou?'

'Hoe je moeder dat pand ooit heeft kunnen kopen toen ze terugkwam naar Nederland. Op Madeira werkte ze in de horeca, toch? Nu weet ik dat de fooien in die sector best goed kunnen zijn, maar het zijn niet bepaald topsalarissen. En toen ze het huis al gekocht had, is ze pas de opleiding gaan volgen tot docent middelbaar onderwijs, ook geen baan waar je zo'n huis mee kunt kopen.'

Ik kijk haar fronsend aan.

'Wil je zeggen dat je daar nog nooit over hebt nagedacht?' vraagt Leo verbaasd.

'Misschien heel naïef, maar nee, daar heb ik nooit vraagtekens bij gezet. Ik wist niet beter dan dat dat gewoon ons huis was en dat mijn moeder haar zaakjes altijd goed voor elkaar had. Maar nu je het zo zegt roept het eigenlijk wel vragen op, ja. Mijn moeder was best wel vermogend, maar ik weet niet concreet hoe ze aan dat geld kwam. Ze heeft wel geërfd van haar ouders, maar dat was pas zo'n tien jaar geleden. Misschien had ze al een voorschot gehad?' Ik ben even stil en kijk Leo dan geschrokken aan. 'Wacht eens even, denk je dat het vermogen van mijn moeder op de een of andere manier aan het adoptieverhaal gelinkt kan worden?'

'Ik weet het niet, Pien, maar het spookt wel door mijn hoofd.'

'Maar hoe dan?'

Ik schuif onrustig heen en weer op het bankje. Leo's insinuatie heeft mijn lijf weer op scherp gezet. Het ontspannen

gevoel dat ik zojuist nog had is ineens heel ver weg.
'Ik denk dat het slim is als we vanmiddag naar het gemeentehuis gaan. Kijken of ze daar gegevens hebben van Carolina Gomes. Misschien lukt het ons wel om een geboortebewijs in te mogen zien. Als ze hier ergens is dan zal ze geregistreerd moeten staan.'
'Tenzij ik het zelf ben,' zeg ik zacht. 'Mijn Nederlandse geboortebewijs kan nog steeds vals zijn en als dat zo is, dan zijn de echte papieren natuurlijk vernietigd.'
'Dat kan, maar dat is nog lang geen gelopen race. We gaan naar dat gemeentehuis en kijken wat we daar te weten kunnen komen. Niet geschoten is altijd mis, toch? We moeten ergens beginnen.' Ze steekt haar hand uit en trekt me overeind. We doen onze rugtassen weer om en gaan op weg naar de uitgang van het park. Daar aangekomen wil ik al naar de kabelbaan lopen, maar Leo houdt me grijnzend tegen. 'We gaan met de *tobbogan*.' Ze wijst naar een houten slee met een rieten mand waar twee in het wit geklede mannen met strohoedjes bij staan. Ze lachen naar ons en wenken. 'Dat zijn *carreiro's*, die besturen de slee.' Leo loopt op ze af en zit al in de rieten mand voordat ik heb kunnen vragen hoe het precies werkt. 'Kom op, Pien,' spoort ze me aan. 'Dit moeten we een keer meemaken.'
Met tegenzin ga ik naast haar in de mand zitten. 'Hou je goed vast,' schreeuwt ze terwijl de mannen de slee met een touw naar de steile weg trekken. De slee begint vaart te maken en de mannen springen achterop en beginnen luide kreten te slaken, alsof ze een renpaard aanmoedigen waar ze op gegokt hebben. We racen door kronkelige wegen met scherpe bochten en een paar keer ben ik bang dat we de bocht uit vliegen en te pletter slaan. Ik krijs net zo hard als die mannen. Maar steeds als ik denk dat ons laatste uur heeft geslagen, weten ze de tobbogan op het nippertje weer recht

op de weg te krijgen en zoeven we met een rotgang weer op de volgende bocht af. Ik probeer mijn angsten opzij te zetten en te genieten van de rit zoals Leo dat ook doet. Haar ogen vlammen en haar lach is bijna breder dan haar gezicht. Ik probeer even nergens aan te denken en al mijn veiligheidsbezwaren naar de achtergrond te duwen. Sinds wanneer ben ik eigenlijk zo'n bangerd en doemdenker geworden?

We scheuren weer verder over de steile weg. Op sommige stukken heb ik het gevoel dat we loodrecht naar beneden vallen. Alsof ik in een achtbaan van de Efteling zit. Mijn handen doen pijn omdat ik me zo krampachtig vastklamp. Het lijkt een eeuwigheid te duren voor we beneden zijn, maar als ik op mijn horloge kijk zie ik dat het hele spektakel hooguit tien minuten heeft geduurd.

'Wauw, wat een rush!' schreeuwt Leo verrukt. Ze kijkt me aan en begint te lachen. 'Haha, je ziet hartstikke bleek. Wat ben je toch ook een daredevil.'

Een van de carreiro's steekt galant zijn hand uit en helpt me uit de mand. Nu pas zie ik dat hij en zijn maat rubberen laarzen aanhebben met dikke zolen die gemaakt zijn van autobanden.

'Om te remmen als we moeten bijsturen,' zegt de carreiro.

'Hoe hard gingen we?' vraagt Leo hem opgewonden.

'Op sommige stukken vijftig kilometer per uur. We hebben twee kilometer afgelegd in tien minuten.'

'Het was echt fantastisch, nietwaar, Pien?'

Ik knik en probeer er enthousiast bij te kijken.

'Zullen we een fooi geven?' stelt Leo in het Nederlands aan me voor. Ik trek meteen mijn portemonnee, zo dankbaar ben ik dat we veilig beneden zijn gekomen door de stuurmanskunsten van deze mannen. We schudden ze de hand en nemen afscheid. 'En nu?'

'Nu moeten we nog vijfentwintig minuten naar Funchal

lopen. Maar als je dat niet ziet zitten na deze dollemansrit dan kunnen we ook een taxi nemen. Maar...' Ze loopt achterwaarts bij me vandaan. 'Aangezien we op wandelvakantie zijn...'

'Wie het eerste in het dorp is,' schreeuw ik terwijl ik langs haar heen sprint. Lachend komt ze achter me aan.

12

Met onze buiken nog vol van een heerlijke lunch en de smaak van de befaamde portachtige madeirawijn nog op onze tong lopen we naar het stadhuis van Funchal. De zon schijnt nog steeds fel in de wolkeloze lucht en mijn huid begint rood en branderig te worden. Vanavond stop ik meteen een tube zonnebrand in mijn tas, zodat ik morgen tussendoor kan smeren als het nodig is. Leo haakt haar arm in de mijne. 'Nerveus?'
'Ja, best wel,' antwoord ik eerlijk. 'Ik ben bang om antwoorden te vinden, maar mijn angst dat ik ze weer niet vind is minstens zo groot.'
'Ik snap je helemaal. Er hangt ook zoveel van af.'
Zwijgend lopen we verder door de universiteitswijk, waar het stadhuis zich bevindt. Als we bij de zijkant van een plein belanden zien we een binnenplaats met een indrukwekkend basalt en wit gebouw in barokke bouwstijl dat overeenkomt met het plaatje dat Leo op haar telefoon heeft opgezocht. Het plein bestaat uit lichte en donkergrijze tegels die om en om zijn gelegd. Het patroon is doorgetrokken over het grijze stenen toegangsportaal dat leidt naar de binnenplaats en loopt door tot aan de ingang van het stadhuis. Aan de onderkant van het stadhuis is een trasraam gemaakt van blauwe en witte azulejo's, traditionele Portugese tegels. De randen van het plein zijn afgezet met bloemen in roze schakeringen en in het midden staat

een marmeren standbeeld van een vrouw met een zwaan.

'*Meet* Leda en de zwaan,' zegt Leo. 'Dit standbeeld is gebaseerd op een Griekse mythe.'

'Hoe weet jij dat nou weer?'

'*Google is your best friend*,' antwoordt ze terwijl ze triomfantelijk haar telefoon onder mijn neus duwt.

'Ik geloof je meteen,' zeg ik met een afwerend gebaar.

'Zullen we dan maar zorgen dat je wat ruimte in dat mooie hoofdje van je krijgt? Kom, we gaan naar binnen.' Ze trekt me mee naar de deur en loodst me naar binnen. In een oogopslag zien we een receptie waar een dame achter zit. Kordaat loopt ze ernaartoe en vraagt: '*Could you tell me where we can find the civil affairs department?*' Ik sta er een beetje bij en heb het gevoel dat ik een figurant ben in mijn eigen verhaal. Leo heeft nogal de neiging om de touwtjes in handen te nemen. Normaal gesproken heb ik niet zo'n moeite met haar niet-lullen-maar-poetsen-mentaliteit, maar in deze kwestie voel ik me er niet helemaal prettig bij. Ik zou het woord moeten voeren, niet zij.

'U komt niet voor de rondleiding van 15.00 uur?' vraagt de vrouw achter de receptie.

'Nee, we hebben wat vragen voor de afdeling Burgerzaken. Kunt u me vertellen hoe we daar komen?'

'Hebt u een afspraak?'

'Nee, maar het is wel heel dringend. Het gaat om een geboortebewijs.'

'Van uzelf?'

'Nee, van haar.' Leo wijst naar me en het lijkt wel alsof de vrouw me nu pas voor het eerst opmerkt. Ik glimlach lauwtjes.

'Ze is hier geboren.' Het leugentje om bestwil gaat Leo extreem makkelijk af.

'Als u een momentje hebt, bel ik even naar een collega.'

'O, dat zou heel fijn zijn.' Als de vrouw haar telefoon pakt en begint te bellen, loopt Leo naar me toe. 'Wat heb je haar nou allemaal wijsgemaakt, joh?' sis ik.

'Brutalen hebben de halve wereld, Pien. Soms moet je de boel wat aandikken om iets in gang te krijgen. We hebben geen afspraak en als je dan ook nog eerlijk zegt dat je hier helemaal niet geboren bent, kun je het wel schudden. Aan de andere kant, als die Carolina Gomes hier is geboren, moet ze ergens geregistreerd staan. Het leek me de gok waard om te doen of jij dat bent. Vergeet niet dat er een kans is dat dat de waarheid is. We weten niet zeker of je Nederlandse geboortebewijs klopt. Eigenlijk heb ik dus maar een halve leugen verteld.'

'Maar we weten ook niet honderd procent zeker dat Carolina Gomes uit Funchal komt. Madeira bestaat uit meer dan Funchal alleen.'

'Het is het meest aannemelijk dat we Carolina in Funchal moeten zoeken, aangezien dat ook de plaats was waar je moeder destijds verbleef. In die zin zou het logisch zijn dat alles rondom Carolina zich hier heeft afgespeeld, dus voor nu lijkt dit me het enige juiste startpunt. Eens?'

'Ja, ik denk het wel.'

De dame achter de receptie kucht om onze aandacht te trekken. Leo draait zich meteen om en loopt naar haar toe.

'Een van mijn collega's kan u te woord staan. Ik zal u even uitleggen waar u haar kunt vinden.'

Ik kijk mee over Leo's schouder. *Wat een doolhof,* is het enige wat ik kan denken als ik de kronkelige pennenstreken zie die ze op een plattegrondje van het gebouw tekent. Leo lijkt er niet van onder de indruk en pakt het kaartje aan, terwijl ze de dame van de receptie uitgebreid bedankt. Ook ik knik haar vriendelijk toe en loop dan vlug achter Leo aan, die nauwelijks kan wachten. Als we een gang in lopen en de receptie uit beeld is, fluistert ze: 'Horde één is genomen. We zijn binnen. Op naar de volgende uitdaging.' Feilloos leidt ze ons aan de hand van het kaartje naar het gedeelte waar de ambtenaar burgerzaken zich zou moeten bevinden. Zodra ze iemand op de gang ziet lopen, klampt ze diegene aan en vraagt naar mevrouw Pinto. De man wijst haar behulpzaam de weg naar een openstaande deur waar een viertal mensen achter een bureau aan het werk zijn. Er zit maar één vrouw tussen. Tot mijn teleurstelling ziet ze er erg jong uit. Ik schat dat ze hooguit halverwege de twintig is. Ik had gehoopt op een oude rot die hier al haar hele leven werkt met een olifantengeheugen en veel kennis van de omgeving en haar inwoners van toen en nu. Kennis die dit jonge ding onmogelijk kan hebben. Als ik een blik werp op Leo zie ik dat ze er ook niet helemaal gerust op is dat deze jonge vrouw het antwoord is op onze vraag. Leo geeft me een subtiel zetje in mijn rug en blijft achter me staan. 'Nu is het jouw beurt,' fluistert ze in het Nederlands.

'Mrs Pinto?' vraag ik als ze vragend opkijkt. 'Uw collega van de receptie bij de ingang heeft u als het goed is net gebeld?'

'Ah ja, u had een vraag over een geboortebewijs? Laten we even naar de bespreekkamer hiernaast gaan.'

Ze gaat ons voor naar een klein hok waar net een tafel met vier stoelen in past.

Als ik de deur achter ons heb dichtgedaan en we allemaal zitten, zeg ik: 'Ik ben op zoek naar mijn geboorteakte, Carolina Gomes, geboren op 1 februari 1984 in Funchal.'

'U bent op zoek?'

'Nou, ja, ik wil hem opvragen. Mijn moeder is pas overleden en ik heb de akte niet kunnen vinden tussen al haar belangrijke documenten. Zij had een kluis en daar bewaarde ik voor de veiligheid ook al mijn belangrijke documenten in. Toen ik na haar overlijden in de kluis keek, zat de akte er niet tussen. Ik heb het hele huis binnenstebuiten gekeerd, maar niks gevonden. Het is een groot raadsel waar ze dat ding gelaten heeft en ik kan haar niet meer vragen waar ze hem verstopt heeft. Vandaar dat ik een nieuwe nodig heb.' Terwijl ik het verhaal ter plekke uit mijn mouw schud, merk ik dat het me best goed afgaat. Leo is een goede leermeester.

'Hebt u een paspoort of identiteitskaart voor me zodat ik kan checken of u inderdaad Carolina Gomes bent?'

Ik krijg het warm. Hoewel de vraag heel logisch is, had ik er niet op gerekend.

'Uhm, ik heb mijn paspoort in het hotel liggen. Ik wist niet dat ik dat nodig had.'

'Gelooft u haar soms niet?' bemoeit Leo zich ermee. 'Het is toch een helder verhaal?'

'Voor u misschien, maar ik heb nog wel wat vragen. Waarom praat iemand die in Funchal is geboren bijvoorbeeld Engels tegen me in plaats van de voertaal?'

'Omdat ze als baby naar Nederland is verhuisd met haar moeder. Haar moeder was Nederlandse en haar vader kwam uit Funchal. Toen de relatie stukliep is haar moeder teruggegaan naar Nederland.'

'Dat zal allemaal best, maar ik moet mevrouw officieel kunnen identificeren voordat ik haar verder kan helpen. Ik stel voor dat u op een ander moment terugkomt met dat paspoort en dan zien we verder.'

'Ja, maar...'

'Luister, u wilt niet weten wat voor verhalen mensen hier komen ophangen waar na controle geen bal van blijkt te kloppen. Als ik u zou helpen zonder die verplichte controles uit te voeren, raak ik mijn baan kwijt.'

'Maar kunt u niet een keer een uitzondering maken?'

smeek ik. 'Niemand hoeft het te weten. We zijn hier helemaal voor uit Nederland gekomen.'

'Al zou ik het willen, dan nog kan het niet. Zodra ik het systeem in duik word ik gelogd en er is geen enkele manier om dat te omzeilen. Althans, geen manier waar ik bekend mee ben. Ik ben ambtenaar, geen hacker. Maar als u bent wie u zegt, dan is het toch geen enkel probleem om een andere keer terug te komen met uw paspoort?'

'Open kaart spelen?' sis ik naar Leo. Ze haalt haar schouders op en knikt.

'Nou, het ligt een beetje ingewikkelder dan dat,' richt ik me weer tot mevrouw Pinto. 'Op mijn paspoort staat een andere naam. Toen de relatie met mijn vader voorbij was heeft mijn moeder me een Nederlandse voornaam gegeven en heb ik haar achternaam gekregen. Zo sta ik in Nederland ook geregistreerd. Pien Voortman heet ik daar. Ik heb pas op latere leeftijd gehoord van mijn Portugese vader en nooit geweten wie hij was. Nu mijn moeder is overleden heb ik er behoefte aan om hem alsnog te leren kennen en ik hoop dat zijn naam op het geboortebewijs van Carolina Gomes staat. Ik heb geen broers of zussen en hij is de enige familie die ik nog heb. Mijn moeder was enig kind en mijn grootouders zijn ook overleden.'

'U beweert dus eigenlijk dat u twee geboortebewijzen hebt. Eentje als Carolina Gomes en eentje als...'

'Pien Voortman,' help ik haar met de uitspraak van mijn Nederlandse naam.

'Hm, het verhaal wordt steeds gekker. Twee geboortebewijzen, dat zou eigenlijk niet moeten kunnen. Ergens is er dus gerommeld met uw papieren, ik kan geen andere conclusie trekken op basis van uw verhaal. Ik laat maar even in het midden of dat hier is of in Nederland, of misschien wel in beide landen. In welk jaar bent u geboren?'

'1984.'

'In die tijd waren de regels een stuk minder streng en gebeurden er weleens dingen die nu niet meer zouden kunnen. Het is mogelijk dat uw papieren destijds tussen wal en schip zijn gevallen, laat ik het zo maar even formuleren. Na een aantal misstanden is de controle behoorlijk verscherpt. Ik wil uw verhaal niet als onzin wegzetten, maar ook als ik u het voordeel van de twijfel geef, loop ik tegen een aantal regels aan die ik niet kan en mag omzeilen. Als de naam op uw paspoort niet overeenkomt met de naam Carolina Gomes, dan kan ik u op geen enkele manier helpen. Het spijt me.'

'Maar dat is toch gewoon bureaucratisch gelul,' roept Leo gefrustreerd uit. 'Regeltjes worden bedacht door mensen en die kunnen ook door mensen veranderd worden.'

'Zoals ik net al zei, soms komt het voor dat mensen tussen wal en schip vallen. We doen ons best om de regels zo op te stellen dat dat niet gebeurt, maar het is geen honderd procent waterdicht systeem.'

'Dus omdat niet alle vinkjes in uw systeem op groen staan, zal mijn vriendin nooit te weten komen wie haar vader is. Vindt u dat zelf ook niet nogal zuur? Probeert u zich eens in haar positie te verplaatsen. Familie is hier toch zo belangrijk?'

'Ik voel absoluut met u mee, maar het maakt niet uit wat ik er als privépersoon van vind. Op dit moment ben ik een ambtenaar in functie die zich aan de regels moet houden. Ik kan het niet mooier maken dan het is.'

'Maar...'

'Laat maar, Leo, dit heeft toch geen zin.'

Leo staat op, werpt een vuile blik op mevrouw Pinto en pakt mijn hand. 'We verzinnen wel een andere manier, Pien. Ik zweer je dat we het hier niet bij laten zitten.' Bij de deur draait ze zich nog eens om en kijkt mevrouw Pinto aan. 'Ik hoop dat u kunt leven met deze oneerlijke beslissing. U hebt geen idee wat u mijn vriendin aandoet.'

'Het lijkt me beter dat u nu vertrekt. Ik wens u veel sterkte.'

Nu trek ik Leo mee, voordat ze de sfeer nog grimmiger maakt dan hij al is. Zonder te groeten lopen we de kamer uit. Leo knijpt mijn hand bijna fijn en loopt stampvoetend naast me. Ik ben vooral teleurgesteld. Weer een deur die in mijn gezicht is dichtgeslagen. Hoeveel moet ik er nog openen voordat ik eindelijk verder kom?

Op weg naar beneden laat Leo mijn hand los en gaat voor me uit lopen. Ik ben zo in gedachten dat ik niet eens doorheb dat de afstand tussen ons steeds groter wordt. Als ik uiteindelijk beneden ben en langs de receptie naar buiten wil lopen houdt Leo me tegen. Ze zwaait twee kaartjes voor mijn neus heen en weer. 'Wat is dat?' vraag ik verbaasd.

'Kaartjes voor de rondleiding. Het is vijf voor drie, dus we zijn nog precies op tijd om die even mee te pikken.'

'O please, Leo, mijn hoofd staat nu even niet naar een rondleiding na wat ik net heb gehoord.'

'Juist daarom moet je die rondleiding doen. Afleiding! Het heeft helemaal geen zin om te gaan zitten kniezen in het appartement. Je verandert de situatie er toch niet mee. Het duurt maar een uurtje of zo. En je weet maar nooit wat we nog te weten kunnen komen.'

'Maar...'

'Ah, daar zul je de gids hebben.' Leo loopt enthousiast naar een vrouw met een strak samengebonden staartje toe. Achter de gids lopen nog een stuk of acht mensen. Overduidelijk toeristen die ook voor de tour komen. Daar gaan we echt niet wijzer van worden. Met grote tegenzin sluit ik me bij het clubje aan. Leo is al in een druk gesprek verwikkeld met een man die bij de groep staat. De gids vraagt onze aandacht, maar veel van wat ze zegt gaat langs me heen. Ik sjok achter het groepje aan en vang nog net op dat het gebouw uit 1758 stamt en in Moorse stijl met barokke elementen is gebouwd. Het was oorspronkelijk het stadspaleis van een of andere rijke graaf, totdat de gemeente het aan het einde van de negentiende eeuw kocht en als stadhuis ging gebruiken. In 1940 werd het gerenoveerd tot het gebouw dat het nu is. De gids neemt ons mee naar een aantal gerestaureerde, kleurrijke historische kamers die volhangen met portretten van oude koningen van Portugal. De kamers met barokke meubels worden nog steeds gebruikt voor de ontvangst van hoogwaardigheidsbekleders. We mogen ook een blik werpen in de Raadszaal waar de gemeenteraad zijn vergaderingen houdt.

Ik sta al in de startblokken om terug naar beneden te gaan, maar er blijkt nog een grande finale aan de rondleiding te zitten: een bezoekje aan de torenkamer van het gebouw. Ik wil eigenlijk afhaken, maar Leo is de trap al aan het beklimmen voordat het me is gelukt om haar aandacht te trekken. Even overweeg ik om gewoon weg te lopen. Ze heeft het steeds zo druk met die kerel dat ze me amper ziet staan. Eens zien wanneer ze doorheeft dat ik voortijdig ben afgehaakt. Maar wat heeft het voor zin? Het zou de boel alleen maar op de spits drijven en daar zit ik ook niet op te wachten. Als lantaarndrager klim ik dus toch maar naar boven, waar ik van de gids een glaasje madeirawijn in mijn handen krijg gedrukt. Leo komt naast me staan.

'En ben je nog wat te weten gekomen?' vraag ik een beetje nors, terwijl ik de man toeknik met wie ze zo geanimeerd in gesprek was tijdens de tour.

'Ja, hij komt uit Berlijn en is grafisch vormgever.'

'O mijn god, Leo.'

'Wat? Het is toch gewoon leuk om contact te leggen met anderen?' Dan ziet ze mijn gezicht. 'O, je bedoelt over Carolina Gomes? Dat lijkt me nogal lastig in zo'n groepje toeristen. Hoewel het wel even door mijn hoofd is geschoten of we niet stiekem in de archiefkast konden duiken.'
Ik schiet in de lach. 'Wat ben je toch een idioot.'
'Ja, sorry. Maar ik wilde je met die rondleiding echt even een verzetje geven. Wauw, kijk nou naar dat uitzicht! Dat is toch geweldig!'
Ik kan niet anders dan haar gelijk geven wanneer we nippend aan ons wijntje uitkijken over de rode daken van Funchal met de bergen en zee als achtergrond. Ergens onder een van die rode daken zou Carolina Gomes kunnen wonen. Wist ik maar waar. Ze voelt zo dichtbij, maar tegelijkertijd ook zo ver weg. Of staat Carolina Gomes hier in de torenkamer en ben ik het zelf?

13

'Wat is er met je, Pien? Je hebt nog geen woord gezegd sinds we terug zijn.' Leo kijkt me bezorgd aan. We hebben even een drankje gedaan in ons appartement en zijn ons nu aan het omkleden om nog even een duik te nemen in het zwembad op het dak.

'Er is niks, hoor,' probeer ik zo gewoon mogelijk te antwoorden.

'Kom op, ik ken je langer dan vandaag. Ik zie aan alles dat je iets dwarszit. Gooi het er nou maar uit, dat lucht alleen maar op.'

'Oké. Heeft iemand je weleens gezegd dat je ontzettend dominant kunt zijn?'

'Huh? Enthousiast wel, maar dominant... nee. Vind je dat?'

'Je neemt de hele tijd maar beslissingen zonder mij daarin te betrekken of te vragen wat ik ervan vind.'

'Begin je nou weer over die kaartjes voor de rondleiding?'

'Dat en nog heel veel andere dingen.'

'Toe maar, heel veel andere dingen. Zoals?'

'Dat ritje met die tobbogan. Ik vond het echt doodeng, maar jij zat alweer in die mand zonder overleg.'

'Jemig, Pien, *loosen up*. Probeer eens een beetje te leven in plaats van maar overal bang voor te zijn. Ik wil gewoon niet dat je jezelf dingen ontzegt die je achteraf gezien helemaal niet had willen missen. Maar goed, als ik nog eens wat bedenk dan zal ik in het vervolg een verzoek in drievoud indienen. Goed?'

'Je maakt er weer een grapje van, terwijl dit voor mij heel serieus is.'

'Wil je nou zeggen dat ik je belachelijk zit te maken?'

'Dat gevoel krijg ik wel een beetje, ja.'

'Nou, als je dat zo ervaart dan spijt me dat, want dat is zeker niet de bedoeling.'

'Ik zit nou eenmaal anders in elkaar dan jij, Leo.'

'Waarom krijg ik dan het gevoel dat je nog steeds niet zegt wat je eigenlijk dwarszit?'

Ik zucht. Leo kent me inderdaad te goed. De voorbeelden die ik heb gegeven slaan in het grotere plaatje natuurlijk nergens op, dus ik begrijp haar geërgerde reactie. 'Weet je, ik wil je niet kwetsen, maar die hele zoektocht naar Carolina... Ik heb gewoon het gevoel dat je steeds de regie uit mijn handen trekt. Jij voert grotendeels het woord, verzint leugentjes waar ik me dan weer uit moet zien te kletsen. Ik vind het echt heel tof dat je me hiermee helpt, maar dit is mijn verhaal en niet het jouwe. Ik wil dit graag op mijn eigen manier doen, zonder de hele tijd in jouw schaduw te moeten staan. Voor jou is het een spelletje, voor mij is het bloedserieus.'

Leo hoort me met open mond aan. 'Denk je echt dat dit voor mij een spelletje is? Dat ik hier een kick van krijg of zo? Ik merk hoe moeilijk je het allemaal vindt. En terecht, het ís ook moeilijk, en daarom probeer ik juist dingen van je over te nemen in de hoop dat het wat makkelijker voor je wordt. Jij zit zo in je emotie dat je soms moeite hebt om het totaalplaatje te overzien en daardoor probeer ik je af en toe de goede richting uit te duwen.'

'Maar wat jij goed vindt, hoeft voor mij toch niet goed te zijn? Het is voor mijn verwerking heel belangrijk dat ik dit op mijn eigen manier doe, in mijn eigen tempo, en die kans ontneem je me een beetje.'

Leo probeert rustig te blijven, maar ik zie dat mijn woorden haar hard raken.

'Nogmaals, Leo, ik wil je niet kwetsen of ondankbaar overkomen, maar kun je alsjeblieft een stapje terugdoen in dit hele verhaal en mij de ruimte geven? Mijn keuzes zijn misschien niet altijd de jouwe, maar kun je ze in elk geval wat meer respecteren?' Ik steek mijn hand naar haar uit in een verzoenend gebaar, maar ze pakt hem niet aan. Ze zwijgt koppig.

'Zeg eens iets, Leo.'

'Wat valt er te zeggen? Ik kan blijkbaar niks goed doen, al mijn goede bedoelingen ten spijt.'

'Nu overdrijf je. Probeer je eens in mij te verplaatsen.'

'Pien, geloof het of niet, maar ik ben me 24/7 in jou aan het verplaatsen. Denk je dat ik niet wakker lig van alle shit die nu op mijn beste vriendin afkomt, boven op het verdriet dat je al hebt? Denk je dat dat me onberoerd laat en dat ik daar fluitend overheen stap? Als dat zo is, dan ken je me heel slecht. Ik ben kordater dan jij, dat klopt, maar dat heb je ook nodig als je antwoorden wilt krijgen in een ingewikkelde kwestie zoals deze. Dan is af en toe een leugentje om bestwil nodig om verder te komen en vast te stellen waar de grenzen liggen. En tempo is in mijn ogen ook iets wat noodzakelijk is, zodat je hier niet langer dan nodig onder hoeft te lijden. Maar goed, als jij de regie wilt dan trek ik mijn handen ervan af, hoor. Dan ga ik lekker vakantie vieren en dan spreek ik je wel weer bij de terugvlucht. Ik ga nu afkoelen bij het zwembad en bij Cristiano aan de bar hangen. Kijk maar of je aanhaakt of niet.' Ze pakt haar badhanddoek, gooit hem over haar schouder en loopt de kamer uit. Ik ren haar achterna voordat ze het appartement echt verlaat. 'Leo, wacht nou even.'

'Wat wil je nou, Pien?' Ze duwt me aan de kant, trekt de deur open en stapt naar buiten.

'Tuurlijk, laat me maar weer in de steek, net als toen,' flap ik er boos uit.

'Toen?'

'Die keer dat je me uit het niets doodleuk vertelde dat je ontslag nam omdat je in een andere kapperszaak ging werken.'

'Aha, nu zijn we er. Oud zeer. Dat is wat je eigenlijk het meest dwarszit. Je weet dat ik die beslissing heb genomen om onze vriendschap en de sfeer in jouw kapsalon te beschermen.'

'Precies, jíj hebt die beslissing genomen, zonder ook maar een moment te vragen wat ik ervan vond. Je was mijn beste kracht en toevallig werd je ook mijn beste vriendin. Ik hou werk en privé ook liever gescheiden, maar soms kom je iemand tegen die zo bijzonder is en met wie het zo klikt dat die grenzen vervagen. Dat heet je hart volgen, is dat nou zo erg? We hadden er echt wel een mouw aan kunnen passen als je was gebleven.'

'Jij weet net zo goed als ik dat het was gaan knallen tussen Indira en mij. De andere meiden waren op haar hand omdat ik als laatste bij het team kwam. De spanningen liepen steeds verder op en dat weet jij ook. Dat was niet goed voor je zaak en het was onvermijdelijk dat het ook invloed op onze vriendschap zou krijgen. Als je denkt dat dat niet zo is, dan ben je gewoon naïef. Ik weet wanneer ik ergens te veel ben en dan trek ik mijn conclusies. Oké, ik had het misschien met je moeten overleggen, maar ik wilde het je makkelijker maken door de beslissing vast voor je te nemen.'

'Je hoeft het me niet makkelijker te maken, Leo,' zeg ik zachtjes terwijl mijn woede wegebt. 'Ik ben een volwassen vrouw die beter voor zichzelf kan zorgen dan jij denkt. Vriendschap is soms ook de ander de ruimte geven om fouten te maken zodat ervan geleerd kan worden. Je kunt niet alles voor me oplossen, lieve schat, hoe graag je dat misschien ook wilt.' Weer steek ik mijn hand naar haar uit en deze keer pakt ze hem wel aan. Ik trek haar naar me toe en we omhelzen elkaar. 'Sorry,' zeggen we allebei tegelijk. Zowel bij mij als bij haar staan de tranen in de ogen.

'We lijken wel een getrouwd stel,' snift Leo. Ik lach door mijn tranen heen. 'We moeten dit gesprek maar snel weer vergeten.'

'Nee, dat moeten we dus niet. De dingen die je zei zijn wel echt belangrijk en hoewel ik het niet leuk vond om ze te horen, heb je heel misschien wel een beetje gelijk. Ik ben nou eenmaal wat bijdehand en denk al snel dat ik het beter weet. Ik kan weleens wat, uhm, te assertief zijn. Ik zal proberen om dingen wat meer op z'n Spaans te doen. Mañana, mañana,' zegt ze theatraal.

'En ik zal proberen me eerder uit te spreken als ik ergens mee zit. Ik ben nogal een binnenvetter en daardoor ga ik dingen stapelen. En ja, ik ben een treuzelaar als ik dingen moeilijk vind en ga dan uitstelgedrag vertonen, terwijl jij de koe altijd meteen bij de hoorns vat. Ik hoop dat we ergens een middenweg vinden. Jij wat meer mañana, mañana en ik wat meer peper in mijn kont.'

'Deal. Maar Pien, om nog even terug te komen op mijn vertrek bij de salon...'

'Het is goed, Leo. Ik begrijp heus wel waarom je het hebt gedaan.'

'Er is nog een reden waarom ik het heb gedaan, het lag niet alleen aan Indira.'

'O?'

'Ik heb niet de ambitie en carrièredrive die jij wel hebt. Ik wil gewoon mijn werk doen tijdens kantooruren en daarna de deur dichtslaan zonder dat ik na hoef te denken over weekplanningen en roosters, het afsluiten van de kassa, administratie, acquisitie. Als de werkdag voorbij is wil ik ook echt vrij hebben. Ik vind een sociaal leven ook heel erg belangrijk. Ik doe mijn werk zolang ik het leuk vind en als ik er genoeg van heb, wil ik iets anders kunnen doen zonder me schuldig te voelen. Als ik bij jou in de zaak was gebleven, zou ik me altijd schatplichtig voelen om door te gaan omdat ik je niet in de steek wil laten. Dat zou ten koste van mezelf gaan en uiteindelijk ook van onze vriendschap, omdat ik bang ben dat ik het je onbewust toch kwalijk zou gaan nemen. Door op tijd weg te gaan heb ik dat voorkomen. Op de plek waar ik nu werk doe ik gewoon mijn ding en als ik op een dag wegga dan zou ik daar geen hartzeer van hebben. Het is "gewoon" een job waar ik mijn kostje mee verdien. Niet meer en niet minder. Als ik bij jou was gebleven was je uiteindelijk Indira kwijtgeraakt, terwijl zij juist iemand is die wel jouw ambities deelt. Ze vindt het geweldig om de touwtjes in handen te hebben en een beetje rond te commanderen. Hoewel haar manier van leidinggeven niet mijn stiel is, is ze er wel heel goed in en die andere meiden eten uit haar hand. Je kunt je zaak met een gerust hart aan haar overlaten als je zelf even niet aanwezig bent. Uiteindelijk heb je daar meer baat bij dan zo'n flierefluiter als ik koste wat het kost in dienst te houden. Die kapsalon is je inkomen, Pien, je toekomst. Je hebt er zo hard voor gewerkt en kijk eens wat je hebt neergezet. Dat is iets om heel trots op te zijn en zuinig mee om te springen.'

Ik knik nadenkend en laat Leo's woorden even op me inwerken voordat ik reageer. 'Nu snap ik het een stuk beter. Waarom heb je dat niet eerder tegen me gezegd? Maar je hebt absoluut een punt,' geef ik schoorvoetend toe. 'Dankzij

Indira zit ik nu met die flierefluiter op Madeira en heb ik me nog niet één keer druk gemaakt over de kapsalon, terwijl ik normaal aan niks anders kan denken. Ik voel nu echt de ruimte om even volledig met mijn moeder en alle sores eromheen bezig te zijn.'

'Nu we het daar toch over hebben, we moeten nog een plan maken voor morgen.'

'Ik heb daar wel ideeën over. Als je een seconde wacht, pak ik mijn handdoek en dan ga ik met je mee naar het zwembad. Dan bespreken we het daar met een drankje bij Cristiano aan de bar.'

14

Ik word wakker met een droge mond en hoofdpijn. Te vast geslapen en te weinig gedronken. Een streep zonlicht die door een kier in de gordijnen piept, trekt een gouden streep over de vloer. Leo ligt naast me met open mond te snurken. Ze heeft de lakens van zich afgewoeld. Ik kijk op mijn horloge. Kwart over negen. Ik trek de gordijnen open en geef de zon vrij spel in de kamer. Daarna gooi ik de balkondeuren wagenwijd open. Een heerlijk zoutig zeebriesje stroomt de kamer binnen en ik neem een diepe ademteug terwijl ik me uitgebreid uitrek en met mijn handen door mijn haren woel. De zon valt op Leo's gezicht en ze begint zachtjes te kreunen. Ze grijpt naar haar hoofd en trekt een moeilijk gezicht. Ik heb te weinig gedronken, zij te veel. Ze slingert haar slanke benen over de rand van het bed en gaat zitten terwijl ik haar behulpzaam een glas water met een paracetamol aangeef. Ze knikt me dankbaar toe. 'Poeh, dat laatste cocktailtje was er net eentje te veel,' zegt ze terwijl ze me het lege glas teruggeeft. 'Nog eentje?' vraag ik.

'Nee, dank je. Misselijk.' Ze kijkt me aan met kleine oogjes en een voor haar doen bleek gezicht.

'Die mocktails zijn ook heel prima, hoor. Hartstikke lekker en je krijgt er geen hoofdpijn van,' zeg ik met een knipoog. 'Cristiano vind je echt niet minder stoer als je wat matigt met de alcohol, en je hebt het ook niet nodig om los te komen want je kletst sowieso al vijf kwartier in een uur.'

'Dat lijkt maar zo, ik ben eigenlijk heel verlegen.'
'*Yeah, right.*'
'Wil jij eerst douchen?'
'Nee, ga jij maar. Je ziet eruit alsof je eraan toe bent.'
Leo loopt naar de spiegel boven de wastafel en trekt een paar gekke bekken naar zichzelf. 'Zo klaar.' Ze zet de douche aan en springt er meteen onder. Ik weet niet hoe ze het doet, maar een kwartier later komt ze compleet herboren de kamer weer inlopen. 'Een koude douche, daar knapt een mens van op. Ik kan het je zeer aanbevelen.'
'Nou, als je het niet heel erg vindt... Verder dan lauw wil ik echt niet gaan.' Ook ik douch in een razend tempo en schiet een makkelijk jurkje aan. 'Onderweg even een broodje meepakken?' stel ik voor.
'Als er maar sterke zwarte koffie bij zit, dan vind ik alles best.'
'Dat valt vast wel te regelen.' Ik wil zo snel mogelijk op pad. Vandaag staat een bezoekje aan een ziekenhuis in Funchal op het programma. Als mijn moeder inderdaad zwanger van mij was, dan zal ze gezien haar aandoening absoluut naar een gynaecoloog zijn geweest om de boel te monitoren. Mits ze toen al wist van die aandoening. De eerste controles moeten dan logischerwijs hebben plaatsgevonden in Funchal omdat ze pas later in haar zwangerschap terug naar Nederland is gegaan. In Nederland gaan de archieven van ziekenhuizen niet verder dan twintig jaar terug, maar misschien hanteren ze hier op Madeira andere regels en termijnen. Het is in elk geval de moeite van het uitzoeken waard. Leo en ik hebben ontdekt dat er naast een aantal openbare ziekenhuizen ook nog privéklinieken in Funchal zijn, maar die laatste hebben we meteen weer van ons lijstje gestreept. Mijn moeder zou zo'n kliniek nooit hebben kunnen betalen van haar horecasalaris. Van de

openbare ziekenhuizen past er uiteindelijk maar eentje echt in het plaatje: het bestond veertig jaar geleden al én laat zich voorstaan op zijn specialistische gynaecologische afdeling. Het ligt een paar kilometer buiten het stadscentrum van Funchal.

'Zal ik maar een taxi bellen?' stel ik voor als ik Leo met een pijnlijk gezicht over haar slapen zie wrijven. 'Een wandeling van vier kilometer lijkt me met zo'n houten kop geen pretje voor je.'

Ze knikt en kijkt me dankbaar aan. 'Ik drink nog even een paar glazen water om te ontgiften terwijl jij belt. Misschien vanavond inderdaad maar eens aan de mocktails. Als ik drink is het hartstikke lekker en vind ik het niet nodig om maat te houden, maar de dag erna heb ik altijd spijt.' Ze zet de kraan aan en houdt haar polsen onder het stromende koude water. Daarna haalt ze een fles water uit de koelkast en vult een glas. Ik ga op het balkon staan om een taxi te bellen. Ook vandaag is er geen wolkje aan de lucht en de zee in de verte kabbelt rustig. De droge warmte is aangenaam maar niet te heet. Mijn vingers laten vette afdrukken van de zonnebrand achter op het scherm van mijn telefoon als ik het nummer van de taxicentrale intoets. 'Leo, de taxi kan er over een kwartiertje zijn, is dat oké voor jou?' vraag ik nadat ik met de centralist heb overlegd. Ze steekt haar duim op en klokt het laatste restje van haar tweede glas water naar binnen. Ik bevestig de taxi en hang op. Ik poets de vettigheid van mijn telefoon met een handdoek en was daarna uitgebreid mijn handen tot ze niet meer plakken, voordat ik de spullen die ik mee wil nemen bij elkaar scharrel. Ik heb een keurig mapje gemaakt met mijn Nederlandse geboortebewijs, het paspoort van mezelf en van mijn moeder, haar overlijdensakte, de brief uit Funchal over Carolina Gomes die ze heeft ontvangen van de anonieme afzender, printjes van de mailtjes die ik naar het mailadres in de brief heb proberen te sturen maar die nooit zijn aangekomen en de foto van de man en het meisje. Ik stop het samen met mijn portemonnee, twee flesjes water, een tube zonnebrand, een kleine spuitbus deodorant en wat energierepen in een handzaam rugzakje. Mijn telefoon stop ik in de diepe zak van mijn bruine bermuda. Ongeduldig wacht ik bij de deur tot Leo ook klaar is voor vertrek. Samen lopen we naar buiten en wachten op de parkeerplaats bij het hotel op de taxi. Leo gaat op een muurtje zitten, maar ik moet bewegen om mijn zenuwen de baas te blijven. Ik weet dat de kans op teleurstelling vandaag wederom heel groot is en heel af en toe schiet de vraag door mijn hoofd waarom ik eigenlijk tegen beter weten in met mijn hoofd tegen de muur blijf lopen. Maar als ik me voorstel dat ik het erbij laat zitten en gewoon vakantie ga vieren, geeft dat ook een heel onbevredigend gevoel. Dichterbij dan hier op Funchal kom ik niet als ik de waarheid wil vinden.

Na vijfentwintig minuten ijsberen over de parkeerplaats komt de taxi eindelijk op zijn dooie akkertje aanrijden. Ik ga naast de chauffeur zitten en Leo kruipt op de achterbank. De airco is een welkome verkoeling voor onze verhitte hoofden. Ik vertel de chauffeur waar we naartoe willen en we gaan op pad. Uit de radio schalt wilde fadomuziek waar Leo aan haar gezicht te zien niet bepaald blij van wordt. Ik vraag de chauffeur of de muziek wat zachter mag en met tegenzin geeft hij gehoor aan mijn verzoek. Over geasfalteerde wegen rijden we in een kwartier naar het ziekenhuis. Links beneden ons kunnen we regelmatig een glimp opvangen van de zee, en de bergkammen zijn bedekt met een kleurrijke bloemenzee die me af en toe de adem beneemt. Ook nu valt het me weer op hoe fris en groen alle bomen en struiken zijn. Ik begrijp helemaal waarom mijn moeder dit prachtige eiland destijds heeft uitgekozen om een tussenjaar te doen. In haar tijd was dat zeer ongebruikelijk, maar mijn moeder is altijd een eigenzinnige vrijbuiter geweest die haar eigen plan trok, ongeacht wat anderen daarvan vonden. Mijn opa en oma waren gelukkig ruimdenkend genoeg om haar de vrijheid te geven die ze nodig had. Oma schijnt zelfs nog een blauwe maandag lid te zijn geweest van de Dolle Mina's.

De taxi stopt voor een zalmroze gebouw met lichtgrijze en witte accenten dat meer weg heeft van een appartementencomplex dan van een ziekenhuis. Even vraag ik me af of hij ons wel naar de goede locatie heeft gebracht, totdat ik een bord zie met de naam van het ziekenhuis. Leo is de auto al uit voordat ik de chauffeur heb kunnen betalen. Ik zie haar snel weglopen en vooroverbuigen met haar handen op haar knieën. De chauffeur vraagt of hij moet wachten, maar ik schud nee en haast me de auto uit naar Leo. Aan haar voeten ligt een nat plasje. 'Leo, gaat het?' vraag ik bezorgd als ze hoestend rechtop gaat staan.

'Ja, sorry. Mijn water kwam even retour. O, dit is echt gênant,' kreunt ze.

Ik sla een arm om haar heen en fluister 'Mocktail' in haar oor terwijl ik haar haren uit haar gezicht strijk. 'Voordat we ook maar iets doen, gaan we eerst wat maagvulling voor je regelen. Je moet er nu waarschijnlijk niet aan denken, maar geloof me, je gaat je er echt beter van voelen.' Mijn eigen maag laat me met zacht gerommel weten dat het ook voor mij tijd is om te eten. We gaan het ziekenhuis binnen en Leo laat zich gewillig door me meevoeren naar het zelfbedieningsrestaurant dat met bewegwijzering duidelijk wordt aangegeven. Ik zet haar aan een tafeltje en ze legt meteen haar hoofd op het tafelblad. Ik laat haar maar even en pak een dienblad, waar ik twee dingen op leg die veel weg hebben van tosti's. Ik voeg er nog twee maracuja-mangosmoothies, een fruitsalade en twee koppen koffie aan toe. Leo kijkt in eerste instantie niet bepaald happig als ik het dienblad voor haar neus op tafel zet, maar als ze mij met smaak ziet eten neemt ze aarzelend een paar slokken smoothie. 'Hm, smaakt beter dan ik dacht.'

Op ons gemakje nemen we de tijd voor ons ontbijt en Leo knapt zienderogen op.

'Dank je, Pien, dit was precies wat ik nodig had,' verzucht ze als ze haar laatste hap tosti heeft doorgeslikt. 'Ik geloof dat ik er weer tegen kan, dus wat mij betreft gaan we aan de bak.'

We zetten het vuile servies op het dienblad en ik schuif het in een kar die bij de uitgang van het restaurant staat. We lopen terug naar de centrale hal, waar een informatiebord staat. Leo zoekt het Portugese woord voor gynaecoloog op en al snel vinden we het nummer van de route die we moeten volgen om bij de polikliniek te komen. Het is ook op de begane grond. We gaan de gang met nummer twaalf in en volgen de grijze tegelvloer tot we bij een rommelige balie aankomen waar een jongere en een oudere vrouw achter staan. Uit de naastgelegen wachtkamer klinkt geroezemoes. Leo heeft zich mijn woorden van gisteren aangetrokken en in plaats van haar gebruikelijke stap naar voren doet ze er een naar achteren, zodat ik alle ruimte heb om zelf het woord te doen. De jonge vrouw knikt me vriendelijk toe als ik mijn handen om de rand van de balie leg en er krampachtig in knijp.

'*Posso lhe ajudar com algo?*' vraagt ze.

'*Eu não falo português,*' dreun ik het zinnetje op dat ik gisteravond uit mijn hoofd heb geleerd.

'*English?*' vraagt ze. Ik knik bevestigend. In accentloos Engels vraagt ze of ze me ergens mee kan helpen en of ik een afspraak heb.

'Ik heb geen afspraak, maar hoop hier wat informatie te krijgen,' antwoord ik. De vrouw trekt meteen een informatiefolder uit een bak en geeft hem aan me. 'Hier staat alles in over onze polikliniek en onze werkwijze.'

Ik schud mijn hoofd. 'Dat is niet wat ik bedoel. Mijn vraag is wat ingewikkeld. Mijn moeder is hier zo'n veertig jaar geleden ooit patiënt geweest toen ze zwanger was van mij, en ik vroeg me af of jullie daar misschien nog gegevens van hebben. Een dossier of iets anders wat bewijst dat ze hier is geweest.'

'Dat is inderdaad geen vraag die we dagelijks krijgen. Weet uw moeder dat u hier bent en heeft ze u toestemming gegeven om naar haar gegevens te vragen?'

'Mijn moeder is helaas overleden.'

'Gecondoleerd.'

'Dank u wel.'

'Mag ik vragen waarom u op zoek bent naar gegevens van zo lang geleden?'

'Ik ben in opdracht van mijn rouwtherapeut bezig om het leven van mijn moeder in kaart te brengen. Het helpt bij de verwerking, maar het heeft ook nog een ander doel. Als eerbetoon aan mijn moeder wil ik een boek over haar schrijven. Ze heeft nogal een bewogen levensverhaal dat veel mensen kan raken. In de tijd dat ze zwanger was van mij woonde ze op Madeira en ik probeer die tijd nu te reconstrueren. Mijn vader, die ze in Funchal leerde kennen, was haar grote liefde. Helaas is hij ook overleden. Mijn moeders naam is trouwens Roos Voortman. Ik kan het voor u spellen als u wilt?'

'Hebt u een ogenblikje?' De vrouw loopt naar haar oudere collega en terwijl ze samen staan te smoezen komt Leo met open mond naast me staan. 'Je zegt wel dat ik het verzin waar je bij staat, maar jij bent ook niet gestikt in je eerste

leugentje. Een boek schrijven over je moeder, briljant.'
'Nou ja, ik wist even niet hoe ik het anders aan moest vliegen zonder het te ingewikkeld te maken. Dit was het eerste wat in me opkwam.'
Leo stoot me aan als de oudere vrouw naar ons toe loopt.
'Ik heb uw verhaal en verzoek van mijn collega gehoord, maar we kunnen u om meerdere redenen niet helpen.'
Ze had me net zo goed meteen een stomp in mijn maag kunnen geven. Het lukt me amper om mijn gezicht in de plooi te houden als ze verder praat.
'Om privacyredenen is het verboden om dossiers aan derden te verstrekken, ook al zijn ze familie. Daar komt nog bij dat onze patiëntendossiers veertig jaar geleden natuurlijk nog niet gedigitaliseerd waren, daar zijn we pas zo'n twintig jaar geleden mee begonnen. Alle papieren dossiers zijn in een grote opslag beland waar tijdens een renovatie grote waterschade heeft plaatsgevonden. U begrijpt het al, van die dossiers is niets meer over. Dus, al zou ik u willen helpen, ik kan het niet eens.'
'Maar hoe moet dat nou met mijn boek?' zeg ik wanhopig. 'Het is cruciaal dat ik het tijdpad en de feiten rond mijn moeders zwangerschap goed weergeef. Is het mogelijk dat ik de gynaecoloog spreek die hier veertig jaar geleden werkte? Misschien kan hij of zij zich iets van mijn moeder herinneren? Ze was een Nederlandse vrouw en het was nogal een complexe zwangerschap.'
'De gynaecoloog die hier veertig jaar geleden werkte en de complexe gevallen deed is vijftien jaar geleden al met pensioen gegaan.'
'Hebt u een naam voor me? Alstublieft?'
Ze kijkt even aarzelend om zich heen en trekt haar toetsenbord naar zich toe. Ze leest iets van haar scherm en schrijft het op een papiertje. Ze legt haar hand eroverheen

en schuift het naar me toe. 'Hij heet Francisco Silva en dit zijn de laatste gegevens die we hier van hem hebben. U hebt dit niet van mij. Ik ga mijn boekje ver te buiten.' Ze schuift haar hand nog wat verder naar de rand en ik grijp het witte puntje papier dat zichtbaar wordt onder haar pink met kortgeknipte nagel. Ik gris het vliegensvlug naar me toe en stop het in mijn zak voordat iemand het ziet.

'Dus helaas,' zegt ze hard als haar jongere collega weer aan komt lopen. 'We kunnen u niet helpen, maar we wensen u veel sterkte en succes.'

15

'Wat was dat nou?' vraagt Leo als we even later buiten op de parkeerplaats voor het ziekenhuis staan.

'Geen idee, maar wat doet het ertoe? We hebben een naam, een adres en een telefoonnummer waar we mee aan de slag kunnen.'

Leo glimlacht vergenoegd. 'Het lijkt erop dat er een engeltje op je pad is gekomen, Pien. Hopelijk komen we nu eindelijk een beetje verder en kunnen we hiermee een doorbraak forceren.'

Ik knik nadenkend. Ik deel Leo's vreugde, maar ben ook terughoudend. Als Francisco Silva al vijftien jaar met pensioen is, zoals de receptionist beweerde, dan moet hij stokoud zijn. Wie weet wat hij zich nog kan herinneren. Daarnaast zijn de gegevens die ik heb gekregen van dokter Silva de gegevens van toen hij uit dienst trad. Het is dus de vraag of ze nog steeds actueel zijn. De mogelijkheid dat de gynaecoloog niet meer leeft duw ik maar even ver weg.

'Kom op, Pien, bel dat nummer. Als we beethebben, kunnen we een taxi bellen en er meteen langsgaan.' Leo drentelt enthousiast om me heen. Ik verbaas me er elke keer weer over hoe snel ze herstelt van een avondje doorzakken. In tegenstelling tot amper een uur geleden lijkt er geen vuiltje meer aan de lucht. Ik haal het briefje uit mijn broekzak en houd het krampachtig vast. De wind is wat aangetrokken en het gaat me niet gebeuren dat het uit mijn handen waait.

Zorgvuldig typ ik het nummer over in mijn telefoon en sla het eerst op in mijn adresboek. Daarna voeg ik de adresgegevens toe. Als ik het briefje nu kwijtraak, maakt het niet meer uit. Better safe than sorry. Zonder verder na te denken druk ik op de belknop. Het toestel gaat over, dus het nummer bestaat in elk geval nog. Nu hopen dat het nog steeds toebehoort aan dokter Silva. Leo staat achter me en laat haar hoofd op mijn schouder rusten zodat ze zo goed mogelijk mee kan luisteren. Door de aangetrokken wind is het toestel op de microfoon zetten geen optie. Na vijf beltonen wordt er opgenomen door een vrouw. '*Sim?*' klinkt het kortaf. '*I'm looking for Francisco Silva, is he home?*' vraag ik met lood in mijn schoenen.

'Wie is dit?'

'Sorry, mijn naam is Pien Voortman en mijn moeder was vroeger patiënt van dokter Francisco Silva.'

'Ja, en?'

'Ik zou dokter Silva graag een paar vragen willen stellen. Zou ik hem kunnen spreken?'

'Nee.'

'Maar het is heel belangrijk.'

'Ongetwijfeld, maar het antwoord blijft nee. Hoe komt u eigenlijk aan dit nummer?'

'Dat doet er niet toe. Mag ik u vragen wat uw relatie is tot dokter Silva?'

'Nee, dat mag u niet. Val me niet meer lastig.'

De kiestoon klinkt in mijn oor. 'Opgehangen.' Ik kijk Leo ontredderd aan.

'Wat een chagrijnig wijf, zeg. Ik kon niet alles verstaan, maar dat toontje sprak boekdelen. Bel maar een taxi, dan gaan we langs.'

De strijdlust in Leo's stem en ogen geeft me de kracht om mezelf te herpakken en het er inderdaad niet bij te laten zitten. Ik bel meteen naar de taxicentrale en ongeduldig wachten we tot ons vervoer arriveert. Deze keer hebben we een vrouwelijke chauffeur die de toegestane snelheid behoorlijk aan haar laars lapt. Ze stuurt haar auto luid claxonnerend en behendig de ene na de andere scherpe bocht in. Eén keer staan we neus aan neus met een tegenligger en de keren dat we rakelings langs een afgrond scheuren knijp ik mijn ogen dicht. Ik kan pas weer rustig ademen als we de villawijk binnenrijden waar dokter Silva volgens de laatste gegevens van het ziekenhuis zou moeten wonen. Ik vraag de chauffeur om ons op de hoek van de straat af te zetten, zodat we te voet de wijk kunnen verkennen voordat we aanbellen bij het huis waar we moeten zijn. Nadat ik haar een bescheiden fooi heb gegeven, draait ze met piepende banden op de weg en scheurt vol gas bij ons vandaan. Ze laat een wolk van stof en opspattende steentjes achter.

'Zo, dat was me het dollemansritje wel,' moet ook Leo toegeven. 'Ik zat wel een paar keer met samengeknepen billetjes.' Ze veegt wat zweet van haar voorhoofd en neemt een paar flinke slokken water uit het flesje in haar tas. Nu ik haar zo zie drinken merk ik dat ik zelf ook best wel dorstig ben, en ik volg haar voorbeeld. Nadat we onze flesjes weer hebben opgeborgen lopen we op ons gemakje de wijk in. Het gros van de huizen is omringd door grote hekken en heeft prachtige kleurrijke tuinen met onder andere cyclaamkleurige bougainville en roze oleanderstruiken. Langs de randen staan grote palmbomen. De bladeren ritselen zachtjes in de wind. Sommige tuinen hebben perkjes met gras, maar de meeste zijn betegeld met beige, in mozaïek gelegde natuurstenen. Een paar keer vang ik een glimp op van een zwembad met azuurblauw water. Ik hoor Leo naast me dromerig zuchten. 'Wauw, wat een oase aan heerlijkheid hier. Ik kan me niet voorstellen dat het ooit gaat vervelen als je in zo'n huis woont. Een permanent vakantiegevoel in je eigen huis, ik zou er meteen voor tekenen. Begin ik mijn eigen openluchtkapsalon in de tuin.'

'Ik dacht dat jij geen eigen baas wilde zijn?'

'Onder de juiste omstandigheden wordt alles vloeibaar,' zegt ze met een knipoog.

'Opportunist,' zeg ik lachend terwijl ik haar een duwtje geef.

'Yep. *Guilty as hell*.'

'Heb jij toevallig ook nog een beetje op de huisnummers gelet?'

Leo schudt ontkennend haar hoofd. 'Was even te veel bezig met me te vergapen aan al die luxe.'

'*Same here.*'

'Oké. Dit is nummer 33.' Ze wijst naar het huis aan onze linkerhand. 'En we moeten naar...?'

'53.'

'Dat zal daar wel ergens net voor of na de bocht zijn, denk je niet?' Leo begint stevig door te lopen en ik hobbel achter haar aan. Ze blijft staan voor een geel met wit gekleurd huis. In tegenstelling tot de andere huizen in de straat ziet het er verwaarloosd en ouderwets uit. Alsof het ooit is neergezet en daarna nauwelijks nog is onderhouden. Het stucwerk bladdert op een aantal plekken van de buitenmuren en de kozijnen hebben duidelijk ook hun beste tijd gehad. Ondanks de vervallen toestand staat het toegangshek uitnodigend open. 'Nummer 53, en zo te zien wordt het ons eindelijk eens makkelijk gemaakt.' Leo wacht tot ik naast haar sta en samen volgen we het paadje van donkergrijze stapstenen dat naar een groezelige voordeur met een luifel leidt die ooit stralend wit moeten zijn geweest. Langs het paadje zijn om en om blauwe agapanthus- en paradijsvogelbloemen geplant. Aan weerszijden van het huis staat een grote palmboom in gras dat al te lang niet is gemaaid. De bomen werpen hun schaduwen op het huis en beschermen het tegen de felle zon. Ik druk op de bel en wacht af. In eerste instantie wordt er niet gereageerd, maar uiteindelijk klinkt er toch iets van geschuifel in het huis. De deur wordt opengerukt en een vrouw met een blik die kan doden kijkt me aan.

'Zo, het zonnetje in huis,' hoor ik Leo achter me fluisteren. Van de zenuwen proest ik het bijna uit.

'*O que você quer?*' bitst de vrouw. Ze is nu ze voor mijn neus staat net zo onvriendelijk als aan de telefoon.

'*Sorry, we talked earlier on the phone...*' begin ik.

'*It's you again,*' kaatst ze terug voordat ik mijn zin heb kunnen afmaken. Ze probeert de deur in mijn gezicht dicht te gooien, maar ik weet net op tijd mijn voet over de drempel te zetten om dat te voorkomen. Even lijkt het of ze me wil aanvliegen, maar uiteindelijk bedenkt ze zich.

'Luister alsjeblieft even naar me. Ik ben speciaal uit Nederland gekomen om dokter Silva te spreken. Mijn overleden moeder was patiënt van hem toen ze zwanger was van mij en ik heb wat vragen over die tijd. Het was een complexe zwangerschap waar ik graag met hem over wil spreken. Het gaat over mijn toekomst.'

'Ik heb je al gezegd dat je dokter Silva niet te spreken krijgt.'

'Maar dit is wel zijn huis?'

'Dit is mijn huis.'

'Dus dokter Silva woont hier helemaal niet?' vraag ik teleurgesteld.

'Dokter Silva is dood. Ik ben zijn weduwe.'

'O.' En weer wordt al mijn hoop de grond in geboord en ik word licht in mijn hoofd. Ik hoor Leo achter me ingehouden kreunen. Mijn ontreddering moet me aan te zien zijn, want mevrouw Silva doet de deur wat verder open en ik voel de druk tegen mijn schoen verdwijnen.

'Is het zo belangrijk? Kom anders even binnen voor een glaasje water, je trekt een beetje bleek weg. Ik heb geen zin om je zo van de grasmat te moeten plukken.' Ze laat de deur openstaan en loopt het huis in. Leo en ik lopen vlug achter haar aan voordat ze zich bedenkt. We volgen haar naar een rommelige woonkamer die propvol staat met grote versleten donkere meubels die in hun begintijd grandeur moeten hebben uitgestraald. Her en der liggen stapels oude kranten en tijdschriften en op de vloer staan allemaal kartonnen dozen met snuisterijen.

'Ik ben een beetje aan het opruimen,' verklaart ze de chaos zonder dat ze zich ervoor lijkt te schamen. Ze veegt met een stevige zwaai wat tijdschriften van een bank en wijst dat we daar kunnen gaan zitten. Voor het eerst kan ik haar goed bekijken. Mevrouw Silva is klein en loopt wat voorovergebogen door de ouderdom. Haar lange grijze haren zijn in een slordige staart gebonden die tot haar onderrug rijkt. Het witte shirt en de lange beige rok die ze draagt zijn kreukelig maar schoon. Haar voeten met kromme tenen zijn in sandalen gestoken. Haar gezicht is diep gegroefd rond de mond en ogen. Haar huid is rimpelig en haar ogen zijn zo donker dat ze bijna zwart lijken. Ik kan er geen enkele sprankeling in ontdekken. Voor het eerst krijg ik door dat haar onvriendelijke houding slechts een façade is. Voor me staat een uitgebluste vrouw die geen enkele lol in het leven meer lijkt te hebben. Een vrouw die rouwt om het verlies van haar man. 'Is uw man al lang geleden overleden?' vraag ik zachtjes.

'Morgen drie maanden.'

'Gecondoleerd. Ik ben mijn moeder ruim zes maanden geleden verloren, maar de pijn is nog even erg als op de eerste dag. Ze zeggen dat verdriet uiteindelijk slijt, maar ik kan me er nog helemaal niks bij voorstellen.'

Mijn woorden lijken mevrouw Silva te raken. Haar gezicht ontspant een beetje en de blik in haar ogen wordt zachter. 'Ik denk ook niet dat het ooit gaat wennen. Francisco en ik waren al zo lang samen dat ik geen idee heb hoe ik in mijn eentje verder moet.' Ze zakt als een zak aardappels boven op een stapel kranten in een fauteuil en staart wezenloos voor zich uit. Het is de blik in haar ogen die me uiteindelijk in een opwelling doet besluiten om volledig open kaart met haar te spelen. Ik vertel haar over de naam Carolina Gomes die ik vond tussen mijn moeders spullen, over de twijfels die ik heb over de status van mijn moeder. Was ze mijn biologische of mijn adoptiemoeder? Over mijn vader die ik nooit heb gekend en van wie ik de identiteit niet weet. Tot slot laat ik haar de foto zien van het meisje en de man met de vraag of ze enig idee heeft wie het zijn. Ze bestudeert de foto, knippert een paar keer met haar ogen en geeft me de foto dan terug zonder me aan te kijken. 'Ik heb geen idee wie dat zijn, sorry.' Ze zwijgt even en vraagt dan: 'Wat was de specifieke vraag die je aan Francisco wilde stellen?'

'Ik ben op zoek naar bewijs dat mijn moeder in de tijd dat ze op Madeira was echt zwanger was van mij, en ik hoopte dat uw man nog ergens bij een dossier zou kunnen of zich misschien iets zou kunnen herinneren. Gezien haar aandoening moet ze onder begeleiding van een gynaecoloog hebben gestaan zodra ze wist dat ze zwanger was. Tenminste, dat denk ik. Als ik geen bewijs kan vinden dat ze zwanger was, dan neemt de kans dat ze me geadopteerd heeft aanzienlijk toe.'

'Francisco kan je vragen niet meer beantwoorden, maar misschien heb ik toch iets voor je waar je verder mee komt.

Francisco deed naast zijn werk voor het ziekenhuis ook dingen voor een particuliere kliniek met de naam Hospicio Da Princeza Dona Maria Amelia. Hij behandelde daar de "speciale gevallen" zoals hij ze altijd noemde. Details ken ik verder niet, hij was altijd heel discreet en deelde zelfs met mij niks over zijn werkzaamheden. Eerlijk gezegd heb ik er ook nooit naar gevraagd. Hij verdiende er goed mee en we genoten van een luxeleven. Ik vond het allemaal wel prima. Achteraf gezien heb ik me weleens afgevraagd of het allemaal wel prima wás, maar dat heb ik nooit naar hem toe uitgesproken. Hoe dan ook, kopieën van de dossiers van zijn "speciale" patiënten heeft hij mee naar huis genomen toen hij stopte bij die kliniek en hier op zolder neergezet. Waarom precies weet ik niet en helemaal legaal zal het niet geweest zijn. Maar wat doet het er allemaal nog toe? Ik heb er zelf in het verleden nooit naar gekeken en nu mijn man dood is, ben ik niet meer goed genoeg ter been om die zolder op te komen. De dossiers staan daar al heel wat jaartjes stof te happen. Francisco zou zich omdraaien in zijn graf, maar wat mij betreft mogen jullie kijken of er een dossier van je moeder tussen zit.'

'Echt waar? Dat zou helemaal fantastisch zijn,' stamel ik.

'Loop maar mee, dan zal ik jullie laten zien waar ze staan.'

Leo en ik pakken onze tassen en volgen mevrouw Silva naar boven. Ondanks wat ze heeft gezegd over haar slechte benen stiefelt ze in een aardig tempo omhoog. De brede trap komt uit op een overloop waar een groot schilderij hangt met een portret van een man. 'Is dit dokter Silva?' vraag ik.

Mevrouw Silva knikt bevestigend. 'Dat is mijn Francisco ten voeten uit.'

Ik blijf even staan om het schilderij te bekijken. Dokter Silva heeft een erudiete en zelfvoldane blik in zijn donkere ogen. Zijn gezicht is smal, met een bovengemiddeld grote neus. De adamsappel in zijn keel steekt net zo puntig uit als zijn schouders. Hij heeft dunne lippen die zijn opgetrokken in een zuinig lachje. Zijn grijze haren lijken wel gewatergolfd en geven hem eerder de uitstraling van een kille advocaat dan van een arts. Er trekt een rilling door mijn lijf. Ik kan er niks aan doen, maar de man komt nogal onsympathiek en sinister op me over. Hij voldoet in elk geval in geen enkel opzicht aan het plaatje dat ik in mijn hoofd heb van een betrokken gynaecoloog. Ik hoef maar naar Leo te kijken om te zien dat ze mijn mening deelt. 'Knap en levensecht geschilderd,' zeg ik uiteindelijk tegen mevrouw Silva. Ze knikt instemmend. 'Hij was erg in zijn nopjes met het schilderij.' Ze loopt door en laat zich er verder niet over uit wat ze er zelf van vindt. Halverwege de royale overloop zit een uitsnede met een luik in het plafond waar een kabel uit hangt. Mevrouw Silva trekt aan de kabel en met wat gepiep en gekraak komt een houten vlizotrap naar beneden die de afmetingen heeft van een smalle ladder die er erg wankel uitziet. Nu begrijp ik volkomen dat ze zich hier niet meer op durft te wagen. Leo staart net als ik met argusogen naar het donkere gat boven ons hoofd.

'Er zit een lichtknop op de zolder en ik zal jullie nog een extra zaklamp meegeven voor de zekerheid,' zegt mevrouw Silva als ze ons ziet kijken. 'Ogenblikje.' Ze verdwijnt in een kamer verderop, waarna er wat gerommel van opengetrokken en dichtgeschoven lades klinkt.

'Ik weet het niet hoor, Pien,' fluistert Leo terwijl ze nog eens naar het donkere gat staart. 'Ik heb er een beetje een raar gevoel over. Moeten we dit wel doen? Ook wel vreemd dat we overal tegen een muur lopen, maar dat zij ons direct naar een zolder met zogenaamde dossiers kan leiden.'

'Ja, natuurlijk moeten we dit doen!' zeg ik dapperder dan

ik me voel. 'Dit is de beste kans die we tot nu toe hebben gekregen. En waarom zou zo'n oude vrouw iets anders van plan zijn? Het is geen *Hans en Grietje*. We moeten in elk geval kijken of we iets kunnen vinden, voordat ze zich bedenkt.'

'Waarom zou ze zich bedenken?'

'Omdat ze aangaf dat haar man het er niet mee eens zou zijn geweest. Misschien gaat ze zich toch schuldig voelen en trekt ze haar aanbod alsnog in. Als jij die zolder niet op wilt dan is dat prima, maar dan zul je op me moeten wachten. Ik ga in elk geval wel.'

'Oké, dan gaan we, maar ik doe het echt alleen voor jou.'

'Dat waardeer ik zeer, Leo,' zeg ik, opgelucht dat ik niet alleen die zolder op hoef.

Mevrouw Silva komt terug. In haar hand heeft ze een klein zaklampje. 'Dit was het beste wat ik kon vinden.'

Ik pak de lamp van haar aan, zet hem op de felste stand en begin de ladder op te klimmen. De treden kraken vervaarlijk bij elke stap die ik zet en ik ben elk moment bang dat ze het begeven onder mijn gewicht. Ik haal een keer diep adem als ik zo hoog ben geklommen dat ik mijn hoofd door het geopende luik kan steken en uiteindelijk op handen en voeten de zoldervloer op kan kruipen. Het plafond van de zolder is niet hoog genoeg om rechtop te kunnen staan. Een stoffige, bedompte lucht beneemt me even de adem en ik moet een paar keer niesen. Met de zaklamp schijn ik door de ruimte totdat ik een lichtknop heb gevonden. Ik kruip ernaartoe en klik hem aan. Een ouderwetse gloeilamp springt aan en geeft me meteen een goed overzicht van de ruimte. Langs de wanden staan kartonnen dozen opgestapeld, dat zijn ongetwijfeld de dossiers waar mevrouw Silva het over had. De moed zinkt me in de schoenen als ik zie om hoeveel dozen het gaat. Als ze allemaal propvol zitten, zijn Leo en ik hier nog niet zomaar klaar en kunnen we wel een logeerbedje boeken. Ik hoor gekraak op de trap en Leo steekt haar hoofd door het luik. 'Zo, claustrofobisch zoldertje,' zegt ze als ze zich net als ik op handen en voeten de zolder op wurmt. Er waaien wat stofvlokken op als ze naar me toe kruipt en we moeten allebei hoesten.

'Alles goed daarboven?' vraagt mevrouw Silva bezorgd.

'Ja hoor, prima,' antwoord ik.

'Neem jullie tijd. Ik hoor het wel als jullie klaar zijn. Ik ben beneden nog wat dingetjes aan het opruimen en kom over een uurtje of zo wel even vragen hoe het gaat.'

'We redden ons wel, hoor, mevrouw Silva, dank u wel.'

'Succes,' is het laatste wat we haar horen zeggen en dan wordt het stil.

'Nou, aan de bak dan maar.' Leo trekt een doos naar zich toe en gaat er in kleermakerszit voor zitten. 'Hm, voelt niet heel zwaar aan.' Ze duwt de flappen open en kijkt erin. 'Hooguit een handjevol dossiers.' Ze haalt het stapeltje mappen eruit en begint wat te bladeren. 'Allemaal in het Portugees natuurlijk, dus ik begrijp er geen snars van. Het is ondoenlijk om elk dossier volledig door mijn vertaalapp te halen. Bovendien had meneer Silva ook niet het meest leesbare handschrift... Wat een hanenpoten. Scannen op patiëntnamen lijkt me de meest praktische oplossing. Wat vind jij?'

'Eens. Als mijn moeders dossier hier ergens tussen zit dan zal ze opvallen door haar Nederlandse naam. Stel dat we het vinden, dan kunnen we het hele dossier fotograferen en het in ons appartement alsnog rustig uitpluizen met je vertaalapp.' Ik trek een andere doos naar me toe. 'Deze voelt ook heel licht.' Als ik hem open blijkt ook in deze doos maar een klein stapeltje dossiers te zitten. 'Nou, als al die dozen zo goedgevuld zijn, kunnen we er misschien toch nog vrij snel doorheen gaan.'

Leo knikt. 'Laten we de dozen verdelen, dat werkt het snelst.'

'Goed plan.' We tellen er in totaal dertig en Leo schuift er zo goed en zo kwaad als het gaat in de krappe ruimte vijftien naar me toe. Zelf gaat ze met haar deel een stukje verderop zitten, zodat we genoeg ruimte hebben om vrij te kunnen bewegen zonder elkaar in de weg te zitten. Zwijgend en geconcentreerd gaan we aan het werk. Het screenen van de namen gaat sneller dan ik dacht en na een uur hebben we al zo'n honderd dossiers weggewerkt. 'Jij ook nog geen licht aan het einde van de tunnel?' vraag ik Leo als ik weer een nieuwe doos naar me toe trek.

'Nope. Wel wat Engelse namen tegengekomen, maar het gros is Portugees. Nederlandse namen heb ik nog niet gezien. Ook nog geen Carolina Gomes gespot, want daar kijk ik ook maar meteen naar.'

'Ja, dat doe ik ook. Hoewel het onwaarschijnlijk is dat ze patiënt was van dokter Silva, aangezien ze nog een baby was in de periode waarin wij zoeken.'

'Klopt, maar wie weet is ze op latere leeftijd wel zijn patiënt geweest. Ze is inmiddels veertig jaar en als jij niet zelf Carolina bent, heeft ze ondertussen misschien zelf wel kinderen.'

'Goed punt. Oké, laten we doorgaan.' Volledig gefocust buigen we ons weer allebei over een nieuwe doos. Mijn vingers glijden routineus door de dossiers terwijl mijn ogen de namen scannen. We schrikken allebei op als we de stem van mevrouw Silva horen. 'Lukt het allemaal daarboven? Al iets gevonden?'

'We zijn al een heel eind, mevrouw Silva, ik denk dat we nog een halfuur tot drie kwartier nodig hebben.'

'Iets bruikbaars gevonden?' vraagt ze nogmaals.
'Nee, helaas nog niet.'
'Het spijt me dat te horen. Succes nog even dan.'
Het wordt weer stil en we pakken ons werk weer op. Het is zo stil dat ik voorstel om een muziekje op te zetten om wat energieker door de laatste dozen te gaan. Opeens begint het peertje aan het plafond te haperen en valt uit. Dan horen we een hoop kabaal: een schuivend geluid van iets wat onze kant op komt en een harde klap. Totale duisternis omringt ons.
'Wat is er aan de hand?' vraagt Leo. 'Waar is die zaklamp?'
Op de tast laat ik mijn handen over de vloer gaan tot ik hem gevonden heb. Ik knip hem aan en een zwakke lichtstraal schijnt door de ruimte. 'Shit, het luik is dichtgeklapt. We zitten opgesloten.'
Leo begint aan de ladder te sjorren en probeert het geheel naar beneden te duwen. 'Het luik kan van deze kant niet open!'
'Misschien klemt het?' opper ik?
Ze probeert het nog een keer, maar het lukt echt niet. Dan gaat ze met haar voeten op de vloer stampen. 'Mevrouw Silva! Het luik en de trap zijn ingeklapt, kunt u ons bevrijden?'
We spitsen onze oren, maar er komt geen reactie. 'Shit, wat nou als ze ons beneden niet hoort?'
'Bel haar op! Je hebt haar nummer.'
Ik doe meteen wat Leo zegt. 'Gesprektoon.'
'Blijf het proberen, dan blijf ik stampen.' In Leo's stem ligt een paniek die ik niet van haar ken. Ze begint te stampen alsof haar leven ervan afhangt terwijl ik de *redial*-knop blijf indrukken. Na tien minuten staakt Leo hijgend haar gestamp.
'Nog steeds geen contact. De lijn blijft maar bezet.'

'Haal me hier weg, Pien, ik trek dit niet.'
'Je bent echt een beetje claustrofobisch.'
'Ja, en als dat luik niet snel opengaat dan krijg ik een paniekaanval.'

Ik pak mijn flesje water en kruip naar haar toe. 'Hier, neem een paar slokken.' Angstzweet parelt op Leo's voorhoofd. Ze drinkt wat en wil mij het flesje teruggeven. 'Hou maar en ga even rustig zitten. Focus op je ademhaling. Als we toch moeten wachten, dan jas ik die laatste dozen er nog even doorheen als je het goed vindt. Het gaat me niet gebeuren dat we een paar dozen missen met een kans dat daar alsnog een dossier van mijn moeder in zit.'

'Doe je ding, maar ik ben even uitgeschakeld, sorry. Ik ben ooit eens opgesloten in een krappe donkere kelder door een neefje en het duurde bijna een dag voordat ze me gevonden hadden. Sindsdien heb ik claustrofobische neigingen.' Leo's stem klinkt wat pieperig en ze ademt onregelmatig. 'App me even dat nummer van mevrouw Silva, dan blijf ik proberen haar te bellen terwijl jij met die laatste dossiers aan de slag gaat.'

Ik doe wat ze vraagt en schijn met de zaklamp haar kant op om te zien of alles goed met haar gaat. In het gelige licht heeft haar gezicht een spookachtige kleur en haar ogen zijn wijd opengesperd. Krampachtig houdt ze haar telefoon vast terwijl ze op het nummer klikt dat ik haar zojuist heb geappt. Ik hoop dat het bellen haar genoeg afleidt om te voorkomen dat ze nog meer in paniek raakt. Ik kruip weer terug naar mijn eigen hoekje waar het laatste stapeltje ongeziene dossiers op me wacht. Bij elk dossier dat ik check zonder de naam van mijn moeder tegen te komen, zinkt de moed me verder in de schoenen. Ik bijt op de binnenkant van mijn wang als ik bij de laatste drie ben. Voordat ik ze oppak laat ik mijn lamp nog even op Leo schijnen. Ze blijft als een bezetene mevrouw Silva bellen en maakt gefrustreerde geluiden.

'Nog steeds niks?'

'Het nummer blijft maar in gesprek. Hoe lang zitten we hier nu al opgesloten?'

'Kwartier, twintig minuten, denk ik.'

'Oh my God, ik heb frisse lucht nodig, maar er is nergens ook maar iets van een raam.' Ze begint met haar vuist tegen de schuine wand te rammen. 'Hoe lang duurt het nog voordat de zuurstof op is? Het lijkt hier wel een kookpot.'

Het wordt inderdaad steeds warmer. De zon brandt vol op het dak en ook bij mij begint het zweet te parelen. Mijn kleren plakken aan mijn lijf en beginnen natte plekken te vertonen. Ik deel de paniek die Leo heeft niet, maar comfortabel is anders. Tot mijn schrik zie ik dat de lichtintensiteit van mijn zaklamp rap begint af te nemen en zelfs wat begint te haperen. Vlug pak ik de drie dossiers en ik smijt ze gefrustreerd van me af als ik ze heb gecheckt. Geen dossier van mijn moeder, alles voor niets. De enige beloning voor onze zoektocht is dat we hier opgesloten zitten op een ongeventileerd zoldertje waar de temperatuur rap oploopt en we geen enkele mogelijkheid hebben om op eigen gelegenheid te ontsnappen. Ik probeer maar even niet te denken aan het kleine restantje water dat we nog tot onze beschikking hebben. De zaklamp flikkert en valt uit. Ik hoor Leo's ademhaling versnellen. 'Doe het licht aan, Pien, ik moet licht zien.'

Gestrest duw ik op de lichtknop, tevergeefs. 'Ik krijg hem niet aan de praat.' Ik sla een paar keer met de lamp in mijn hand in de hoop dat hij op de een of andere manier weer aan springt, maar het blijft donker om ons heen. 'Zet de zaklamp van je telefoon aan, Leo,' probeer ik zo kalm mogelijk te zeggen.

'Mijn telefoon is net uitgevallen. Ik ben vergeten hem vannacht op te laden,' zegt ze wanhopig. 'Zeg me dat die van jou nog wel genoeg *juice* heeft.'

Shit. Ik haal op de tast mijn toestel uit mijn rugzak. 'Nog vijfenveertig procent, maar als we de zaklamp aanzetten en blijven proberen om mevrouw Silva te bellen dan gaat het hard.'

'Een stopcontact. We moeten een stopcontact zoeken. Er is hier stroom.'

'Heb jij een oplader bij je dan?'

'Nee. Maar jij wel, hoop ik?'

'Helaas.'

'Maar wat moeten we dan? Voor hetzelfde geld is die ouwe tang beneden dement en vergeet ze überhaupt dat we hier zitten. Straks gaan we hier nog dood.'

'Probeer je niet te veel te laten meeslepen, Leo. We komen hier weg, dat beloof ik je.'

'Hoe dan?'

'Daar ga ik nu over nadenken. Probeer jij je maar te concentreren op je ademhaling.'

'Mevrouw Silva! Help!' krijst ze zo hard dat haar stem ervan overslaat en mijn trommelvliezen bijna scheuren. Het heeft geen effect, want het luik blijft gesloten en er klinken geen geluiden in het huis.

'Bel nog een keer, Pien, please, please, please.'

Ik zet mijn toestel op de speaker en zit al klaar om de verbinding te verbreken zodra ik de gesprektoon krijg. Maar er klinkt geen gesprektoon, het toestel gaat eindelijk over.

'Kom op, neem op, neem op, neem op.' Leo bonkt met haar vuisten op de vloer.

'Sim?' klinkt mevrouw Silva's stem krakend door de speaker.

'Mevrouw Silva, *thank God*. U spreekt met Pien. Het zolderluik is dichtgeklapt en we zitten opgesloten. Kunt u ons alstublieft komen bevrijden?'

'Ach kind toch, dat meen je niet. Hoe kan dat nou? Ik kom er meteen aan.'

Al snel horen we gestommel onder ons en wordt het luik geopend. Leo schiet naar voren en geeft mevrouw Silva amper de tijd om de trap fatsoenlijk uit te schuiven. In haar haast is ze vergeten haar tas mee te nemen, dus ik verzamel eerst onze spullen en geef ze aan door het luik voordat ik zelf de krappe ruimte verlaat. Een beetje beduusd help ik mevrouw Silva om de zolder weer af te sluiten en volg haar dan samen met Leo naar beneden.

'Ga maar even zitten, dan haal ik wat water.' Ze komt terug met twee glazen die we allebei gretig in een paar teugen leegdrinken.

'Het spijt me van dat luik. Ik had het echt niet door. Het is nogal oud. Misschien werkt het mechaniek niet meer zo goed. Gaat het weer een beetje?'

'Nu wel weer. Maar het werd er behoorlijk benauwd.'

'Het spijt me zo. Heeft het wel iets opgeleverd? Hebben jullie nog bruikbare informatie gevonden?'

'Nee, helaas.'

Ik kan het me verbeelden, maar er flitst iets in haar ogen. Ik kijk haar doordringend aan, maar wat ik dacht te zien in haar ogen is verdwenen, als het er al ooit geweest is.

'We hebben u wel duizend keer proberen te bellen toen het luik dichtklapte, maar we kregen steeds de gesprektoon.'

'Dat is gek, want ik zat niet aan de telefoon. De haak zal er wel niet goed op hebben gelegen.'

'Maar ineens deed hij het wel.'

'Dan zal het de verbinding zijn geweest. Die is hier niet altijd even best.'

'Ik heb gegild, gestampt.'

'Ik ben een beetje hardhorend, dat krijg je op mijn leeftijd. Ik heb het echt niet gehoord. Maar gelukkig zijn jullie weer bevrijd. Als jullie het niet erg vinden... Ik heb nog wat dingen te doen.'

'Natuurlijk, we zullen u niet langer lastigvallen. Bedankt voor uw hulp en tijd.'

'Het spijt me dat het niet het gewenste resultaat heeft gehad.' Ze staat op en loopt naar de deur om ons uitgeleide te doen. We schudden haar de hand en ik bedank haar nogmaals uitvoerig. 'En heel veel sterkte met het verwerken van het verlies van uw man. Ik hoop dat u het een plekje kunt geven.' Ze knikt en blijft staan om ons uit te zwaaien. Ik kijk voordat we door het hek de tuin uit lopen nog eens achterom. Mevrouw Silva staat nog steeds in de deuropening, maar de blik in haar ogen en haar gezichtsuitdrukking zijn totaal veranderd. Er is geen spoortje vriendelijkheid meer te ontdekken. Haar mond staat grimmig omdat ze haar kaken zo strak op elkaar klemt. Er vonkt iets in haar ogen wat voor kwaadaardig door zou kunnen gaan. Het bezorgt me rillingen. Ik dacht dat ik mevrouw Silva had ontdooid met het verhaal over mijn moeder. Dat we een raakvlak hadden omdat we allebei iemand hebben verloren die ons extreem dierbaar was. Mevrouw Silva heeft ons drie gezichten laten zien in de korte tijd dat we haar hebben ontmoet. Het begon met haar chagrijnige kop toen we bij haar aanbelden. Daarna volgde de begripvolle en meelevende blik die haar zoveel zachter maakte. Nu eindigen we met een grimmige, die verder gaat dan alleen maar chagrijn en ik heb geen idee waar we die laatste blik ineens aan te danken hebben. Welk van de drie gezichten is haar ware gezicht?

'Geen Hans en Grietje, hè? Wat een heks,' hoor ik Leo

naast me fluisteren als ze ook nog een laatste blik op mevrouw Silva werpt. 'Die vliegt rond middernacht op haar bezem rondjes boven de stad.'

Achter ons wordt de voordeur met een harde klap dichtgeslagen. We lopen snel de straat op en als we uit het zicht zijn proesten we het uit. Het lachen doet ons allebei goed. Het is een heerlijke ontlading van de spanning van de afgelopen uren.

'Oh my God, wat een avontuur weer,' hikt Leo. 'Ik dacht echt dat ik dood zou gaan op die klotezolder.'

Ik veeg de tranen uit mijn ogen en probeer een beetje op adem te komen. Leo steekt haar neus in de lucht en snuft. 'Ruik jij dat ook?'

'Wat?'

'Die stank. Een gore fiklucht. Er komt af en toe een walm voorbij.'

Ik haal een paar keer diep door mijn neus adem. 'Ja, nu je het zegt.'

'Heeft ze haar huis in de fik gestoken?'

We draaien ons om en zien een rookpluim opstijgen vanachter het huis. We lopen terug naar het hek.

'Even een kijkje nemen?' stel ik voor.

'Ik zet liever geen voet meer op dat terrein, maar nood breekt wet. We kunnen de boel moeilijk laten affikken. We hebben ook nog zoiets als een burgerplicht.'

We lopen de tuin weer in en volgen het pad dat aan de zijkant langs het huis loopt. De rooklucht wordt duidelijk sterker. Het pad komt uit in een stuk tuin achter het huis. Ook hier staat het gras hoog. Naast een zwembad met smerig groen water staat een vuurkorf te smeulen. Mevrouw Silva is nergens te bekennen. We lopen naar de korf toe en de brandlucht prikkelt onze longen. Leo kucht ingehouden terwijl ik een blik werp in de korf. Hij ligt vol met grotendeels zwartgeblakerde repen papier waar niets uit af te lezen valt en ik wil me alweer omdraaien als mijn oog valt op een reep die aan de zijkant uit de gietijzeren korf piept en aan de vuurzee is ontsnapt. Ik stoot Leo aan. 'Ligt het aan mij of lijkt dat hetzelfde soort vergeelde papier als van die dossiers?'

Leo buigt zich voorover om het goed te bekijken. 'Als het aan jou ligt, dan ligt het ook aan mij. Ik zou zweren dat dit een stukje dossier is.' Uiterst voorzichtig weet ze het bewaard gebleven reepje te redden voordat het alsnog in rook opgaat. Mijn adem stokt in mijn keel als blijkt dat er nog vier leesbare letters op het strookje staan in hetzelfde hanenpotenhandschrift dat ook op de dossiers stond van dokter Silva. 'Oort,' lees ik hardop voor.

'Oort, als in onderdeel van Voortman?' stelt Leo de vraag die door mijn hoofd gonst. Ik moet me bedwingen om niet met mijn blote handen in de smeulende korf te gaan graaien. Ik knak een tak af van een struik en roer ermee door de zwartgeblakerde snippers op zoek naar meer stukjes papier die aan het vuur zijn ontsnapt. Als ik klaar ben doet Leo het voor de zekerheid nog eens dunnetjes over, maar we vinden niks bruikbaars meer.

'Zou het kunnen dat deze zwartgeblakerde troep echt het dossier van mijn moeder is geweest?'

'Ik begin me af te vragen of dat zolderluik wel uit zichzelf dicht is geklapt of dat mevrouw Silva het een handje heeft geholpen zodat ze op haar gemakje wat bewijsmateriaal kon vernietigen. En ook die telefoon zit me niet lekker. Een hoorn ligt van de haak of niet en kan niet zonder menselijke tussenkomst ineens weer goed komen te liggen.'

'Wauw, denk je echt dat ze ons daar bewust heeft opgesloten?'

'Ik denk dat we haar nogal hebben overvallen met ons

bezoekje en dat ze in paniek heeft gehandeld. Om ons vertrouwen te winnen en die zolder op te krijgen liet ze ons in die dossiers snuffelen terwijl ze wist dat we daar niet zouden vinden wat we zochten. Het zijn allemaal speculaties, maar...'

'Ik vind het plausibel klinken. "Oort" zou heel goed kunnen verwijzen naar mijn moeders achternaam. En als dat inderdaad zo is dan wilde mevrouw Silva koste wat het kost voorkomen dat wij dat dossier in handen zouden krijgen. De grote vraag is: waarom?'

'Er is maar één manier om daarachter te komen: we gaan het haar vragen. Een rechtstreekse confrontatie om haar te overvallen werkt het best.'

'Denk je dat het veilig is?'

'Ja hoor, wij kunnen met zijn tweetjes echt wel een hoogbejaarde vrouw in toom houden als ze moeilijk gaat doen. Maak even een foto van die vuurkorf en dat stukje papier en dan bellen we gewoon weer aan. Ik ben heel benieuwd wat ze te melden heeft.'

16

Kordaat loopt Leo naar de voordeur van mevrouw Silva. Ik ben blij dat ze zichzelf zo snel heeft weten te herpakken na onze bevrijding uit die bedompte afgesloten ruimte. Om een succesvolle confrontatie aan te gaan moeten we allebei stevig in onze schoenen staan en mevrouw Silva zo overdonderen dat ze gaat praten. We stellen onszelf naast elkaar op voor de deur.
'Oké, ik ga aanbellen.'
Ik knik instemmend. Leo reikt met haar hand naar de bel, maar ze komt niet zo ver om hem in te drukken. '*O que estamos fazendo, senhoras?*' klinkt een harde mannenstem. Een ijzeren klauw grijpt me in mijn nek en ik verstijf ter plekke van schrik. Leo overkomt hetzelfde lot, maar reageert adequater. Ze stoot haar elleboog naar achteren en weet zich vliegensvlug om te draaien. De greep op mijn nek verslapt en ik weet me te bevrijden. Terwijl ik druk met mezelf bezig ben staat Leo inmiddels oog in oog met een man die ruim twee koppen groter is dan zijzelf en een afgetraind lichaam heeft. Hij wrijft met een pijnlijk gezicht over zijn maag. '*O que estamos fazendo, senhoras?*' vraagt de man opnieuw en we kijken hem allebei aan alsof we water zien branden.
'Wat zijn we aan het doen, dames?' herhaalt hij in het Engels.
'Waar lijkt het op? Ik probeer aan te bellen,' zegt Leo vijandig terwijl ik de man observeer. Ik kan niet goed hoogte

van hem krijgen. Moeten we bang van hem zijn of niet? De manier waarop hij ons besloop en vastgreep was in elk geval niet oké. De kracht van zijn grip was angstaanjagend, maar als hij echt kwaad wilde had hij mij en Leo allang met het grootste gemak kunnen neerslaan. Aangezien we nog steeds overeind staan geeft dat te denken over zijn bedoelingen en of die wel zo kwaad zijn.

'Wat willen jullie van mijn oudtante?'

Leo geeft een korte samenvatting van onze zoektocht naar mijn moeders dossier, onze opsluiting op de zolder en de brandende vuurkorf in de tuin waar we vragen over hebben. Hoe meer Leo vertelt, hoe meer de man met een meewarige blik zijn hoofd schudt. Uiteindelijk begint hij wat besmuikt te lachen.

'Wat?' Leo zet haar handen in haar zij en kijkt hem uitdagend aan. 'Ik zie niet in wat er zo grappig is aan dit hele verhaal.'

'Het is ook niet grappig, het is eerder triest. Mijn oudtante is zo dement als een deur en niks van wat ze zegt valt serieus te nemen. Ze haalt werkelijk alles door elkaar. Sinds mijn oudoom is overleden hebben mijn zus en ik de zorg voor haar overgenomen, maar het is eigenlijk niet meer verantwoord dat ze nog thuis woont. Het gros van de tijd vergeet ze zelfs haar eigen naam. Soms heeft ze nog weleens een wat helderder moment en dan komen er wat dingen uit het verleden naar boven, maar die momenten worden steeds spaarzamer. Het is al een wonder dat ze zich die dossiers op zolder blijkbaar ineens herinnerde. Zelfs ik wist daar niks van af. Ik ben trouwens Eduardo.'

'Nou, Eduardo, het zal allemaal wel, maar toen wij bij je oudtante binnen waren had ze ze allemaal prima op een rijtje, hoor. Geen spoor van dementie of verwardheid. Gewoon een oude vrouw die zich prima weet te redden.'

'Geloof me, dat is allemaal schijn.'

'We hebben het vermoeden dat ze ons doelbewust op die zolder heeft opgesloten zodat ze de tijd had om het dossier van Piens moeder te vernietigen.'

'Je overschat haar. Ze is waarschijnlijk met haar verwarde hoofd naar boven gegaan, zag het luik openstaan en heeft het weer gesloten zonder dat ze nog wist dat jullie in haar huis waren. Jullie hebben mazzel dat jullie haar aandacht hebben weten te trekken, want anders weet ik niet wanneer jullie gevonden waren. En die telefoon. Ze probeert tig keer per dag naar mijn oudoom te bellen, gewoonte van vroeger. Negen van de tien keer weet ze al niet meer wat ze aan het doen is voordat ze de hoorn aan haar oor heeft en dan legt ze hem weer neer. Meestal legt ze hem niet goed terug. Mijn zus en ik lopen er ook steeds tegenaan dat die telefoon bijna continu de gesprektoon geeft. Maar wat me echt zorgen baart, is dat ze steeds vaker fikkies aan het stoken is in de tuin. Tot nu toe zijn er geen ongelukken gebeurd, maar het is natuurlijk wachten op de dag dat ze alles in de hens steekt en de hele boel afbrandt. Ze wil alles maar opruimen en dondert steeds administratie en handgeschreven brieven van mijn oom in die korf. Dat je een paar letters hebt gevonden in zijn handschrift is dus niet zo gek. Ik zou er maar niks achter zoeken.' Ineens beent Eduardo bij ons vandaan de achtertuin in. We lopen hem achterna en zien hem met twee veiligheidshandschoenen uit een schuurtje komen. Hij pakt de nog smeulende vuurkorf op en dondert hem in het zwembad. Het ding verdwijnt al snel onder het groenige wateroppervlak en zinkt naar de bodem. 'Zo, geen fikkies meer voor tante Soraia.'

'Nou, dat is dan ook weer opgelost.'

'Fijn. Als jullie me nu dan willen excuseren, dan ga ik zorgen dat mijn tante wat te eten en te drinken krijgt.'

'Hoho, zo makkelijk kom je er niet mee weg,' zegt Leo. 'Je hebt een prachtig verhaal opgehangen, maar ik geloof er nog steeds geen woord van. Als jouw oudtante dement is, vreet ik nu ter plekke mijn schoenen op.'
'Oké, loop maar mee, dan kun je het zelf zien.'
'Prima.' Overtuigd van haar eigen gelijk loopt Leo achter hem aan. Ik weet even niet zo goed wat ik met de situatie aan moet. Gaat Leo te ver of heeft ze hartstikke gelijk en worden we inderdaad voor de gek gehouden?
Eduardo loopt naar een deur aan de achterkant van het huis. Als hij hem geopend heeft roept hij naar binnen: '*Tia Soraia? Eduardo aqui.*' Het blijft doodstil in het huis.
'Wacht maar even hier. Ik loop even alleen naar binnen om te checken hoe ze erbij zit. Waarschijnlijk schrikt ze al van mij omdat ze me niet herkent, laat staan dat er nog twee onbekende personen haar huiskamer binnenstappen. Ik wil niet dat ze in paniek raakt.'
Leo kijkt hem met argusogen na, maar blijft wel staan.
'Kunnen we dit wel maken?' sis ik haar toe.
'O, zeker wel. We laten ons niet piepelen. Er is niks mis met die Soraia.'
Uit de kamer klinkt zacht gepraat met een geruststellende ondertoon. Het is de stem van Eduardo. Die van Soraia horen we niet.
'Ik geef hem nog een paar minuten en dan gaan we naar binnen,' zegt Leo vastberaden. 'Klaar met dat gelul.' Ze wipt ongeduldig heen en weer van haar ene op haar andere voet.
'Sta eens stil, joh, ik word nerveus van je.'
'Sorry. Macht der gewoonte.'
De kamerdeur gaat een stukje open en Eduardo wurmt zich erdoorheen met een bezorgd gezicht. 'Ze is echt heel slecht vandaag. Het lijkt me niet verstandig als jullie mee de kamer in gaan. Ik zal de deur een stukje openzetten zodat

jullie vanuit de gang een blik naar binnen kunnen werpen, maar meer zit er niet in.' Geruisloos opent hij de deur en stapt aan de kant zodat hij niet langer ons zicht blokkeert. We gaan op onze tenen staan en kijken naar binnen. Soraia zit op de bank waar we een paar uur geleden zelf nog zaten toen we met haar in gesprek waren. De blik in haar ogen is leeg en ze lijkt geen enkel contact te maken, of besef te hebben van de omgeving om haar heen. Uit haar mondhoeken druipt kwijl en haar haren zitten in de war. Ze lijkt eerder een lege huls dan een mens. In haar handen, die gevouwen in haar schoot liggen, houdt ze krampachtig een ketting vast met kralen en een kruis.

'Een rozenkrans,' hoor ik Leo naast me zeggen.
'Wil je peper, zout of allebei?' vraagt Eduardo aan haar.
'Huh?'
'Je schoenen smaken misschien wat lekkerder als je ze een beetje kruidt?' herinnert hij haar aan haar eerder gedane belofte. In plaats van een bijdehante opmerking te maken schiet Leo ineens de kamer in, recht op Soraia af. Ze geeft de vrouw een zet voordat Eduardo in kan grijpen.
'Oké, kappen nou met die onzin. Heb je het dossier van Piens moeder verbrand in je vuurkorf? Zeg op.'
Soraia valt opzij door de duw en blijft roerloos liggen. De blik in haar ogen blijft volledig leeg.
'Leo!' roep ik verontwaardigd.
Eduardo is wat minder subtiel, hij sleurt haar bij zijn oudtante vandaan en geeft haar een zet in mijn richting. 'Ik geef jullie een minuut om dit huis te verlaten en anders bel ik de politie. En waag het niet om ooit nog in de buurt van mijn oudtante te komen, want dan laat ik jullie oppakken.' Zijn ogen vonken giftig. 'Kunnen jullie wel tegen een weerloze oude vrouw?' Hij slaat zijn armen om Soraia heen en zet haar weer recht op de bank. 'O bah, nu heeft

ze ook nog in haar broek geplast.' We staan nog steeds naar hem te kijken en hij loopt dreigend op ons af. 'SODE-MIETER OP!'

Leo en ik zetten het op een lopen.

17

'Komt hij achter ons aan?' Leo kijkt om terwijl we de tuin uitstuiven en de weg oprennen.

'Nee, ik geloof het niet,' hijg ik terwijl ik haar voorbijren en door blijf sprinten. Pas als mijn longen zo hard moeten zwoegen dat ze pijn beginnen te doen, minder ik vaart. Leo komt puffend achter me aan. 'Zo, jij had de sokken erin,' zegt ze als we eindelijk stilstaan. Het zweet stroomt van haar gezicht.

'Had ik al gezegd dat ik de honderd meter sprint op school altijd won? Blijkbaar ben ik het nog niet verleerd.'

'Grote boze mannen roepen een duivelse snelheid bij je op,' zegt Leo grinnikend als ze weer een beetje op adem is gekomen. Allebei houden we angstvallig de weg achter ons in de gaten, maar die blijft leeg.

'Hadden we nu nog maar wat water. Ik ben echt uitgedroogd.'

'Misschien dat er onder in mijn rugzak nog een reserveflesje zit.' Ik draai me naar haar toe zodat ze de tas op mijn rug kan doorspitten.

'Maar op die zolder zei je dat je niet meer had.'

'Het leek me goed om wat achter de hand te houden voor onvoorziene momenten als, uhm, dit.'

'Ha, op sommige momenten hou ik heel erg van je controledrang.' Triomfantelijk slingert ze een flesje water voor mijn neus heen en weer. Gretig draait ze de dop eraf en zet het aan haar mond. In een paar teugen drinkt ze het halve flesje leeg en geeft het dan aan mij. 'Taxi bellen?' stel ik voor als het water tot de laatste druppel op is.

'Na die zolder heb ik er persoonlijk niet zo'n behoefte aan om me weer te laten opsluiten in een kleine ruimte. Ik heb een beetje lucht nodig, dus wat mij betreft gaan we lopen. Als we moe worden kunnen we alsnog een taxi bellen. Bovendien gaat het grootste stuk van de route naar beneden.'

'Oké, prima. We gaan lopen en zien wel hoe ver we komen.' Beneden ons liggen in de verte de rode daken van de huizen in Funchal en daarachter golft de zee. Ik sta een moment stil om de omgeving in me op te nemen en bij te komen voordat we aan de afdaling beginnen. De bergwanden met een palet aan gekleurde bloemen brengen opeens een beeld van mijn moeder op de bloemrijke heuvel bij me naar boven. Ik zie haar in het veld staan met een grote strohoed op haar hoofd terwijl ze met haar vingers teder een paar bloemblaadjes streelt. Het beeld is zo levensecht dat ik er even helemaal in verdwijn en mijn omgeving uit het oog verlies. Ze voelt zo dichtbij dat ik haar bijna kan aanraken en mijn hart stroomt over van liefde. Het schrijnende gemis verdwijnt even en ik koester me in haar warmte. Ineens word ik bruut opzijgeduwd. Voordat ik me realiseer wat er gebeurt, krijst Leo: 'Pien, kijk uit!'

Dan pas hoor ik het geluid van een aanzwellende motor. Een zwarte auto scheurt keihard rakelings langs ons heen. Leo heeft mij op tijd van de weg kunnen krijgen, maar lijkt zelf geraakt te worden. Ze wordt de berm in geslingerd en blijft kreunend liggen. 'O mijn god, Leo!' Ik hurk bij haar neer en buig me over haar heen. 'Ben je gewond? Kun je je bewegen? Waar doet het pijn?'

'Kenteken?' murmelt ze zachtjes. 'Heb je het kenteken?'

'Nee. Het ging allemaal zo snel dat ik amper doorhad wat er gebeurde en toen lag jij ineens op de grond.'

'Ook geen blik opgevangen van de chauffeur? Het was niet toevallig Eduardo?'

'Nee, sorry. Ik herinner me alleen een zwarte flits in mijn ooghoek toen je me de berm in duwde.'

'Waar zat je met je gedachten? Je liep ineens midden op de weg. Als ik niet had opgelet dan was je nu zo plat als een dubbeltje geweest.'

'Ik dacht aan mama en toen vergat ik alles om me heen. Dat heb ik soms, van die herinneringen waar ik helemaal in opga. Dat overvalt me dan en ik heb er geen controle over.'

'Niet echt handig als je langs de openbare weg loopt.' Leo draait kreunend op haar rug en blijft met haar ogen dicht even liggen. Op haar knie zit een bloedende schaafwond en ook op haar handen en ellebogen zitten kleine wondjes. Voorzichtig gaat ze overeind zitten en beweegt haar ledematen. 'Niks gekneusd en niks gebroken, zo te voelen. Kom, help me eens overeind.' Ze steekt haar handen uit en ik trek haar omhoog. 'Niet draaierig of zo?'

'Nee, geloof het niet. Ik denk dat ik er heel goed van af ben gekomen. Het is meer dat ik onhandig opzijsprong dan dat ik echt ben geraakt.'

'Moeten we die wondjes niet even schoonmaken? Er zit best wel wat vuiligheid in.'

'Nee, zonde van het water. Doen we straks in het hotel wel.'

'Toch maar die taxi bellen?'

'Ja, doe maar. Ik heb ineens niet meer zo'n zin om te lopen,' zegt ze met een grimas. Terwijl ik een taxi bel, klopt zij het stof van haar kleren.

'Blijven staan of de taxi tegemoetlopen? Wat vind je het prettigst?'

'Dat laatste maar. Ik denk dat het goed is als ik even een

beetje beweeg om te voorkomen dat ik morgen helemaal stijf ben van die val. Maar we gaan wel achter elkaar lopen en in de berm. Ik heb geen zin om nog een keer het risico te lopen om geschept te worden door zo'n wegpiraat.'

'Het spijt me, Leo. Ik vind het echt vervelend dat jij je nu zo bezeerd hebt door mijn onoplettendheid.'

'Het is oké, Pien.'

In een traag tempo vervolgen we onze weg naar beneden tot onze taxi aan komt rijden. Voordat we instappen, kijk ik naar de lucht die zich in rap tempo vult met wolken. De goudgele gloed van de zon verdwijnt en er trekt een schaduw over het landschap. We zitten net in de auto en het begint al te spatten. Eerst rustig, maar al snel begint het echt te plenzen. De taxi ploegt zich door een gordijn van regen terwijl de ruitenwissers het amper kunnen bijhouden. Dit is dus die bekende weersomslag die ook kenmerkend is voor Madeira. Het is bijna niet voor te stellen dat we amper tien minuten geleden nog in de volle, brandende zon liepen.

18

'Ik geloof er nog steeds niks van.' Leo kijkt me koppig aan. We zitten fris gedoucht op ons balkonnetje te kijken naar de regen die nog steeds met bakken uit de lucht komt. De wond op haar knie is afgeplakt met een grote, witte pleister die ik in mijn EHBO-setje vond.

'Die Eduardo en Soraia hebben gewoon een groot toneelstuk zitten opvoeren en ze denken dat we zo dom zijn om erin te trappen. Nou, mooi niet.'

'Ik weet niet hoor, Leo. Je hebt gezien hoe ze erbij zat. Zoiets kun je toch niet faken?'

'Hoezo niet? Kom op, Pien, je bent er zelf bij geweest toen we daar voor de eerste keer waren. Er was helemaal niks aan de hand met die vrouw en ze leek heel goed te weten waar ze het over had toen we met haar in gesprek waren. Geen enkel teken van verwarring, vergeetachtigheid of wat dan ook. Er is iets raars aan de hand en ik begin er steeds meer van overtuigd te raken dat ze ons bewust op die zolder heeft opgesloten.'

'Ik vind het lastig om daarover te oordelen.'

'Je bent vooral heel naïef, Pien. Dat maakt je heel ontwapenend, maar ook een speelbal van mensen die het niet goed met je voorhebben. Luister nou maar naar deze oude rot in het vak. Of ben je die vuurkorf nu al vergeten? Dat was een bewuste actie, dat weet ik zeker. Die Soraia weet veel meer dan ze ons wil doen geloven.'

Ik haal het stukje papier dat ik uit de vuurkorf heb gered uit mijn broekzak en leg het voor ons op tafel.

'Kijk dan, het is het handschrift van die dokter Silva en er staat toch echt "oort".'

'Wat stel je dan voor? Weer naar die Soraia gaan?'

'Nee, dat lijkt me niet zinvol en zeker niet als die pitbull van een Eduardo elk moment kan opduiken. Ik denk dat we dit stukje even moeten parkeren en het over een andere boeg moeten gooien.' Ze pakt haar telefoon, begint te googelen en te knikken.

'Wat?' vraag ik ongeduldig.

'Ik denk dat het verstandig is als we eens een bezoekje brengen aan de middelbare school van Funchal. Die bestond al in de tijd dat je moeder hier verbleef en misschien komen we daar verder met de naam Carolina Gomes. Wie weet hebben ze wel jaarboeken uit die tijd, én we kunnen de foto laten zien van dat meisje en die man. Misschien dat iemand ze daar herkent of ons in elk geval op een spoor kan zetten.'

'Waar zouden we toch zijn zonder jou en je goede ideeën?' Ik knik goedkeurend. 'Morgenochtend op pad daarvoor? Voor vandaag is het wel weer mooi geweest, dacht ik zo. Mocht het nog opklaren straks, dan vind ik dat we een *lazy afternoon* op het strand hebben verdiend.'

'Jouw ideeën zijn helemaal zo slecht nog niet.' Leo lacht goedkeurend.

'Denk jij dat we iets achter die auto moeten zoeken, Leo? Was het gewoon een wegpiraat of was het tegen ons gericht? En als het dat laatste was, zijn we dan wel veilig?'

'Ik weet het niet, Pien. Die vraag spookt ook door mijn hoofd, maar het kan natuurlijk gewoon toeval zijn. Laten we vooralsnog niet uitgaan van het ergste, maar gewoon extra alert zijn.'

'En als we wel uit zouden gaan van het ergste?'

'Dan betekent het dat we serieus beethebben en dat er mensen bereid zijn ver te gaan om de waarheid verborgen te houden. De vraag is alleen, hoe ver is dat? Blijft het bij waarschuwingen of zijn we echt in gevaar? Je moet voor jezelf goed afwegen hoe ver jij bereid bent te gaan, en wat het vinden van de waarheid je waard is.'

'Het is heel belangrijk voor me, maar het is me ons leven in elk geval niet waard. Als het echt gevaarlijk wordt, dan zal ik moeten accepteren dat mijn moeder haar geheim mee heeft genomen in haar graf.'

'Denk je dat je dat kunt? Omdat je er tot nu toe steeds van overtuigd was dat je dat niet zou kunnen verkroppen. En wat is echt gevaarlijk? Je kunt nooit voorspellen waartoe mensen in staat zijn als ze in het nauw worden gedreven.'

'Laten we dat gedoe met die auto voor nu het voordeel van de twijfel geven. De kans dat het toeval is geweest is zeker niet ondenkbaar omdat de mensen hier nou eenmaal als gekken rijden. Maar als we wel slapende honden wakker hebben gemaakt, is het de vraag of we ze nog koest krijgen voor ze echt beginnen te bijten.'

'Daar komen we vanzelf achter als we doorgaan met onze zoektocht. Soraia en Eduardo weten nu dat we aan het rondvragen zijn, dus van volledige anonimiteit is geen sprake meer. Daarom lijkt het me ook handig om in een andere hoek dan de medische te gaan zoeken. En als iemand ons echt probeert te stoppen, komen ze vanzelf naar ons toe. Zolang dat niet gebeurt gaan we wat mij betreft door. En van een beetje bangmakerij zijn we niet onder de indruk, toch?' Ondanks haar eigen geuite twijfels, blijft ze een onverminderde optimist en rouwdouwer.

'Natuurlijk zijn we daar niet van onder de indruk,' zeg ik stoerder dan ik me voel.

'Mooi. Dan gaan we ervoor.'

Ik kijk met een bezorgd gezicht naar de lucht. 'Nog geen streepje zonlicht aan de horizon. Ik vrees dat we het strand wel kunnen vergeten vandaag.'

'Ik denk dat je daar gelijk in hebt,' trekt Leo dezelfde conclusie als ze naar de bewolkte lucht kijkt. Het is wat minder hard gaan regenen, maar nog steeds niet droog.

'Zullen we een drankje gaan doen in dat leuke barretje waar we gisteren langsliepen?' stel ik voor. 'Dan zal ik je inwijden in de geneugten van de mocktail.'

Leo grimast. 'Nou, vooruit dan maar. Maak me gek.'

We pakken vlug wat spullen bij elkaar, werken onze make-up bij en gaan op pad.

19

Brak word ik wakker van het geluid van de wekker en ik druk meteen op snooze. Ik heb ondanks mijn vermoeidheid en alle indrukken van de vorige dag nauwelijks een oog dichtgedaan. Steeds dacht ik wat te horen. Voor de deur, bij het raam. Ik ben zelfs een paar keer mijn bed uit geweest, maar het was steeds loos alarm. Op de momenten dat ik wel even in slaap viel had ik nachtmerries over achtervolgingen. Ik werd achternagezeten door een man zonder gezicht aan wie ik steeds maar ternauwernood wist te ontsnappen. Net nu ik eindelijk was weggezakt in een droomloze slaap en een beetje tot rust kwam, gaat die stomme wekker. Leo ligt met een ontspannen gezicht in haar bed. Met één oog open kijkt ze me aan en glimlacht. 'O, ik heb echt heerlijk liggen tukken.' Ze rekt zich uitgebreid uit en komt overeind. 'Jij een beetje geslapen?'

'Niet echt, ik ben bekaf.'

'Ik ga wel als eerste douchen, blijf jij nog maar even liggen.'

Ik draai me op mijn zij en doezel met het gerommel van Leo op de achtergrond weer in. Een halfuur later maakt ze me wakker met een stevige kop koffie en een ontbijtje. Langzaam begin ik weer een beetje te landen. Na een tweede kop koffie neem ik een snelle douche en het is even na tienen als een taxi ons afzet voor de school waar we vandaag onze speurtocht naar Carolina Gomes weer oppakken.

Als we uitstappen werp ik meteen een blik op de lucht. Er hangt nog wat lichte sluierbewolking, waar de zon al succesvol doorheen breekt. De dikke, donkere regenwolken van gisteren zijn volledig verdwenen. Terwijl de taxi wegrijdt, hijs ik mijn tas op mijn rug en neem de omgeving in me op. Een snelle zoektocht op Google heeft ons wat summiere informatie opgeleverd. De school is opgericht in 1960, in eerste instantie voor de lokale bevolking. Inmiddels is het geheel uitgegroeid tot een soort campus die ook populair is onder internationale leerlingen voor uitwisselingsprogramma's. Het oorspronkelijke gebouw is in het jaar 2000 vervangen door de modernere variant waar we nu voor staan. Het is een ruim opgetrokken wit gebouw met meerdere verdiepingen. Voor het gebouw ligt een groot plein met in het midden een ronde, betegelde cirkel waar een sierlijke afbeelding van de zon op staat. Overal op het plein klonteren groepjes leerlingen samen. Het gros is druk met hun telefoon en staat selfies en filmpjes te maken. Er wordt gelachen, gestoeid en af en toe klinkt er baldadig geschreeuw.

Leo bekijkt het allemaal met een weemoedige glimlach op haar gezicht. 'Soms zou ik willen dat ik de tijd terug kon draaien en weer even echt jong kon zijn. Het waren toch wel gouden tijden, die schooljaren.'

'Jij liever dan ik. Ik moet er eerlijk gezegd niet aan denken dat ik weer in de boeken moet duiken en weer toetsen moet doen.'

'Wie heeft het over studeren?' zegt Leo lachend. 'Ik bedoel alles eromheen. De feestjes, het geroddel, daten, eerste vriendjes en gebroken harten, nieuwe vriendschappen, getut met make-up, proberen alle hippe kledingtrends te volgen, nog alle vrijheid om na te denken over wat je wilt worden als je later groot bent. Dát. Ik kan zo nog wel uren doorgaan. Ik heb echt een heel leuke tijd gehad.'

'Ik zou willen dat we elkaar toen al kenden,' zeg ik glimlachend. 'Jouw schooltijd klinkt een stuk enerverender dan die van mij. Als dochter van een docent heb je toch net een andere positie in de groep. Ik heb nooit het gevoel gehad dat ik er echt helemaal bij hoorde en dat alle roddels met me werden gedeeld. Iedereen was als de dood dat ik het door zou kletsen aan mijn moeder. Iedereen was aardig tegen me, maar het was nooit een "gekkenhuis", als je begrijpt wat ik bedoel.'

'Heb je nooit aan je moeder gevraagd of je naar een andere school mocht?'

'Nee, ik wilde haar niet voor het hoofd stoten en toen had ik ook niet zo goed door hoeveel invloed haar aanwezigheid op school had op mijn eigen schoolleven. Bovendien was het voor mama heel praktisch dat ik met haar mee kon rijden en dat ze in haar drukke schema niet ook nog eens tijd moest vrijmaken om mij elke dag op een andere plek af te zetten. Achteraf gezien zou ik daar nu een andere keuze in maken en me wel naar een andere school laten overplaatsen. Dan had ik absoluut meer uit mijn tienerjaren kunnen halen. Het is toch een periode die je vormt voor de rest van je leven. Maar goed, gedane zaken... Ik zal het ermee moeten doen.'

'Stelt het je gerust als ik je zeg dat je ondanks dat best goed gelukt bent?'

'Best goed? Ik ben fantastisch gelukt,' roep ik terwijl ik Leo een duw geef.

'En zo is het, Pien. Laat je nooit iets anders wijsmaken.'

'Zullen we dan maar?'

'*Let's do it.*'

Samen doorkruisen we het plein richting de ingang van de school. Bij de deur worden we bijna omvergelopen door twee leerlingen die naar buiten stuiven. Leo vangt de dichtslaande deur op met haar voet en gooit hem weer open. We lopen een grote, open ruimte in met langs de glazen wanden moderne, kleurrijke banken en zitjes waar leerlingen met laptops zitten. Aan alle kanten stroomt daglicht de ruimte in en er klinkt zacht gegiechel en geroezemoes. 'Is er iemand die ons wat informatie over de school kan geven?' vraag ik in het Engels aan de eerste de beste leerling die langs ons heen loopt. Ze wijst recht voor zich uit naar een brede trap. *'First floor, teachers and staff,'* antwoordt ze in het voorbijgaan. We klimmen omhoog en komen in een ruimte met aan weerszijden open en gesloten deuren. Halverwege de gang is een grotere ruimte met een brede ingang en twee opengeslagen deuren. We lopen ernaartoe. 'Ik denk dat dit de docentenkamer is,' fluister ik tegen Leo als ik geklets en een pruttelend koffieapparaat hoor. 'Hier een poging wagen?'

'Lijkt me goed. Meteen maar het hol van de leeuw in.'

Ik steek mijn hoofd naar binnen. *'Excuse me!'* Vier hoofden draaien zich naar me om.

'Hi, I'm Pien from the Netherlands and this is Leonor. We're looking for someone, maybe one of you could help?'

'Well, it must be your lucky day. I'm the principal. Maybe I can help.' Een vrouw met halflang zwart haar steekt haar hand uit en stelt zich voor als Joana Duarte.

'Wat kan ik voor u doen?' vraagt ze vriendelijk.

Ik wissel een snelle blik met Leo en vertel: 'Uit de nalatenschap van mijn moeder blijkt dat ik hier op Madeira mogelijk een familielid heb. Ik heb ook een naam: Carolina Gomes. Misschien kunt u ons verder helpen.'

'Carolina Gomes,' herhaalt de vrouw. 'Komt mij in elk geval niet bekend voor. Over welke tijd hebben we het?'

'Ze is waarschijnlijk van 1 februari 1984, bijna precies

mijn leeftijd. Ik ben nu veertig, dus ze zal hier een jaar of vijfentwintig geleden op school gezeten hebben.'

Het schoolhoofd kijkt over haar schouder en vraagt iets in het Portugees aan een oudere leerkracht. Die vrouw kijkt nadenkend en geeft dan antwoord, waarop een korte woordenwisseling volgt, waarbij de naam Carolina Gomes enkele keren valt.

Leo en ik wachten geduldig af.

Met een verontschuldigende glimlach keert Joana Duarte zich weer naar ons toe.

'Het spijt me ontzettend, maar ik geloof niet dat wij u verder kunnen helpen. Mijn collega hier is van onze docenten het langst aan onze school verbonden, achttien jaar. Zij kan zich niemand herinneren met de naam die u noemde.'

'Misschien hebt u een archief of oude jaarboeken die we mogen inkijken?' probeer ik. 'Het is heel belangrijk voor mij, weet u. Deze vrouw kan heel goed de enige familie zijn die ik nog heb.'

De vrouw kijkt me getroffen aan.

'Ik zou echt willen dat ik u van dienst kan zijn, dat moet u van me aannemen. Maar u weet misschien dat de privacyregels het ons verbieden om persoonlijke informatie te verschaffen over leerlingen of oud-leerlingen. Dat mag echt niet, sorry.'

Met een zucht doe ik mijn rugtas af en haal de foto tevoorschijn.

'Dit meisje en deze man zouden iets te maken kunnen hebben met Carolina Gomes. Komen zij u misschien bekend voor?'

De vrouw bekijkt de foto aandachtig, met een frons op haar gezicht. Dan roept ze haar oudere collega, die direct komt kijken. De andere twee docenten zijn inmiddels geïnteresseerd geraakt en komen de foto ook bestuderen.

Onderling praten ze er even over, waarna het schoolhoofd zegt: 'Sorry, wij herkennen deze mensen niet. Maar misschien komt u wat verder bij een van de kerkelijke organisaties op ons eiland: daar zijn veel jonge mensen lid van.'

Een van de andere vrouwen zegt iets in rap Portugees, waarna het schoolhoofd knikt.

'Mijn collega zegt dat u het zou kunnen proberen via social media. Het schijnt dat een oproep via Facebook nog weleens succes kan hebben.'

Weer doet een van de leerkrachten een suggestie, die meteen vertaald wordt door Joana Duarte: 'Het klinkt een beetje oldskool, maar mijn collega zegt dat het nog weleens effect heeft als u kopieën maakt van zo'n foto en die dan in de stad ophangt, met uw contactgegevens. Veel mensen kijken naar zulke oproepen.'

Ik aarzel.

'Goed idee,' vindt Leo. 'Dank u. Gaan we doen.'

We bedanken het schoolhoofd en de docenten en nemen afscheid.

Als we door de gang lopen, klinkt er een luide schoolbel. Alsof dat een startschot is, rennen grote groepen tieners aan alle kanten om ons heen naar klaslokalen.

Eenmaal buiten stop ik de foto weer in mijn rugtas.

'Geen sprake van dat ik hier op Madeira een beetje kopieën ga lopen ophangen.'

'Echt wel!' reageert Leo veel te enthousiast. 'Natuurlijk gaan we de socials ook proberen, maar zulke plaatjes aan lantaarnpalen en in supermarkten werken als een tierelier. Niet voor niks hangen mensen zulke dingen altijd op als hun kat verdwenen is of als hun vader vijftig is geworden: dat ziet de hele buurt.'

'Dus wij moeten hier als toeristen gewoon allemaal A4'tjes gaan aanplakken in de hele stad?' vraag ik ongelovig.

'Niet in de hele stad. Maar in elk geval wel in het centrum en bij de grote busstations, dat soort dingen.'

Ik kijk haar aan, nog steeds niet overtuigd.

'Kom op, Pien, je moet het ten minste geprobeerd hebben! Anders verwijt je jezelf dat later. En als het niet lukt, is er toch niks verloren? Een paar euro's voor een stapeltje kopieën, een nietapparaat en wat plaksel.'

'Oké,' geef ik toe. 'Maar niet meer dan vijftig kopieën.'

'Deal!'

'En Leo, ik doe dit echt maar één keer, hoor.'

'Natuurlijk, het moet geen dagtaak worden. Hé, kun jij je herinneren of je ergens een copyshop hebt gezien in Funchal? Wacht, ik googel het wel even.'

20

'Weet je zeker dat je geen Nikita wilt, Leonor?' vraagt Cristiano verbaasd.
'Nee, ik doe deze keer zo'n mocktail, net als zij,' antwoordt Leo, met een hoofdbeweging naar mij. 'Met kokos en banaan.'
'En ananas,' vult hij aan.
'Precies, laat maar komen.'
Cristiano kijkt haar nog een keer onderzoekend aan en gaat dan de bestellingen maken.
We zitten met zijn tweeën onder een geel-witte parasol bij het hotelzwembad. Op het tafeltje tussen ons in ligt een stapeltje kopieervellen, die we op de hotelkamer in tweeën hebben geknipt. Ook hebben we de ruimtes tussen de rij mailadressen onderaan de velletjes ingeknipt.
'Zou het toch niet slimmer zijn geweest als we daar niet mijn mailadres maar mijn telefoonnummer op hadden gezet?'
'Pien, doe niet zo idioot. En dan de hele dag gek worden gebeld door geile mannen van middelbare leeftijd die een date met een leuke vrouw uit Nederland wel zien zitten zeker? Als iemand wat weet en echt contact met je wil, dan mailen ze wel.'
Ik moet toegeven dat ze hier beter over heeft nagedacht dan ik.
'Maar is die poster niet een beetje klein zo?'

'Nee, precies groot genoeg.'
Toch zit het me niet lekker.
'En hebben we er wel genoeg op gezet? Had ik niet wat uitgebreider moeten zijn? Meer informatie moeten geven?'

Op dat moment brengt Cristiano onze mocktails, die hij op twee coasters op ons tafeltje zet, keurig tussen de stapels papieren.

Leo pakt een van de halve A4'tjes en houdt dat omhoog.

'*Meu amor*,' zegt ze tegen Cristiano. 'Vind je dit duidelijk genoeg?'

Hij buigt zijn hoofd onder de parasol en bekijkt het vel papier.

CONHECE ESTAS PESSOAS? staat er in grote letters op, met daaronder de foto van het meisje en de man. Daar weer onder de tekst: O MEU NOME É PIEN VOORTMAN DA OLANDA E EU GOSTARIA DE ENTRAR EM CONTATO COM ESTA MULHER E/OU ESTE HOMEM.

Cristiano haalt zijn schouders op.

'Wat kan hier onduidelijk aan zijn? Je vraagt of iemand die mensen kent en vertelt dat jij, Pien, graag met ze in contact wilt komen. En die mailadressen zijn om af te scheuren?'

'Tada!' roept Leo triomfantelijk naar mij. '*I hate to say I told you so, but I told you so!*'

En dan op conversatietoon tegen Cristiano: '*Thanks. Off you go!*'

Gehoorzaam gaat de aantrekkelijke ober terug naar de bar. Over de rand van haar zonnebril kijkt Leo hem opzichtig verlekkerd na.

'Oké, je hebt gelijk.' Ik leg alle papieren op één stapel en schuif die naar het midden van het tafeltje. 'Dus gaan we die postertjes ophangen.'

'Yep, vanavond, na het eten.'

Allebei nemen we een flinke slok uit de kleurig opgemaakte glazen.

'Best binnen te houden,' vindt Leo, die er meteen nog maar een slok op laat volgen.

Ik spreek haar niet tegen.

'Wel irritant dat we elke keer weer tegen die privacyregels aan lopen.'

Leo knikt. 'Vind ik ook. Daarom heb ik het online gecheckt. Die regelgeving blijkt voor de hele EU te gelden.'

'Vandaar. Is ook eigenlijk wel logisch.'

'Daar zullen we dus ook wel tegenaan lopen als we bij zo'n kerkelijke organisatie of bij buurtcentra aankloppen, ben ik bang.'

'En de socials?'

Terwijl Leo haar telefoon pakt, zegt ze: 'Dat is niet zo moeilijk. Op Insta kunnen we een berichtje zetten met die foto en de hashtags Madeira, Funchal en Carolina Gomes. Twitter heb ik zelf niet, jij wel?'

'Ja, voor de zaak. Dat heet tegenwoordig X, trouwens.'

'Da's waar ook. Elon Musk met zijn geintjes. Oké, als jij dan wat op X zet, doe ik Insta. Je kunt dezelfde tekst gebruiken als op de folder, of anders maak ik wel een andere via Google Translate.'

'Prima, en Facebook?'

Ze knikt langzaam. 'Juist voor een ouder publiek is dat heel geschikt. Ik ben zelf al een tijdje gestopt met Facebook, maar je kunt daar vrij eenvoudig wat lokale groepen opzoeken met trefwoorden als Madeira of Funchal en zo.'

'Ik heb wel nog een Facebook-account. Ga ik vanavond doen. Als ik dan tenminste nog puf heb, na het ophangen van die postertjes.'

Leo grijnst. 'Kom op, je bent jong en mooi en op vakantie. Je kunt het.'

Nadat ze nog een slok heeft genomen, kijkt ze me over haar zonnebril aan. 'Weet je, Pien, toen ik jou daarstraks tegen die schooldame hoorde zeggen dat je veertig bent, bedacht ik: *the big four-o*, daar heeft die troela helemaal niks aan gedaan.'

Ik zucht. 'Nee, wat dacht je? Daar had ik helemaal geen zin in, zo kort na de dood van mijn moeder. Het was al erg genoeg dat ze het niet meer heeft kunnen meemaken.'

'Begrijp ik. Toch vind ik het eigenlijk niet kunnen. Je wordt maar één keer veertig.'

'En ook maar één keer negenendertig, en maar één keer eenenveertig.'

'Pf,' doet ze. 'Als ik over een paar jaar zover ben, dan weet ik het wel. *Party all night long, baby!* Want het leven begint niet bij negenendertig of bij eenenveertig, maar bij veertig. Dat weet je best.'

Ik weet het best. Maar ik moet er voorlopig in elk geval niet aan denken.

'Misschien als ik straks vijfenveertig word,' probeer ik.

'Geen sprake van! Ik vind wachten tot je eenenveertigste eigenlijk al te lang. Kunnen we niks bedenken voor deze zomer? Of in september, dan is iedereen weer terug van vakantie.'

'Nu eerst maar eens deze vakantie, oké? Daarna zien we wel weer verder.'

Gelukkig dringt ze niet verder aan.

'Heb je al een idee waar we vanavond gaan eten?' vraagt Leo na haar tweede mocktail.

'Nee, niet echt. Maar jij vast wel.'

Weer laat ze haar brede grijns zien. 'Jij kent me! Ik heb een leuk visrestaurantje gezien, heel vintage. Daar hebben ze *lapas*.'

'Lapas?'

'Ja, ik hoorde van Cristiano dat we die echt gegeten moeten hebben. "Anders zijn jullie niet op Madeira geweest," vond hij. Dat schijnen schelpjes te zijn die ze hier van de rotsen af plukken. Grillen of stoven met een beetje boter en knoflook, en verder niks meer aan doen, volgens Cristiano. Z'n moeder maakt de lekkerste lapas van iedereen, zegt hij. Maar die heeft natuurlijk geen eigen restaurant, dus gaan wij naar O Pescador Antigo.'
'Oké.'
'En dan schijnen we als hoofdgerecht *espada* te moeten nemen.'
Ik kijk haar verbaasd aan.
'Maar dat hebben we al gegeten: die rundvleesspies met laurier, toch? Best lekker, hoor.'
'Nee, dat was espetada. Dit is espada: klinkt bijna hetzelfde, maar is heel wat anders.' Ze tikt iets in op haar telefoon en laat me een foto zien. 'Kijk, zwarte degenvis blijkt zo'n beest te heten. Nooit van gehoord eerlijk gezegd. Het ziet er ook niet uit, maar moet dus wel erg lekker zijn. Ze doen er, geloof ik, banaan of passievrucht bij, dat weet ik niet precies meer.'
Het plaatje van een uiterst lelijke, lange, zwartgeblakerde vis met een spitse kop en grote ogen ziet er allesbehalve aantrekkelijk uit, maar ik besluit niet moeilijk te doen.
'Moeten we reserveren?'
Leo schuift haar zonnebril naar het puntje van haar neus.
'Je weet hoe ik ben: dat heb ik al gedaan. We worden over een uurtje verwacht. Dus we kunnen nog wel zo'n kokosmocktail nemen.' Ze kijkt me even peinzend aan. 'Al kan zo vlak voor het eten een Nikita eigenlijk geen kwaad, toch?'
Zonder op antwoord te wachten, wenkt ze Cristiano.

21

De maaltijd in het knusse visrestaurant is inderdaad uitstekend. Ik betrap mezelf erop dat ik na afloop zelfs nog een tweede kop koffie wil vragen, alleen maar om het vervolg uit te stellen.

Maar intussen laat Leo de bediening al met gebaren weten dat we willen afrekenen, dus hoef ik daar verder niet meer over na te denken. Natuurlijk heeft ze gelijk. We gaan onze missie gewoon uitvoeren, zonder verder uitstel.

Algauw staan we buiten. De zon is inmiddels ondergegaan en de schemering nestelt zich over de stad. In de smalle klinkerstraatjes gaan de straatlantaarns aan. De drukte van de dag heeft plaatsgemaakt voor een ander soort energie.

Ik kijk op mijn horloge. Halftien. Eigenlijk vind ik het een ongemakkelijk idee om in een vreemde stad 's avonds foto's te gaan ophangen op straat, maar met Leo aan mijn zijde ben ik er wel klaar voor. Hoop ik.

Naast me stapt mijn vriendin opgewekt voort, haar tas vol met posters en plakband, en een nietpistool bungelt aan haar vingers. Het zijn er honderd geworden, omdat we voor de poster A5-formaat hebben gebruikt en er daar twee van op een A4 passen. Ik moest wel even slikken bij dat aantal, maar Leo had gelijk toen ze zei dat je met vijftig stuks veel minder zichtbaar bent.

'Kom op, Pien!' Ze maakt een paar huppelpassen en ook

haar stem danst door de lucht. 'Honderd van die flyers! Eitje! Voor je het weet, zijn we terug in ons hotel voor de nazit.'

Ik kan er niks aan doen: door haar vrolijkheid moet ik ook grinniken. Meteen haal ik het plakband tevoorschijn en houd dat voor me.

Met wat velletjes papier in de hand lopen we over de Mercado dos Lavradores, waar de echo's van de dagelijkse drukte nog naklinken tussen de kleurrijke gevels. De zoete geur van tropische bloemen en fruit van de markt hangt nog in de lucht, vermengd met de zilte zeelucht die vanuit de haven komt.

Al lopend plakken en nieten we posters op allerlei in het oog springende plekken: lantaarnpalen, mededelingenborden, schuttingen, bushokjes en zelfs bomen.

'Heb je nog nagekeken of dit eigenlijk wel mag op Madeira?' vraag ik.

'Flyers ophangen? Vast wel.'

Haar laconieke antwoord stelt me niet echt gerust.

Bij de Sé-kathedraal blijf ik een beetje in de schaduw, bang om oneerbiedig over te komen als mensen zien dat ik daar iets opplak. Leo heeft er blijkbaar minder moeite mee, want ze maakt zelfs een poster vast aan een deurpost van de monumentale deuren.

Ik huiver, want het lijkt net of de oude stenen van het kerkgebouw me iets toefluisteren, alsof ze de geheimen kennen die ik wil ontrafelen.

Bij elke stap die we zetten, voel ik de unieke sfeer van Funchal om me heen. De oude stad met dat merkwaardige mengsel van traditionele en moderne invloeden, de weelderige tuinen die hier en daar zichtbaar zijn, de onverwachte uitzichten die tussen huizen door ineens de Atlantische Oceaan laten zien: het doet allemaal zowel vreemd als vertrouwd aan, op een manier die ik nooit eerder heb ondervonden.

In de Zona Velha, de oude wijk waar we bij daglicht de levendige straatkunst al hebben bewonderd, lijken onze postertjes haast onderdeel uit te maken van de bohemiensfeer van het stadscentrum zelf, tussen de kunstwerken en de historische panden. Mijn humeur wordt er een stuk beter door.

We passeren de Avenida Arriaga, het kloppende hart van het centrum, nu gevuld met het gelach en gepraat van mensen die genieten van de koele avondlucht. De levendige bars en cafés zijn, met hun uitnodigende terrassen, een ontmoetingsplek voor zowel locals als toeristen.

Af en toe blijft mijn blik hangen op de foto die ik overal aan het aanplakken ben: het meisje en de jonge man, die misschien de sleutel vormen tot het verleden van mijn moeder. En dat van mezelf.

De avondgeluiden om ons heen – het geroezemoes van de stemmen, het geklik van hakken op de straatstenen, flarden muziek vanuit cafés, lachende en pratende mensen van allerlei leeftijden – zorgen voor een losse sfeer, die onze toch wat serieuze taak verlicht. Elk van onze posters is een vraag, elke afscheurstrip een kans op een antwoord. Als je het zo bekijkt, zijn de straten vol beloftes.

Zelf voel ik de blikken van voorbijgangers als ik zo netjes mogelijk een van de posters ophang, maar Leo lijkt zich daar niet veel van aan te trekken. Of de velletjes papier bij haar helemaal recht hangen, kan haar blijkbaar niet veel schelen. Maar ze is opgewekt, zoals zo vaak, terwijl ze behendig met haar nietpistool aan de gang gaat.

Er blijft een zestal jongeren bij ons stilstaan.

'O que estão a fazer?' vraagt een goedlachse jonge vrouw, wijzend naar de poster die ik net op een bushokje heb ge-

plakt. Als ze ziet dat ik haar niet versta, schakelt ze als vanzelfsprekend over op het Engels: 'What are you doing?'
Leo neemt het woord en legt met een stem vol vertrouwelijkheid mijn verhaal uit.
De jongeren zijn studenten, lijkt mij. Drie om drie, jonge vrouwen en mannen, al komen ze niet direct over als stelletjes. Ze luisteren in elk geval geïnteresseerd, zijn een beetje onder de indruk en wensen me veel succes voordat ze weer verder lopen. Een van hen kijkt zelfs nog naar ons om en zwaait.
Het is net alsof ik door deze ontmoeting extra steun ondervind, totaal onverwacht. Dat maakt een gevoel bij me los dat ik niet ken, een soort dankbaarheid in combinatie met vastberaden doelgerichtheid.
Een paar straten verder zijn we zo verdiept in ons werk, dat we niet in de gaten hebben dat er twee agenten naar ons toe komen: een man en een vrouw, in uniform en allebei jonger dan ik. Ik merk het pas als ik opschrik bij het horen van een vriendelijke maar resolute stem, vlak achter me. Mijn hart slaat een slag over. De politievrouw spreekt ons in het Engels aan en wil weten waar we mee bezig zijn.
'We zijn op zoek naar mijn familie,' begin ik.
Waarschijnlijk vindt Leo dat ik te omslachtig of veel te verontschuldigend klink, want zij neemt het meteen van me over, haar stem vol overtuiging. Ze vertelt met veel gevoel over mijn moeder, over onze zoektocht naar mogelijke familieleden in Funchal en over de foto uit 1984. Als bewijs houdt ze een poster omhoog.
De ernstige gezichten van de agenten vertonen nu een spoor van begrip. Ze wisselen een korte blik, waarna de politievrouw uitlegt dat het niet toegestaan is om in Funchal affiches aan te plakken zonder voorafgaande toestemming van de autoriteiten.

Ik wil mijn excuses al aanbieden, maar Leo houdt haar tas open om ons laatste restje posters te laten zien en zegt op een grappig verwijtende manier: 'Maar *officers*, we zijn bijna klaar, en het is echt heel belangrijk. U zult toch ook willen dat mijn vriendin herenigd wordt met haar familie! Na al die jaren!'

Ze lijkt een snaar geraakt te hebben, want de vrouw antwoordt: 'We zullen het nu bij een waarschuwing laten, maar weet dat het niet is toegestaan, en dat u er onmiddellijk mee moet stoppen.'

'Niet op winkels en openbare gebouwen,' voegt de politieman eraan toe.

Zwaar opgelucht bedank ik de agenten, die me veel geluk wensen en verder lopen.

'Poeh!' zeg ik tegen Leo.

Ze knikt. 'Laten we een stuk verderop de rest maar snel ophangen, voordat we straks misschien politiemensen tegenkomen die minder meegaand zijn.'

Als onze tassen helemaal leeg zijn, bergen we het nietpistool en het plakband op. We wandelen terug naar het hotel over de schilderachtige promenade, langs de donkere, glinsterende oceaan.

In de zachte avondlucht voel ik een diepe verbondenheid met Funchal, die authentieke plek vol oude en nieuwe verhalen. Misschien gaat mijn eigen verhaal daar ook wel bij horen, net als dat van mijn moeder. Ergens tussen deze kronkelende straten met de kleurrijke huizen kan zich een antwoord bevinden dat licht werpt op mijn familiegeschiedenis. Hoe zou het zijn om verwanten te vinden in deze rare, prachtige stad?

Ik ben moe, maar voldaan.

'En nu?' vraag ik aan Leo.

Ze grijnst.

'Nu wachten we op de mails die jij gaat krijgen.'
'Ik hoop toch echt dat er een antwoord tussen zit.'
'En anders hou je er misschien toch een leuke date aan over. Dat doet me eraan denken: ik hoop dat Cristiano nog wat te drinken voor ons heeft. Dat hebben we wel verdiend.'
Daar kan ik haar geen ongelijk in geven.

22

Zodra ik wakker ben, kan ik het niet laten: ik pak meteen mijn telefoon om te kijken of er al iemand gereageerd heeft.
Tien over acht. Ik klik snel mijn mail aan. Niks. Alleen een paar mailtjes van mijn Nederlandse contacten, maar die moeten wachten tot ik weer terug ben in Deventer.
Vanaf haar bed ligt Leo me grijnzend aan te kijken.
'Optimist.'
'Hoezo?' vraag ik verbaasd.
Ze gaat rechtop zitten.
'Dacht jij nou echt dat iemand gisteravond laat in de stad een van onze flyers had gezien en meteen is gaan mailen? Zo werkt het niet.'
'O. Hoe werkt het dan wel?'
Ik merk zelf dat ik een beetje chagrijnig klink, maar Leo lijkt dat niet te merken.
'Nou, de mensen die 's avonds en 's nachts in de stad zijn, kun je gerust de feestnummers noemen. Jongeren, toeristen en gewoontedrinkers. Degenen die wij willen bereiken, zijn juist de mensen die ons iets kunnen vertellen over wat er in 1984 is gebeurd. Dat zijn dus vooral ouderen. Die zien onze flyers pas vandaag hangen, als ze boodschappen gaan doen, naar de kerk gaan of een bus instappen. Dan moeten ze daar eerst nog eens over nadenken, en pas dan zullen ze jou misschien een mailtje sturen.'
'Je hebt het allemaal al uitgedacht.'

'Natuurlijk! Daar heb je mij toch voor meegenomen?'
Ik kijk hoofdschuddend naar haar kamerbrede grijns.
'En de socials?' probeer ik.
'Zelfde verhaal.'
Ze klinkt zo zelfverzekerd, dat ik er niet eens tegen inga.
Leo staat op en rekt zich uit. 'Laten we afspreken dat we pas aan het eind van de dag controleren of er reacties zijn binnengekomen: Insta, Twit... eh, X, Facebook en natuurlijk je mailtjes. In de tussentijd levert dat alleen maar stress op. En daarvoor zijn we hier niet gekomen.'
'Oké,' zeg ik, een beetje onwillig. 'Maar wat gaan we dan vandaag doen?'
'Shoppen natuurlijk. Dat hadden we toch gepland? Toen we net aankwamen, waren al die leuke winkeltjes en boetiekjes in de oude stad al dicht, maar ik ben ze niet vergeten, hoor! En nu ga ik als eerste douchen. Dus als je nog wilt plassen, moet je opschieten.'
'Ik wacht wel even.'
'Gelukkig, want ik moet eigenlijk vrij nodig.'
Terwijl Leo op een holletje naar de badkamer gaat, kijk ik haar geamuseerd na. Ze krijgt het altijd weer voor elkaar: hoe matig mijn humeur ook is, zij brengt me in no time aan het lachen. Het is die rare, vrolijke energie van haar, die opvallend aanstekelijk werkt.
Onwillekeurig moet ik denken aan Indira, op wie Leo een totaal andere uitwerking had. Meteen vanaf het begin al, toen Leo net nieuw was, reageerde ze vrij geïrriteerd op haar. Toen Leo en ik het vervolgens zo goed met elkaar bleken te kunnen vinden en zelfs goed bevriend raakten, kwamen er steeds meer conflicten.
Ik bedenk nu ook dat ik de meiden bij Curlzzz had beloofd om ze op de hoogte te houden van mijn vakantie. Dat heb ik tot nu toe niet gedaan, ook omdat ik echt afstand

wilde nemen van mijn leventje in Deventer en de dagelijkse rompslomp van mijn kapperszaak.

Om van mijn schuldgevoel af te zijn, zet ik een paar foto's van de afgelopen dagen in de groepsapp.

Vrijwel meteen komen de eerste enthousiaste emoji's en commentaren. Ik stuur een zelfvoldane smiley en kus terug.

Pas dan zie ik dat er ook een privébericht van Indira is. Gisteren verstuurd. Zonder het te openen, kan ik alleen de eerste regel lezen: *Hi Pien, ken jij een Aafke...*

Ik zucht. Mijn nieuwsgierigheid krijgt de overhand en ik open het appje.

De complete tekst van het appje luidt: *Hi Pien, ken jij een Aafke van der Heijden? Heeft grote bos bloemen gestuurd met kaartje – Eerste uitslagen goed. Thanks – Weet niet wat ze daarmee bedoelt. Veel fun! Indi.*

Ik zak achterover op het bed, met mijn rug tegen de muur. Ach, Aafke: de vrouw die haar haren af liet knippen omdat ze bestraling en chemo zou krijgen. Wat fijn. En wat aardig ook om even te laten weten dat het goed gaat.

Snel app ik terug naar Indira: *Dank. Bewaar het kaartje!*

Als Aafke er zelf geen contactadres op heeft gezet, probeer ik dat wel na te trekken bij de bloemist, als ik weer in Deventer ben.

Onwillekeurig moet ik grinniken. Een paar maanden geleden zou ik zoiets verder hebben laten zitten, maar nu ik hier op Madeira zo in de speurmodus zit, neem ik zo'n beslissing zonder erover na te hoeven denken.

Leo komt de badkamer uit met een kleine handdoek om haar hoofd en een grote handdoek om haar lijf.

'Heb je een binnenpretje?' vraagt ze.

'Ja, het komt een beetje naar buiten, begrijp ik.'

'Dat kun je wel zeggen. Iets wat je wilt delen?'

'Nee, laat maar.' Ik sta op. 'De douche is nu dus voor mij?'
'Yep. En niet te lang, want ik heb echt trek in een ontbijtje.'
Ik blijf in de deuropening staan.
'Ga er meteen maar naartoe en bestel voor mij alvast een koffie. Ik kom zo.'
Leo salueert. 'Roger.'
Ik doe de deur achter me dicht. Eindelijk kan ik gaan plassen.

23

Dat was een goed idee van Leo, dat geef ik maar al te graag toe. Het is van dat lekker zachte, zonnige weer waarin het goed shoppen is. We sjokken in Zona Velha langs kunstzinnige galerietjes; bekijken grappige levensmiddelenwinkels met allerlei soorten kruiden, groenten en vruchten – vers, ingemaakt of gedroogd – maar komen ook in ontzettend toeristische zaakjes, waar magneetjes, sleutelhangers en allerlei andere charmante prullaria te koop zijn met MADEIRA of FUNCHAL erop. Je kunt er zelfs ansichtkaarten krijgen – alsof iemand die ooit nog verstuurt.

Voordat we vanochtend vertrokken, heb ik nog overwogen of ik mijn dunne trui zou meenemen. Ik ben blij dat ik dat niet heb gedaan: het oversized witte overhemd en de oranjebruine bermuda zijn perfect voor deze heerlijke omstandigheden.

Leo loopt natuurlijk weer in een zomerjurkje, hemelsblauw ditmaal. Als ze een vuilniszak aantrok, zou die haar ook nog goed staan. Het is om jaloers van te worden, maar ik gun haar de aandacht die ze krijgt.

Ik ben op m'n gewone sneakers, maar zij zweert bij Converse, die ze altijd *chucks* noemt. Nu ik zie hoe ze daarop van winkel naar boetiekje lijkt te dansen, neem ik me voor om toch eindelijk ook eens zo'n paar chucks aan te schaffen. Vanzelfsprekend niet nu op vakantie, want dat is de slechtste tijd om nieuwe schoenen in te lopen.

Eigenlijk was ik niet van plan om veel te kopen, alleen al omdat je ruimbagage daardoor zo makkelijk te zwaar wordt. Maar ach, hoe gaat zoiets? We hebben van alles gepast, gingen soms met armen vol kleren een pashokje in. En als zo'n verkoopmedewerker en Leo dan om het hardst roepen dat iets je zo geweldig goed staat en dat het voor jou gemaakt lijkt, moet je wel heel sterk in je sportschoenen staan om daar weerstand aan te bieden. Dan word ik een echte shopaholic, met m'n bankpasje in de aanslag.

Dus na een ruim uur shoppen, pakweg anderhalf uur lunchen (met werkelijk onweerstaanbare taartjes die *queijadas* heten) en nog een klein uurtje shoppen lopen Leo en ik nu ieder met twee van die buitenmodel plastic kledingtassen terug in de richting van het hotel.

'Blij dat ik niet alleen zo'n leuk leren tasje heb gekocht, maar meteen ook een paar van die brede riemen,' zegt Leo enthousiast. 'Die komen altijd van pas, en dit is echt handwerk, hè! Mijn collega's zullen zó jaloers zijn.'

Ik schiet in de lach, want ik zie al helemaal voor me hoe Leo met haar nieuwe aanwinsten door de kapperszaak paradeert. Zelf heb ik ook een riem gekocht, maar niet meteen vier, zoals zij. En ook een echt leren tasje natuurlijk, want die kun je hier eigenlijk niet laten liggen.

'Weet je, het is niet mijn ding,' gaat Leo verder, 'maar dat handgemaakte keramiek of van die sieraden die mensen zelf ontworpen hebben, daar kun je je hier helemaal arm aan kopen.'

'Daar heb ik zelf ook niet zoveel mee. Die kandelaar vond ik wel genoeg.'

Zoals Leo al had voorgesteld, heb ik inderdaad een mooie, smaakvolle kandelaar gekocht voor thuis, bij de grote foto van mijn moeder in mijn woonkamer. Een bijpassende kaars haal ik wel als we terug in Deventer zijn. Ik ben sowieso blij dat er nu iets wat ik voor haar wilde doen ook echt gelukt is.

Vrolijk pratend lopen we onze hotelkamer in, Leo voorop.

Aan haar reactie merk ik direct dat er iets mis is.

Ze kijkt naar me om.

'Pien, ik denk niet dat de schoonmaak dit gedaan heeft.'

Als ze opzijstapt, zie ik het pas goed. Al onze spullen zijn overhoopgehaald. Iemand heeft de matrassen half van de bedden af getrokken, alle kasten en laatjes staan open, onze koffers liggen omgekeerd op de grond.

'Shit, wat een zooi.' Leo kijkt hoofdschuddend om zich heen en begint meteen foto's te maken met haar telefoon. 'Dieven heb je natuurlijk overal, maar ik wist niet dat je hier op Madeira ook het risico zou lopen dat je hotelkamer niet veilig is. Heb jij spullen van waarde achtergelaten?'

'Nee, dat doe ik nooit. Dat heeft mijn moeder er bij mij ingestampt: geld en waardepapieren altijd bij je houden, of in het kluisje van je hotel.'

'Precies, en vooral niet in een los tasje, dat iemand in het voorbijgaan mee kan grissen,' vult Leo aan. 'Daar heeft ze mij anderhalf jaar geleden nog over doorgezaagd, toen ik naar New York ging.'

Onwillekeurig moet ik lachen. Dat is – nee, was – inderdaad typisch mijn moeder.

'Gaan we meteen het hotel op de hoogte stellen? En de politie laten komen?' stel ik voor.

'Hotelmanager: sowieso. Politie: even mee wachten. Eerst kijken of we wat kwijt zijn.'

'Moeten we niet alles zo laten liggen, voor vingerafdrukken en zo?'

Leo lacht honend en zet haar koffer terug op de stoel waar hij vanochtend op stond.

'Vingerafdrukken! Bij een inbraak in een hotelkamer! Daar laten ze vast meteen het hele CSI-team voor uitrukken.'

'Het zou toch kunnen!' protesteer ik.

'Ik heb foto's gemaakt, dat is wel genoeg. Nu eerst kijken. Als er iets weg is kan het verder niet heel waardevol zijn, omdat we die spullen bij ons hadden.'

Waardevol! Ik voel ineens een scheut van paniek door mijn lijf trekken. Mijn mapje met de documenten uit de kluis van mijn moeder! Ik vlieg naar de tafel en begin verwoed te zoeken tussen de spullen die daarop zijn gegooid.

'Wat is er, Pien?'

'Mijn map.'

'Je map?'

'Ja, m'n mapje. Daar had ik alle spullen in gedaan voor onze speurtocht.'

Ze slaat een hand voor haar mond.

'Dat meen je niet!'

'Toch wel. Ik had expres alles bij elkaar gedaan, lekker overzichtelijk.'

'Wat zat er allemaal in?'

'Het oude paspoort van m'n moeder, haar overlijdensakte, een stel geprinte mailtjes, wat algemene info, een kopie van mijn geboortebewijs. O ja, en natuurlijk die brief die naar m'n moeder was gestuurd over Carolina Gomes. En het origineel van die foto.'

'Misschien dachten ze dat het iets van waarde was of zo,' suggereert Leo. 'Zat er verder niks in, tickets of zo? Geld?'

'Nee, helemaal niks. Alleen die spullen.'

Leo fronst haar wenkbrauwen.

'Zoiets steelt een beetje slimme hoteldief toch niet? Of misschien alleen om het aan jou terug te verkopen.'

Ik kan wel janken.

'Kom op,' zegt Leo ferm. 'Ik kan me niet voorstellen dat nou net dat mapje van jou het enige is wat die lui hebben gestolen. Maar het kan natuurlijk ook dat het hier gewoon nog ergens ligt.'

Samen zoeken we de hele hotelkamer af, tot de badkamer aan toe. Het mapje is nergens te vinden.

'Hè shit, dat is nou echt balen,' vindt Leo. 'Ik durf het bijna niet te vragen, maar heb je misschien kopieën van wat er in dat mapje zat?'

'Tuurlijk.'

'Tuurlijk?'

'Ja, ik heb natuurlijk overal foto's van gemaakt. Want je weet maar nooit of je zulke belangrijke dingen misschien kwijtraakt. Alles staat op m'n telefoon.'

Ze kijkt me aan of ik helemaal gek ben.

'Dus je bent spullen kwijt die je eigenlijk helemaal niet kwijt bent?'

'Hé!' roep ik verontwaardigd. 'Het zijn wel míjn spullen, hè! En originele documenten. Wat ik overheb, zijn alleen maar foto's daarvan. Ik was er echt aan gehecht.'

'Jaja, dat begrijp ik. Sorry.'

Omdat ik daar helemaal niet zeker van ben, kijk ik haar wat achterdochtig aan.

'Maar we hoeven dus in elk geval niet naar de politie,' constateert Leo.

'Hoezo niet?' vraag ik opstandig. 'Ik ben toch bestolen?'

'Je bent bestolen van een foto, een overjarig paspoort en wat kopieën. O ja, en van het mapje eromheen natuurlijk. Ze zien je aankomen!'

'En die originele brief!'

'Die ook, ja. Gaan ze ook geen arrestatiebevel voor uitvaardigen, denk ik.'

Als ik vervolgens een tijdje verzonken ben in mijn eigen

gedachten, voegt ze daaraan toe: 'Maar we gaan natuurlijk wel met mijn foto's naar de hotelleiding, hoor. Want het zou niet moeten kunnen dat er iemand op onze hotelkamer komt, afgezien van het personeel.'

'Misschien hebben die het wel gedaan,' suggereer ik.

Ze kijkt me ongelovig aan.

'Ja, vast. Dan moeten we niet vergeten ze zo meteen hartelijk te feliciteren met hun buit.'

'Ik vertrouw zo langzamerhand niemand meer, Leo. Voor hetzelfde geld worden we toch tegengewerkt en wordt diegene geholpen door iemand die hier werkt.'

'Ik snap je onrust. Maar juist als dat laatste het geval zou zijn, dan moeten we dat niet hier gaan rondbazuinen. Wie weet wat er dan kan gebeuren. Ik stel voor dat we onze ogen en oren goed openhouden, maar doen alsof we dat verband niet leggen. Je weet maar nooit wie er meeluistert.'

Zoals altijd heeft ze een overtuigend argument. Ook al ben ik er niet helemaal gerust op waar dit toe leidt.

24

De hotelmanager, een druk mannetje met een strakke scheiding in zijn grijzende haar, komt nog een keer extra zijn excuses aanbieden als wij na zijn uitnodiging al een tijdje op het rooftopterras zitten te wachten.

'Weet u zeker dat er geen aangifte nodig is?' vraagt hij voor de zoveelste keer, in rap Engels.

Ik wissel een snelle blik met Leo en verzeker de man dat we daarvan afzien, omdat er niets van waarde verdwenen is.

Al voelt dat als een leugen, want ik heb er nog steeds grote moeite mee dat mijn mapje verdwenen is. Ook al heb ik overal foto's van.

'Mochten we beelden van de dader of daders op een van onze bewakingscamera's vinden, dan doen wij, als hotel, vanzelfsprekend alsnog aangifte,' verzekert de man.

'In dat geval gaan ook wij alsnog naar de politie,' vertel ik hem.

'Goed. Heel goed,' zegt hij. Waarna hij handenwringend uitlegt dat veel van de beveiligingscamera's in het hotel al een tijdlang niet werken. Dat dit een voortdurend punt van aandacht is van het hotelmanagement. Maar dat het op dit eiland niet altijd meevalt om gekwalificeerd personeel te vinden voor dat soort dingen. En omdat de leverancier van de apparatuur in Porto zit, is daar ook niet veel service van te verwachten.

'U denkt dus niet dat er camerabeelden gevonden zullen worden,' constateert Leo nuchter.

'Eh... nee, inderdaad.'

'Dat vind ik toch matig,' merk ik op, terwijl ik denk: hoe toevallig.

'Ik ook, ik ook, *senhora* Voortman! Dat vind ik ook. Daarin schieten wij als hotelmanagement tekort in onze gastvrijheid. Excuus, excuus! Laat mij u beiden in elk geval iets te drinken aanbieden tegen de schrik, om het een beetje goed te maken.'

Leo lacht schamper. '*Really?* Voor ons allebei één drankje, terwijl het hotel zo tekortschiet?'

'Nee, nee, u hebt gelijk.' Hij duwt zijn zware bril met zijn wijsvinger hoger op zijn neus, buigt zich onder onze parasol vandaan en wenkt Cristiano naar ons tafeltje toe. In het Engels zegt hij: 'Cristiano, deze dames mogen vanmiddag vrij drinken, op kosten van het hotel.'

'En hapjes?' vraagt Cristiano, met een knipoog naar Leo.

'Natuurlijk, natuurlijk.' De manager draait zich weer naar ons toe. 'Ik hoop dat uw vakantie niet verpest is door dit vervelende voorval. Wij doen ons uiterste best om uw verblijf hier zo prettig mogelijk te maken.'

Wij bedanken hem, waarna hij zich excuseert en snel verdwijnt.

Met een brede grijns zegt Leo tegen Cristiano: 'Doe ons om te beginnen maar allebei zo'n kokoscocktail.'

'Zonder alcohol?'

'Ja, die. En een paar soorten olijven en nootjes natuurlijk. En wat kun je ons nog meer aanraden qua hapjes?'

Zijn gezicht is één grote glimlach. 'Kennen jullie de bolo do caco al? Dat is een echte specialiteit van Madeira: heel lekker.'

'Dat zijn van die knoflookbroodjes, toch?' vraag ik.

Hij knikt. 'En daarbij zou ik een *queijo da ilha* aanbevelen, een van de kazen van ons eiland. De queijo de São Jorge is zonder meer de beste. Misschien nog wat *chouriço* erbij? Dat is onze speciale worst, *nice and spicy*.'

'Laat maar komen!' zegt Leo met een breed armgebaar.

Zodra Cristiano vertrokken is om de bestellingen te gaan halen, kijkt ze me vergenoegd aan.

'Dat is toch een mooie score, vind je niet?'

'Gratis hapjes en drank in ruil voor mijn spullen, bedoel je?'

'Precies!'

Even later hebben we een volgeladen tafeltje en proosten we met onze mocktails.

'Ah, lekker!' zegt Leo na haar eerste slok. 'Zeg, gaat het weer een beetje?'

Ik knik. Ze legt een hand op de mijne en vervolgt: 'Ik wilde je onrust of angstige gevoelens echt niet belachelijk maken. Ik vind het ook vreemd wat er allemaal gebeurt. Maar het sterkt me alleen maar in mijn overtuiging dat we iets op het spoor zijn en dat we dat zo snel mogelijk moeten uitzoeken. Dus ik vroeg me af of jij inmiddels al berichten binnen hebt?'

Ik kijk haar stomverbaasd aan. Omdat we de halve middag bezig zijn geweest met de vermiste spullen voor onze speurtocht, heb ik helemaal niet meer aan de posters gedacht.

Snel pak ik mijn telefoon. Leo heeft de hare al in de hand.

'Een heel rijtje op Insta,' kondigt ze aan. 'Even kijken, hier heb ik iemand die vraagt of dit een nieuwe manier is om audities te houden voor een soapserie. Hij wil graag auditie doen voor de rol van verloren tweelingbroer.'

Ik grinnik terwijl ik mijn Facebook-account bekijk en meld: 'Je had gelijk, sommige mensen zien het als een mogelijkheid voor dating. Moet je horen: "Ik weet niets over

die mensen op de foto, maar ik ben wel geïnteresseerd in jou. Ben je single?" Pf.'
Allebei zitten we een tijdje te scrollen en te lezen.
'Heb jij ook zoveel reclames?' vraag ik. 'Allemaal spam en aanbiedingen, niet te geloven. En van die suggesties waar je niets aan hebt. Dat ik de foto op een website voor genealogie moet zetten, bijvoorbeeld. Of een privédetective zou moeten inhuren. "Die zijn echt goed in dit soort dingen," staat er dan bij.'
'Hier wil iemand weten of dit onderdeel is van een kunstproject,' zegt Leo al lezend. 'Een man uit de buurt van Lissabon vindt dat het meisje op de foto precies lijkt op een docent die hij vroeger gehad heeft, maar hij weet niet of zij ooit op Madeira is geweest. En een vrouw hier uit Funchal ziet veel overeenkomsten tussen de man op de foto en de acteur Antonio Banderas en wil weten of jullie misschien familie van hem zijn – van Banderas dus.'
Hoofdschuddend ga ik door naar mijn mailaccount. Ook daar tref ik een hele rits berichten aan.
'Hier wil een man meer weten over de achtergrond van de foto, wanneer die is genomen en waarom ik naar die mensen op zoek ben. Zonder zelf ook maar iets van informatie te geven. En dit is iemand die graag een kopje koffie met me wil gaan drinken om erover te praten. En eentje die nog veel meer wil. Met gedetailleerde voorstellen. O, en hij heeft ook nog een foto meegestuurd als bijlage. Die ga ik maar even niet openen. De rest is ook al niet veel soeps.'
Leo neemt een grote slok.
'Zulke dingen horen erbij. Er zijn veel leipo's in de wereld. En je moet vaak erg veel zand wegspoelen voordat je eindelijk een goudklompje vindt.'
'Tjongejonge, wat ben jij filosofisch. Heb je een schriftelijke cursus gedaan?'

Ze grijnst. 'Nee, ik ben een natuurtalent. En dan heb ik nog niet eens alcohol op. Daar ga ik vanavond wat aan doen!'

Ik kan niet beloven dat ik in haar tempo mee zal gaan, maar ik kan ook wel een verzetje gebruiken na zo'n merkwaardige dag.

Opstaan gaat de volgende ochtend moeizaam. Toen we gisteravond de stad in gingen, deden we een vervelende ontdekking: in het centrum was geen poster meer te vinden. We hebben een paar straten gecontroleerd, maar overal waar we er eentje hadden vastgeniet of vastgeplakt, was die verwijderd.

Leo probeerde er luchtig over te doen, maar voor mij was het een grote domper. Het gaf me het gevoel dat ik gefaald had: ons beste idee tot nu toe heeft ook nergens toe geleid. Nu zijn we dus vrijwel alleen aangewezen op de socials.

Tijdens en na het eten heb ik gelukkig het tempo van Leo niet bijgehouden, maar al met al heb ik wel meer witte wijn gedronken dan ik gewend ben. Goed dat ik na afloop in de bar van het hotel niet ben overgegaan op de echte cocktails, zoals Leo.

Vanuit mijn bed kijk ik toe hoe ze uit de eigen keuken komt en zich vrolijk neuriënd aankleedt.

Ongelofelijk, hoe doet ze dat toch? Ik besluit het te vragen: 'Hoe doe je dat toch, Leo?'

'Wat?' vraagt ze, zonder te stoppen met het aantrekken van een stonewashed spijkerbroek met zorgvuldig aangebrachte scheuren.

'Hoe kun jij zo fit zijn na gisteravond?'

'Gaan we die discussie weer hebben? Oké, ik zal je mijn geheim vertellen.'

'Dus er is een geheim?' vraag ik, een beetje achterdochtig.

'Yep. Voor het naar bed gaan bij het tandenpoetsen vitamine B nemen. Dat neutraliseert de minder prettige effecten van alcohol. Scheelt de volgende ochtend een slok op een borrel.'

Ik weet niet zeker of ze me voor de gek houdt of niet. Leo heeft kennelijk ook geen zin om er verder over door te gaan, want terwijl ze haar chucks aantrekt, zegt ze: 'Schiet je wel een beetje op? Want ik heb echt trek en wij hebben niks meer in de koelkast.'

'Na alles wat je gisteravond hebt gegeten?'

'Dat was gisteravond! Een mens moet goed ontbijten.'

De gedachte aan eten staat me tegen, maar ik begeef me braaf naar de badkamer.

Een halfuurtje later zitten we in de ontbijtzaal van het hotel. Een vriendelijke jonge vrouw schenkt ons thee en koffie in, waarna we in de rij gaan staan bij het buffet. Intussen loopt de hotelmanager voorbij, die ons een schuw hoofdknikje geeft en dan snel weer doorloopt.

Ikzelf houd het bij muesli met yoghurt, een bakje verse vruchten en een glas passievruchtensap. Leo zet haar blad vol met brood, ham, diverse soorten kaas, een croissant, wat zoet gebak en twee soorten vruchtensap.

Eenmaal terug bij onze tafel kijk ik lachend toe hoe ze op al dat eten aanvalt.

'Ik blijf me over jou verbazen, weet je dat?'

Tussen twee happen door antwoordt ze: 'Blijf dat vooral doen. Dan wordt het in elk geval niet saai tussen ons. Deze ham moet je trouwens echt proberen, Pien. Die heet *presunto*, volgens mij. Erg lekker!'

Ik geloof het graag, maar houd me voor nu bij mijn muesli. Als ik nog maar net begonnen ben aan het bakje vruchten, heeft Leo alles al op. Meteen staat ze op en neemt haar dienblad mee.

'Ik ga toch nog even wat halen,' kondigt ze aan.

'Doe je best.'

Ik stop wat banaan en mango in mijn mond, pak mijn telefoon en bekijk de berichten op Facebook. Blijkbaar zitten sommige bedrijven gewoon te wachten tot je iets plaatst waardoor ze gerichte marketing kunnen doen, want ik heb weer een hele lading aanbiedingen, reclames en regelrechte spam. Ook wil er weer iemand contact met me: deze figuur biedt me een ontbijtje aan. Die variant had ik nog niet gezien.

Het levert zo niet veel op. Berustend klik ik mijn mailbox aan, waarna ik door de berichten heen scrol.

Inmiddels is Leo weer terug. Met een vergenoegd gezicht zet ze haar dienblad neer, waarop een groot bord staat met daarop een uitsmijter met ham en drie eieren.

'Daar had ik nou echt zin in,' kondigt ze aan.

'Jij bent echt niet helemaal lekker,' reageer ik hoofdschuddend.

Op dat moment zie ik een mailtje waarin iemand eens niet probeert om me allerlei voorstellen te doen, of suggesties om me iets te verkopen. Het is afkomstig van Beatriz Gomes en in de onderwerpregel staat *Carolina*.

Meteen klik ik het aan.

'Leo,' zeg ik, een beetje schor.

'Lekker, man! Wil je ook een hapje?'

'Volgens mij hebben we beet.'

Het duurt even voordat ze begrijpt wat ik bedoel.

'Heb je een bericht?' vraagt ze dan, met volle mond. 'Lees voor!'

'Gaat niet.'

'Hoezo niet?'

'Het is in het Portugees.'

Al kauwend maakt ze een wegwerpgebaar.

'Dan vertaal je het toch even!'

Ik kopieer de tekst naar Google Translate en lees het resultaat voor: 'Goedendag Pien uit Holland. Mijn naam is Beatriz Gomes. Ik heb de foto gezien en zou graag met u willen praten. Vooral over Carolina. Overdag ben ik in Estilo Clássico aan de Rua do Aljube. Met de beste groeten, Beatriz Gomes.'

'Wat goed!' roept Leo. 'Mooi, Pien!'

Even kijk ik haar verdwaasd aan, daarna lees ik het bericht nog een keer. En nog een keer. Zou dit een serieus bericht zijn?

In de tussentijd heeft Leo de plek gegoogeld.

'Estilo Clássico is een kledingzaak. Vrouwenmode. Dat adres is vlak bij de kathedraal.'

'Dan gaan we daar meteen naartoe.'

'Nope.'

'Hoezo niet?'

Ik merk zelf dat mijn stem opstandig klinkt, maar dat kan me niet bommen: ik wil deze Beatriz spreken. En wel zo gauw mogelijk.

'Die winkel gaat pas om tien uur open. En ik heb mijn uitsmijter nog niet op.'

Ik geef geen antwoord en lees het mailtje nog een keer. Beatriz Gomes. En ze noemt zelf de naam Carolina.

25

Als ik een kledingzaak had, zou ik ook willen dat die in zo'n charmant, historisch pand zat, in de schilderachtige buurt rond de kathedraal. De gevel is goed onderhouden, met prachtig tegelwerk en een uithangbord eraan met ESTILO CLÁSSICO erop, in sierlijke krulletters.

De winkelruimte zelf is overzichtelijk en uitnodigend, met een goed gevonden balans tussen modern en klassiek: houten vloeren, zachte verlichting, eenvoudige maar elegante displays.

De dames die hier werken zijn vrijwel zonder uitzondering van middelbare leeftijd, uniform gekleed in eenvoudige, crèmekleurige blouses, knierokken en elegante platte schoenen. Hun haren zijn netjes gestyled, hun make-up is professioneel. Allemaal zijn ze in gesprek met klanten.

Omdat we ons niet willen opdringen, wachten we tot we aan de beurt zijn. Intussen kijken we wat rond.

Ik zou hier zelf niets kopen, maar mijn moeder had het geweldig gevonden. Het assortiment is gericht op tijdloze kledij: smaakvolle blouses, broeken met een goede pasvorm, comfortabele maar stijlvolle jurken en degelijke jassen. De nadruk ligt op kwaliteit, duurzaamheid en draagbaarheid, met kleding die zowel geschikt is voor dagelijks gebruik als voor meer formele gelegenheden.

De kleding is netjes geordend, eerst op type en dan op kleur en maat, wat zoeken makkelijk maakt. Er zijn hele reeksen met vooral neutrale kleuren als marineblauw, zwart, wit, grijs en aardetinten, allemaal gemakkelijk te combineren. Daarnaast biedt de winkel ook een selectie aan accessoires, zoals sjaals, tassen en eenvoudige sieraden, die de kledingstukken complementeren.

Na een paar minuten komt een vriendelijk glimlachende verkoopmedewerker naar ons toe. Het ovale, koperkleurige naamplaatje op haar borst meldt dat ze Joana heet.

'Sorry dat het even duurde,' zegt ze in accentloos Engels. 'Het is vandaag nogal druk.'

'Geen probleem,' verzeker ik haar.

'Waarmee kan ik u helpen? Zoekt u iets speciaals?'

'Eigenlijk zijn we hier omdat we graag even willen praten met een van uw collega's,' vertel ik. 'Haar naam is Beatriz Gomes.'

'Beatriz.' Ze kijkt even over haar schouder en knikt dan in de richting van een oudere vrouw die met twee klanten staat te praten bij de servicebalie. 'Ze is nu even bezig, maar ik zal haar melden dat u haar wilt spreken. Wie kan ik zeggen dat er is?'

'Zeg maar dat Pien uit Holland er is, dan weet ze het wel.'

Een van de wenkbrauwen van de vrouw gaat bijna onmerkbaar een stukje omhoog, zonder dat haar professionele glimlach eronder te lijden heeft.

'Als u even wilt wachten, komt ze zo bij u.'

Ze knikt, loopt naar de vrouw bij de servicebalie en zegt iets tegen haar. De vrouw kijkt op, ziet ons staan en steekt een hand op. Daarna draait ze zich weer om naar haar klanten.

Een paar minuten later is ze klaar. Ze begeleidt de twee vrouwelijke klanten naar de kassa, blijft discreet op afstand staan bij het afrekenen en loopt dan met hen mee naar de uitgang, waar ze beleefd afscheid van hen neemt.

Dan komt ze naar ons toe.

'Beatriz Gomes Gonçalves,' stelt ze zich voor aan Leo, terwijl ze haar de hand schudt.

'Hallo, ik ben Leonor de Sosa Verrips.'

'En ik Pien Voortman.'

De vrouw kijkt me opmerkzaam aan. Ze is slank van gestalte, haar zwarte, opgestoken haar vertoont wat grijze strengen en ze heeft een lief gezicht met rimpeltjes rond haar mond en rond haar donkere ogen.

'Sorry dat jullie even moesten wachten,' zegt ze in het Engels. 'Het leek me het handigst om hier af te spreken, omdat iedereen het makkelijk kan vinden. Maar ik moet natuurlijk wel werken. Loop maar even mee.'

We volgen haar de winkel door.

Onderweg roept ze iets in het Portugees naar een van haar collega's, die knikt en vervolgens een veelbetekenend gebaar maakt naar haar polshorloge.

Beatriz loopt langs de pashokjes naar een deur waar een bordje met PRIVÉ op hangt. Die maakt ze open met een sleutel, waarna ze hem voor ons openhoudt.

'Zitten jullie in een hotel?' vraagt ze, terwijl we langs haar heen lopen.

'Ja, in het NEXT Hotel,' antwoord ik. 'Ken je dat?'

'Natuurlijk.'

We komen in een klein zaaltje met een aanrecht, een paar kasten en een tafel met zes stoelen.

'We hebben niet lang,' zegt Beatriz, terwijl ze uitnodigend naar de stoelen wijst. 'Ga zitten. Willen jullie koffie of water?'

We bedanken haar vriendelijk, maar slaan het aanbod af. Ik ga zitten en leg mijn telefoon voor me op tafel. Leo kiest de stoel naast me, Beatriz neemt plaats tegenover ons.

Even is het ongemakkelijk stil, dan beginnen Beatriz en ik

tegelijk te praten, waarna we verontschuldigend lachen.
'Zal ik dan maar eerst?' vraagt Beatriz. 'Ik was stomverbaasd toen ik in de stad ineens een bekende foto van mij en mijn broer zag hangen.'
'Dat bent u!' reageer ik verbaasd.
'Goed dat die foto er dan nog hing,' merkt Leo op. 'Inmiddels zijn al ons flyers weggehaald.'
'O, ik zag er gisteren eentje hangen toen ik bij de winkel wegging. Ik heb er meteen zo'n briefje met dat mailadres vanaf gehaald,' vertelt Beatriz. 'Ik was verbaasd en eerlijk gezegd ook wel opgewonden. Ik bedoel: zo vaak zie je niet een foto van jezelf in de stad hangen, toch?' Ze kijkt me indringend aan. 'Mag ik vragen hoe je eraan komt?'
'Natuurlijk. Mijn moeder is een halfjaar geleden overleden...'
'Gecondoleerd met je verlies,' zegt ze.
'Bedankt. Die foto heb ik in de spullen van haar nalatenschap gevonden tussen haar papieren.'
Beatriz laat een nerveus lachje horen.
'En hoe ben je er dan toe gekomen om die foto hier in Funchal te komen ophangen?' wil ze weten.
Ook Leo moet lachen.
'Als ik het zo vertel, klinkt het inderdaad een beetje raar,' geef ik toe. 'Maar tussen de ongeopende post van mijn moeder zat een brief die bij mij nogal wat vraagtekens opriep. De brief zelf heb ik hier nu niet bij me' – ik kijk even opzij naar Leo – 'maar die had een poststempel van Madeira en daarin werd de naam Carolina Gomes genoemd.'
Ik pak mijn telefoon, haal de foto van de brief tevoorschijn en houd haar die voor.
'Kijk, dit is de brief.'
Ze neemt mijn telefoon over, tuurt ernaar en vergroot dan het plaatje met haar vingers.

'Carolina Gomes, 1-2-1984,' leest ze hardop. 'I know what you did. Does she know too? It's time to tell the truth. Finally. Contact me.'

'Het mailadres dat erbij staat, heb ik diverse keren geprobeerd,' vertel ik. 'Maar dat werkt dus niet. Daardoor bleef ik met vragen zitten.'

'Hoezo?'

'Nou, ik ben zelf geboren op 2 januari 1984. Mijn moeder is in de tijd voor mijn geboorte een tijdlang in Funchal geweest, dat wist ik al. Ze moet hier op Madeira zwanger zijn geworden, maar ik weet niets van mijn vader: over hem heeft ze me nooit iets verteld. En nu kwam dus deze brief. En ik vond die foto. Ik wil gewoon weten wat dat allemaal te maken heeft met mijn moeder. En dus ook met mijzelf. Omdat ik het niet meer aan haar kan vragen, heb ik besloten om zelf op zoek te gaan. Daarom ben ik hier. Met Leo, mijn beste vriendin.'

De vrouw kijkt even van mij naar Leo. Ze heeft tranen in haar ogen en kijkt nog een keer naar de foto van de brief, waarna ze mijn telefoon over de tafel terug naar mij schuift.

We wachten tot ze zover is om te reageren.

Dan vertelt ze met zachte stem: 'Op die foto was ik zestien. Ik ben toen ongewenst zwanger geworden. Voor mijn ouders betekende dat een grote schande, omdat ik natuurlijk ongetrouwd was. Ze hebben er alles aan gedaan om mijn zwangerschap voor de wereld verborgen te houden. Toen het kind geboren werd, heb ik het meteen moeten afstaan. Ik heb het niet eens mogen zien en weet alleen dat het een meisje was. Voor mij heeft ze altijd Carolina geheten, maar ik heb natuurlijk geen idee welke naam ze heeft gekregen van haar adoptieouders.'

'Dat is heftig,' stamelt Leo.

Ik knik. Ook bij mij staan de tranen in de ogen.

Met een brok in mijn keel vraag ik: 'Hebt u deze brief geschreven?'

Ze glimlacht triest en schudt haar hoofd.

Op dat moment wordt er op de deur geklopt en steekt een vrouw haar hoofd om de hoek. Het is de collega die in de winkel naar haar horloge wees.

Ze zegt iets in het Portugees tegen Beatriz, die knikt, een kort antwoord geeft en meteen opstaat.

Wij volgen haar voorbeeld.

Zo gauw de vrouw in de deuropening weer weg is, zegt Beatriz: 'Ik weet niet wie die brief heeft geschreven. Maar ik wil wel graag met jullie verder praten.'

'Wij ook met u,' verzeker ik haar direct.

Ze glimlacht blij.

'Eigenlijk wil ik jullie het liefst snel weer zien. Wat dachten jullie van zes uur vanavond, na mijn werk?'

'Prima,' zeg ik.

'Oké, laten we dan afspreken bij het café-restaurant Apolo, aan de andere kant van de Sé-kathedraal. Dat is makkelijk te vinden.'

'We zullen er zijn,' beloof ik.

26

Zodra de twee vrouwen uit Nederland de winkel hebben verlaten, ga ik naar het toilet, waar ik mijn telefoon uit mijn zak haal en het eerste nummer in mijn contactenlijst bel. Het duurt lang, veel te lang, voordat er wordt opgenomen. En ik ben al zo nerveus. Eindelijk zegt een vertrouwde stem: 'Estou?'
 'Ja, met mij. Ik weet van de brief die jij gestuurd hebt.'
 'Welke brief?'
 'De brief naar die vrouw in Nederland.'
 Ze zwijgt.
 'Wat had ik je nou gezegd?' vraag ik geïrriteerd. Ze had kunnen weten hoe belangrijk het voor mij is. Ik weet niet waarom ze dit gedaan heeft, alleen dat het mij beslist niet helpt.
 'Ik had je nog zo gezegd dat dit geheim moest blijven,' houd ik haar voor. 'Dit had nooit naar buiten mogen komen. Nooit!'
 'Dat kan zo zijn, maar ik zie toch hoe je ermee zit. Jij draagt dit als een blok beton met je mee. Dus vond ik het nodig om... Wacht eens, heeft ze contact opgenomen dan?'
 'Ze is hier.'
 'In Funchal?'
 'Ja, ze logeert in het NEXT, samen met een vriendin.'
 'Oei, dat had ik niet voorzien.'
 'Nee, dat zal wel. Ik ga in elk geval met haar praten.'
 'Moet ik erbij zijn?'

'Nee. Maar ik hou je op de hoogte.'
'Oké. Kus.'
'Jaja.'
Ik verbreek de verbinding, stop mijn telefoon weg en zucht.
Eigenlijk weet ik niet of ik nu boos of dankbaar moet zijn.

27

Als we eenmaal buiten zijn en uit het zicht van Estilo Clássico, grijp ik Leo's arm.

'Dit is toch geweldig!'

'Het is in elk geval een resultaat,' antwoordt ze droogjes.

Ik laat haar los en kijk haar onderzoekend aan. 'Ben jij niet enthousiast?'

Leo trekt me mee en gaat met me op een muurtje zitten. 'Kijk, Pien, ik vind het ontzettend gaaf dat we al na een paar dagen iets hebben bereikt. En dat onze flyers gewerkt hebben.'

'Dat kun je wel zeggen! We hebben gewoon de vrouw gevonden die de moeder is van die Carolina Gomes uit de brief!'

Ze glimlacht op die manier waar ik zo'n ongelofelijke hekel aan heb: alsof ik een klein kind ben.

'Wat?' wil ik weten.

'Nou ja, eigenlijk komen er alleen maar vragen bij. Goed, die vrouw is dus de moeder van Carolina Gomes, maar ze zegt zelf al dat die Carolina geadopteerd is en tegenwoordig waarschijnlijk anders heet.'

'Ja, dus?'

'Nou, ik vraag me wel meteen af waarom iemand jouw moeder dan een brief zou schrijven met die naam erin. Beatriz is eigenlijk degene die haar dochtertje zo genoemd heeft en weinig mensen zullen dat weten. En ze zegt zelf dat ze die brief niet geschreven heeft. Dus ik probeer onze verwachtingen over hoeveel we van haar te weten komen wat te temperen.'

'Ze heeft daarnet nou niet echt veel tijd gehad om dingen uit te leggen.'

'Klopt,' zegt Leo rustig. 'Maar het blijft vreemd dat iemand dan een brief met die naam naar jouw moeder stuurt. Ook nog eens met zo'n tekst erbij, dat de waarheid naar buiten moet komen. Kennelijk ging degene die de brief geschreven heeft ervan uit dat jouw moeder daar meer van wist.'

Ik zucht. 'Misschien kan Beatriz ons meer vertellen. We zien haar straks.'

'Ik hoop het. Het gaat alleen opeens zo snel en we hebben alle reden om op onze hoede te zijn.'

'Zo ken ik je niet, Leo. Jij bent altijd de onverschrokkene van ons twee.'

'Ha, *you bet*. Misschien is dit het tegenovergestelde van een vlaag van verstandsverbijstering. Van een afstandje bezien is dit best een drieste actie, deze hele vakantie.'

'Heb je er spijt van?'

'*Hell no!* Ik zou dit avontuur met jou voor geen goud willen missen! En nu we het toch over vakantiegevoel hebben… We hebben nog een middag stuk te slaan voor we Beatriz zien en haar kunnen uithoren. Wat zou je in de tussentijd willen doen?'

'Naar het hotel?' stel ik voor.

Ze schudt resoluut haar hoofd.

'O nee, wij gaan niet in het hotel elke tien minuten naar de klok zitten kijken. We hebben vakantie. Wij gaan nú iets leuks doen.'

'Wat dan?'

'Naar de haven!'

'Naar de haven?'

'Ja, daar is een oud fort, leuke barretjes, misschien kunnen we nog een bootje huren...'

Ik moet even schakelen, maar terwijl Leo opstaat en aanstekelijk verder praat krijg ik wel zin om uit te waaien.

28

Twintig minuten te vroeg komen we bij Apolo aan. Ik trok het gewoon niet meer: ik móést erheen.
Het café ligt aan hetzelfde plein als de kathedraal in het hart van Funchal. Het is er ondanks de toeristische plek aangenaam rustig. We zijn vroeg, voor Portugese begrippen. Binnen is de inrichting licht en modern, met rustiek houten meubilair. De tafels zijn van hele boomstamschijven gemaakt. Aan de muren hangen zwart-witfoto's. Er is geen muziek, maar de verlichting creëert een lichte en uitnodigende sfeer.
'Nice,' vindt Leo.
Dat ben ik met haar eens, maar ik ga toch weer even buiten kijken. De fijne temperatuur, de frisgroene bomen in de straat, de parasols met kleine lampjes op het terras en het uitzicht op de kathedraal maken het buiten nog iets aantrekkelijker. Alleen vlak bij het café zelf zitten een paar andere gasten aan tafeltjes.
'Zullen we toch maar buiten gaan zitten?' vraag ik.
'*Sure*,' antwoordt ze.
Ik kijk haar even van opzij aan. Ze is duidelijk van plan om op geen enkele manier moeilijk te doen.
'Daar?' stel ik voor, wijzend naar een tafeltje dat een beetje verder van de straat staat.
'Helemaal prima.'
Zodra we zitten komt er een man met een imposante snor

en een leren schort naar buiten. Hij begroet ons en vraagt wat we willen drinken.

Voordat Leo kan antwoorden, vraag ik of hij ook koffie heeft.

Natuurlijk heeft hij koffie, '*very good coffee*' zelfs. En daar kan hij van harte de *pastel de nata* bij aanbevelen. Als hij onze niet-begrijpende blikken ziet, legt hij uit dat het om '*traditional Portuguese pastry*' gaat.

'*Two of those, please*,' bestelt Leo meteen. '*Each.*'

Er verschijnt een grote glimlach onder de snor.

'En twee koffie graag,' voeg ik eraan toe.

'Voor mij liever een cappuccino,' zegt Leo.

De *pastéis de nata* zijn verrukkelijk. Ik ontspan een beetje. Leo stelt voor dat we nog een rondje koffie doen.

Ik kijk op mijn telefoon. Het is bijna tien over zes. Meteen voel ik een golf van ongerustheid. Zou ze wel komen? Of laat ze ons zitten? Rustig, Pien, houd ik mezelf voor. We weten waar ze werkt. En ze stelde het toch zelf voor om hier af te spreken?

'Laten we even wachten tot ze er is,' suggereer ik.

'Oké.'

Een paar minuten later zie ik Beatriz uit een van de zijstraatjes komen lopen. Ze heeft haar werkkleding verruild voor een stijlvolle tuniek in een zachtgroene kleur met een subtiel patroon. Daaronder een flatteuze, soepelvallende crèmekleurige broek. Opnieuw heeft ze platte, praktische schoenen aan. Haar haren zijn losjes opgestoken en ze draagt een modieuze, vrij grote handtas.

Leo en ik staan op en begroeten haar hartelijk.

Als we eenmaal zitten, komt de ober met de snor om de bestellingen op te nemen.

Ik kijk Beatriz vragend aan, waarop ze iets in het Portugees tegen de man zegt.

'Papajasap,' verduidelijkt ze tegen ons.
'Doe mij maar ananassap,' bestel ik.
'En ik een Compal,' zegt Leo.
'Wat is dat dan?' vraag ik in het Nederlands.
'Eh, sap van een mix van exotische vruchten.' Ze kijkt naar de man met de snor. 'Sinaasappel, mango, kokos en ananas, toch?'
Hij knikt. 'En passievrucht en perzik.'
'En doe er ook maar wat brood bij.'
'Bolo do caco?'
Beatriz knikt bevestigend. De man knikt terug en gaat naar binnen.
Stil kijken Beatriz en ik elkaar even aan.
'Dat was een heftig verhaal dat je vanochtend vertelde, Beatriz,' zegt Leo. 'Mogen we Beatriz zeggen?'
'Ja, natuurlijk.'
'Maar je was dus op je zestiende al zwanger,' gaat Leo verder.
Beatriz kijkt even om zich heen, constateert dat de weinige gasten op het terras buiten gehoorsafstand zitten en vertelt dan: 'Dat klopt. Ik was stapelgek op mijn vriendje Diogo, die twee jaar ouder was dan ik. Toen ik zwanger werd, heeft hij mijn vader nog om mijn hand gevraagd, maar die wilde er niks van weten.'
'Waarom niet?' vraagt Leo.
Ik kijk haar even verwijtend aan, omdat ik haar nieuwsgierigheid wat ongepast vind.
Maar Beatriz vindt het niet erg, want ze antwoordt: 'Diogo is een Pereira. Zijn vader was een concurrent van mijn vader, want hij had ook een bedrijf in poncha.'
'Heeft hij het later nog een keer geprobeerd?' wil Leo weten. 'Jouw hand vragen?'
Beatriz glimlacht triest. 'Nee, ik mocht hem niet meer

zien. En mijn vader heeft er een persoonlijke zaak van gemaakt om het bedrijf van de Pereira's kapot te concurreren. Op een gegeven moment voelden ze zich gedwongen om naar het vasteland te verhuizen.'

De man met de snor komt met onze drankjes en het typische brood met zoete aardappel dat op Madeira gegeten wordt.

'Heb je naderhand nooit meer contact gehad met Diego?' vraagt Leo, nadat de man weer is vertrokken.

'Diogo,' verbetert Beatriz. 'Nee, door wat er allemaal gebeurde tijdens en na mijn zwangerschap, was dat vrijwel ondenkbaar. En later bleek zijn familie dus ineens van het eiland te zijn vertrokken. Sindsdien heb ik niets meer van hem gehoord.'

Leo en ik zijn allebei onder de indruk van haar verhaal.

Nadat het even stil is geweest en we alle drie een slok van ons drankje hebben genomen, vraag ik: 'Hoe ging dat precies met je zwangerschap? Want je was nog heel erg jong.'

'Dat klopt, ik zat nog op school. Ik weet niet hoe zulke dingen gaan bij jullie in Nederland, maar hier op Madeira is aanzien heel belangrijk voor een familie, net als de kerk. Het zou een grote schande voor mijn ouders zijn als bekend werd dat hun ongetrouwde dochter zwanger was. Daarom haalden ze me van school en stuurden ze me naar mijn oom en tante in Curral das Freiras.'

'Curral das Freiras?' echoot Leo.

'Een dorpje in het midden van het eiland, tussen de bergen,' legt Beatriz uit. 'Echt heel erg afgelegen, zodat niemand erachter zou komen dat ik daar met mijn dikke buik zat.'

Ik voel een vreemde verbondenheid met deze vrouw en haar trieste verhaal. Het liefst zou ik een arm om haar heen slaan.

In plaats daarvan vraag ik: 'Ben je daar ook bevallen?'
Weer die trieste glimlach.
'Ja, alles in afzondering. Er was een gynaecoloog bij, maar verder werd ik in die kliniek verzorgd door zusters. Mijn ouders hadden me laten beloven dat ik het kind zou afstaan. En zelfs als ik die belofte niet gedaan had, was het toch wel gebeurd. Uit wat een van de zusters direct na de geboorte zei, begreep ik dat mijn baby een dochtertje was. Maar ik heb haar zelfs niet mogen zien.'

'Ach nee!' zegt Leo vol medelijden. 'Waarom niet?'

'Omdat ze bang waren dat ik me dan te veel aan haar zou hechten, dat ik haar zou willen houden zodra ik haar gezien had. Mijn vader heeft me vooraf zelfs gewaarschuwd: als ik toch zou proberen om het kind te zien, zou het naar een weeshuis gaan.'

'Wat erg... En waar ging je baby nu heen?' vraagt Leo.

'Naar een adoptiegezin. In Nederland.'

Het is alsof ik een dreun in mijn maag krijg.

'Hoe weet je dat?' weet ik uit te brengen.

'Dat heb ik horen zeggen. Het was niet voor mijn oren bestemd. Echt, verder weet ik niks, alleen dat mijn kind in Nederland zou worden opgevoed. Het is allemaal veertig jaar geleden. Ik heb mijn ouders plechtig moeten beloven dat ik nooit zou proberen om in Nederland navraag te doen naar mijn kind. Ze vonden dat ik het moest laten rusten.'

'Vinden ze dat nog steeds?'

Beatriz kijkt Leo na deze vraag aan met een treurige trek om haar mond. 'Nee, ze zijn ruim een jaar geleden overleden, kort na elkaar. Maar ik ben nooit tegen hun wens ingegaan.'

Weer is het stil en we wijden ons aan de drankjes en de olijven.

'Daarom schrok ik ook toen jij vanochtend kwam en mij

die brief liet zien,' vertelt Beatriz, nadat ze een tijdje voor zich uit heeft zitten kijken. 'Het was alsof er ineens iets groots en belangrijks uit het verleden op mij afkwam. Carolina Gomes.'

'Geboren op 1-2-1984,' vul ik aan. 'En ikzelf op 2-1-1984. Je weet dus echt niet wie die brief gestuurd kan hebben?' probeer ik. 'En waarom die juist aan mijn moeder is verstuurd?'

Ze kijkt me aan met grote trieste ogen.

'Kind, geloof me, als ik het wist, zou ik het je zeggen.'

Dat neem ik direct van haar aan.

29

De man met de snor is al een paar keer komen vragen of we echt niet iets willen eten, wanneer we ons uiteindelijk opmaken om te vertrekken.

Zelf had ik nog wel veel langer willen blijven zitten om met Beatriz te praten, want ik wil nog zoveel dingen vragen. Maar op een gegeven moment kreeg ik het gevoel dat alles gezegd was wat vanavond gezegd zou kunnen worden. En blijkbaar was ik niet de enige, want Beatriz werd zichtbaar ongedurig.

Dus wisselden we telefoonnummers uit en beloofden we om contact te houden.

Beatriz is de eerste die opstaat. Ze schudt ons wat ongemakkelijk de hand, hoewel ik haar zelf liever zou willen omhelzen. Maar dat durf ik niet.

We kijken haar na terwijl ze het pleintje af loopt. Voordat ze een van de zijstraatjes in gaat, draait ze zich nog even om en zwaait naar ons. We zwaaien terug. Dan is ze weg.

Leo en ik blijven staan kijken naar de plek waar ze verdwenen is.

Achter ons klinkt een kuchje. De man met de snor wil weten of we willen afrekenen. Of misschien toch…?

Ik kijk naar Leo, die haar schouders ophaalt en grinnikt.

'Maar dan wel binnen,' zeg ik. 'Want ik heb geen trui meegenomen en als de zon zo helemaal weg is, wordt het fris.'

'Oké.'

We volgen de man het café in, waar hij ons een tafeltje aanwijst, dat hij eerst nog even schoonmaakt met de doek die over zijn schouder hangt.

'Wat wilt u eten?' vraagt hij, als we hebben plaatsgenomen.

'Hebt u een specialiteit van het huis?' informeert Leo.

'*Sim, madame*, de *especialidade da casa* is vandaag de lokale *sopa de tomate e cebola com ovo escalfado*,' meldt hij met flair. 'Typisch Madeirese tomaten-uiensoep met gepocheerd ei en brood.'

'Dat brood dat we net hadden?' vraagt Leo gretig. 'Ja? Doe dat maar, voor twee personen. En twee witte wijn.'

Ik protesteer niet. Allerlei gedachten tuimelen in mijn hoofd over elkaar.

'Wat een verhaal!' zegt Leo als we onze wijn hebben gekregen.

Ik neem een slok en knik.

'Weet je wat ik dacht toen jij dat daarstraks zei, over die geboortedata van Carolina Gomes en jou, die vrijwel precies hetzelfde zijn?' vraagt Leo.

Ik wil het eigenlijk niet weten, maar vraag het toch. 'Wat?'

'Nou, ik zei het al in Nederland, maar het is allemaal wel erg toevallig.'

Omdat ik zwijg, gaat ze verder: 'Ik bedoel: dat deze vrouw een kind heeft moeten afstaan, een meisje van wie ze weet dat die in Nederland is opgevoed.'

Ik blijf onverstoorbaar van mijn wijn drinken.

'En dan zit jouw moeder dus precies in diezelfde periode op Madeira,' vervolgt Leo. 'En als ze terugkomt, bevalt ze van jou. Maar daar zijn verder eigenlijk geen harde gegevens van te vinden. En ze blijkt ook nog eens een aandoening te hebben waardoor ze zeer waarschijnlijk geen kinderen kan krijgen.'

Nu laat ik het rietje los. 'Zonder tegenbewijs is mijn moeder nog steeds mijn biologische moeder, Leo.' Ik wil dat zo graag blijven geloven, maar het verhaal van Beatriz heeft me wel doen twijfelen.

'Sure,' zegt Leo. 'Het is maar een theorie, maar nu we dit gehoord hebben...'

Ik haal diep adem om iets terug te zeggen, maar dan verschijnt de man met de snor weer aan onze tafel met het eten.

De soep en het brood zijn prima, maar ik kan er niet zo intens van genieten als normaal en werk de helft lusteloos naar binnen. Ik blijf nadenken over het verhaal van die arme Beatriz. Ze lijkt me zo'n lieve vrouw, en dat juist zo'n aardig iemand zoveel ellende moet overkomen. Je zult op je zestiende al de liefde van je leven én je kind verliezen. Zoiets is toch onvoorstelbaar! Natuurlijk blijft ook door mijn hoofd spoken wat Leo heeft gezegd: dat het allemaal wel erg toevallig is. Daar heeft ze op zich gelijk in. Maar mijn moeder is en blijft mijn moeder. Geen mens heeft ooit dichter bij me gestaan.

Leo probeert het gesprek steeds op gang te houden, dat heb ik best in de gaten. Zou ik in haar geval ook doen. Maar ik ben gewoon niet in the mood.

Na afloop complimenteren we de ober voor het eten en bied ik mijn excuses aan voor mijn geringe eetlust. Als compensatie geef ik een ruime fooi.

Vanaf het pleintje lopen we zwijgend door de binnenstad. Ineens komt er een grote man in een trainingspak en met een strak om zijn hoofd getrokken hoody op ons af rennen. In het voorbijgaan sist hij naar ons: '*You girls gotta stop this shit! Go home!*' Waarna hij weer verder rent.

Ik vind het verontrustend, maar Leo schiet in de lach.

'*What shit?* Ik mag hier ook gewoon lopen, hoor. Gekken

heb je duidelijk overal. Zou dit de plaatselijke dorpsidioot zijn?'

Zonder iets terug te zeggen kijk ik de breedgeschouderde man na, die een zijstraatje in schiet. Wat bedoelde hij precies? En was het voor ons specifiek bedoeld, of is het iemand die een hekel aan toeristen heeft?

Eenmaal terug in het hotel wil Leo nog even naar haar Cristiano bij de rooftopbar. Deze keer probeert ze me niet met haar gebruikelijke enthousiasme over te halen mee te gaan. Omdat ik de hele tijd zo stil ben geweest, vindt ze het zichtbaar niet erg dat ik zelf meteen terugkeer naar onze hotelkamer. Ze omhelst me. 'Lieve schat, weet je zeker dat ik niet mee moet? Ik wil er voor je zijn, dat weet je, hè?'

'Nee, hoeft echt niet.' Meer hoef ik niet te zeggen. Ze knikt en geeft me de ruimte waar ik eerder deze vakantie om gevraagd heb.

Nu ik alleen op de kamer ben, ga ik voor de spiegel in de badkamer staan. Ik leun naar voren en bekijk mijn gezicht onderzoekend. Heb ik de ogen en de gelaatstrekken van mijn moeder of van Beatriz? Ik herken iets van allebei, maar durf geen conclusies te trekken.

Ik vraag het nu liever niet aan Leo. Misschien komt het omdat ik bang ben voor haar antwoord.

30

Die nacht slaap ik slecht. Ik droom van mijn moeder: we zijn samen op Madeira en komen Beatriz tegen, wat tot een grote ruzie leidt. Ik word zwetend wakker. Daarna lukt het alleen nog maar om oppervlakkig te slapen, met heftige dromen die ik meteen weer vergeten ben als ik eruit ontwaak, maar die me wel een heel onrustig en gejaagd gevoel geven. Het duurt tot tegen de ochtend voordat ik weer wat dieper in slaap val.

Als Leo me wekt, voel ik me gebroken. Ze is al aangekleed.

'Je was zo ver weg dat ik je nog maar even heb laten liggen,' vertelt ze. 'Zullen we zo gaan ontbijten?'

Meteen zit ik rechtop in m'n bed.

'Nee, ik wil eerst contact opnemen met Beatriz.'

Resoluut pak ik m'n telefoon en stuur haar een bericht: *Kunnen we even bellen?*

Het is kwart over acht, zie ik. Hopelijk vindt Beatriz het niet erg dat ik zo vroeg al app, maar ik wil beslist niet wachten totdat ze naar haar werk in de winkel moet.

Het antwoord komt vrijwel direct. *Over een kwartier.*

Ik spring uit bed, neem een korte douche en trek snel wat kleren aan.

Als ik weer onze kamer in kom, zet Leo net een mok naast mijn telefoon op het nachtkastje.

'Ik heb alvast thee gemaakt.'

Die mededeling is eigenlijk overbodig, maar ik bedank haar en kijk snel hoe laat het is. Vijf voor halfnegen.

De thee is heet, maar ik heb de mok toch al halfleeg als mijn ringtone klinkt.

Leo heeft inmiddels een tafeltje tussen onze twee bedden in gezet. Zodra ik heb opgenomen, leg ik mijn telefoon erop, met het volume op het maximum.

'*Hi Beatriz, you're on speaker phone. Leonor is here too.*'

'Hi Leonor,' groet ze.

'Hi Beatriz, goed om je te horen. Dat was een intens gesprek gisteren. Pien was helemaal van slag.'

Beatriz lacht.

'Nou, ik ook, mag ik wel zeggen. Ik heb er nog lang over nagedacht toen ik eenmaal thuis was.'

'*Same here*,' beken ik. 'Ik blijf me maar afvragen wat mijn moeder te maken kan hebben met jouw verdwenen dochter. En waarom iemand haar die brief heeft gestuurd.'

'Ik heb net zulke vragen,' vertelt Beatriz. 'Daar heb ik inmiddels ook meer over nagedacht. Ik heb mijn ouders ooit plechtig beloofd om nooit te proberen te achterhalen waar mijn dochtertje terecht is gekomen. Maar mijn ouders zijn overleden en het verleden laat zich niet wegduwen, en als je dat wel probeert, komt het altijd weer krachtiger terug.'

'Tot je er niet meer omheen kunt,' vul ik aan.

'Precies! Omdat het alles te maken heeft met wie je geweest bent, wie je nu bent en met wie je wilt zijn. En als ik eerlijk ben, verwijt ik mezelf dat ik nooit een echte moeder ben geweest voor Carolina. Dat ik haar eigenlijk in de steek heb gelaten. Dat ik haar iets onthouden heb.'

'En dus wil je nu toch contact met haar zoeken,' begrijpt Leo.

'*Exatamente!* Of in elk geval het verleden blootleggen. Dat ben ik mezelf en mijn kind verplicht.'

'Dat willen wij dus ook,' zeg ik. 'Voor mijn moeder en voor mijzelf. Daarom zijn Leo en ik naar Madeira gekomen. En daarom willen wij deze zoektocht graag samen met jou voortzetten.'

'Ik ben blij dat jullie willen helpen. En daar wil ik graag mee instemmen. Op één voorwaarde: dat we dit voorzichtig en respectvol doen. Dat klinkt misschien raar, maar het heeft me al sinds de geboorte van Carolina ontzettend veel moeite gekost om mezelf ervan te weerhouden naar haar op zoek te gaan. Ik wilde haar gewoon zien, het was een soort oerdrift. Maar ik had mijn ouders beloofd om dat niet te proberen. En ik was zestien, wat voor moeder zou ik zijn geweest voor zo'n kind? Mijn dochter heeft in Nederland waarschijnlijk een heel wat beter leven gekregen dan ik haar ooit had kunnen geven! Maar ik wil het graag zorgvuldig doen. Want ik weet niet of ze mij...' Ze valt even stil. 'Mochten we haar vinden, dan wil ik haar niet wegjagen.'

Leo en ik beloven dat we de gevraagde voorzichtigheid zullen respecteren bij het onderzoek.

'Natuurlijk heb ik er al over nagedacht waar ik antwoorden zou kunnen vinden,' vervolgt Beatriz. 'En dan kom ik als vanzelf terug bij Curral das Freiras: daar ben ik destijds ondergebracht bij mijn oom en tante. Daar heeft de kerk geholpen bij het vinden van geschikte ouders voor Carolina. Daar hebben de zusters uiteindelijk geassisteerd bij mijn bevalling. Als mijn vragen ergens beantwoord kunnen worden, dan is het daar wel.'

'Dus we gaan naar Curral das Freiras,' antwoord ik vastbesloten. 'Wanneer?'

'Vandaag moet ik werken, maar morgen is het zaterdag, dan ben ik vrij. Komt dat jullie uit?'

'Natuurlijk!' zeggen Leo en ik tegelijkertijd.

'Ik regel een auto. Jullie zitten in het NEXT, hè? Dan sta ik morgenochtend om halftien bij jullie voor de deur. Goed?'

'Prima!' zeg ik.

'Hoe ver is het?' wil Leo weten.

'Ruim een halfuur rijden door de bergen.'

'Redden we alles wat we willen doen in één dag?' vraag ik.

'Ik ken wel een geschikt hotel, zouden we willen blijven overnachten. Neem voor de zekerheid maar wat spullen mee. Vandaag bel ik mijn tante om te zien of ik haar kan spreken over vroeger. En dan zie ik jullie morgenochtend.'

'Bedankt, Beatriz, tot morgen,' groet ik.

'Bye!' roept Leo.

'Jeetje, alles komt ineens wel in een stroomversnelling,' zeg ik als ik heb opgehangen.

'Bij mij ook. Ik heb zo langzamerhand namelijk echt ontzettende trek.' Leo trekt een grimas. 'Ik wil nú ontbijten!'

Ongewild moet ik toch weer om haar lachen. Ze beent stevig weg en begint alweer plannen voor vandaag te maken.

'Weet je wat we ab-so-luut nog moeten doen deze vakantie? Met dolfijnen zwemmen! Dat lijkt me zo gaaf! Ik zag het toen we in de haven waren. En nu hebben we de kans.'

'Met dolfijnen zwemmen?' vraag ik verbaasd. 'Ik dacht dat je ze alleen kon spotten vanaf de boot.'

'Dat kan ook, maar er zijn ook tours waarbij je het water in kunt! Kom op, Pien, dat moet echt onvergetelijk zijn.'

Ik weet niet of ik dat zou durven, maar een paar uur op een boot in de hoop dat we dolfijnen zien lijkt me een goede afleiding.

31

De volgende ochtend sta ik al om kwart over negen buiten het hotel met onze tassen. Leo verklaart me voor gek en is nog even een kop koffie gaan drinken in de ontbijtzaal.

Om iets over halftien, twee minuten nadat Leo zich weer bij me heeft gevoegd, komt Beatriz voorrijden in een blauwe SUV. Een Volvo, zie ik in de gauwigheid.

Ze stapt uit, begroet ons en helpt mee om onze tassen achterin te zetten.

'Ik heb toch een hotel geboekt. Mijn tante kan ons morgen ontvangen en dat geeft ons iets meer ruimte om er rond te lopen. Het is dus een rit van iets langer dan een halfuur, maar wel door de bergen,' kondigt ze aan. Ze kijkt een beetje ongemakkelijk en geeft dan schoorvoetend toe: 'Daar kom ik niet vaak en als ik eerlijk ben, rij ik ook niet vaak zelf.'

'Zal ik rijden?' bied ik aan. 'Ik heb wel vaker in de bergen gereden, als ik met mijn moeder op wintersport ging.'

'Prima, als je dat wilt.'

Ik houd mijn hand op, waarna ze me verbaasd aankijkt.

'De contactsleutel,' verduidelijk ik.

Ze grinnikt.

'Hij is *keyless*, hoor. Ik heb wel een sleutel, maar die zit in mijn tas,' legt Beatriz uit. 'Zolang die sleutel in de auto is, kun je gewoon met de knop starten. En het is een automaat, geen probleem, toch?'

Het is geen probleem.

We stappen in. Beatriz komt naast mij zitten, Leo gaat achterin.

Het duurt heel even om gewend te raken aan het dashboard en de bediening, maar daarna rijd ik zonder problemen weg.

De sfeer is opgewekt. We rijden Funchal uit en Beatriz vertelt me steeds ruim van tevoren welke richting ik moet aanhouden. Al snel slingert onze weg zich door het weelderige, bergachtige landschap van Madeira. Elke bocht onthult een nieuw, adembenemend uitzicht. De diepe valleien zijn bezaaid met bloemen, die kleurrijk afsteken tegen het rijke groen van de laurierbossen. Daarachter verheffen de bergtoppen zich hoog boven ons, gehuld in mistflarden.

De zon komt net boven de bergkammen uit, waardoor het landschap baadt in een zachte, gouden gloed. De lucht die door onze halfopen raampjes naar binnen komt is fris met een vleugje zeezout, vermengd met de aardse geuren van de bossen. Het is van een adembenemende schoonheid.

Op weg naar een bergovergang moeten we een serie haarspeldbochten nemen. Ik ben nu wel blij met die automaat. Hij heeft zelfs een stand voor bergachtig terrein. Maar al bij de eerste bocht komt er een zwarte auto vlak achter ons rijden, hinderlijk dicht op onze bumper. Ik minder vaart en geef de auto na een bocht de ruimte om ons te passeren, maar hij blijft vlak achter me rijden.

'Wat is er?' vraagt Beatriz, die in de gaten krijgt dat ik nerveus ben.

Ik kijk in mijn spiegels.

'Die gast achter ons zit wel heel dicht op mijn bumper.'

'Laat hem maar even passeren dan.'

'Heb ik net geprobeerd.'
Toch minder ik weer vaart.

De zwarte auto maakt geen aanstalten om ons voorbij te rijden. De chauffeur heeft diens zonneklep naar beneden gedaan, waardoor ik diens gezicht niet kan zien.

We komen steeds hoger op de berg. Bij de volgende haarspeldbocht wordt de weg aanzienlijk krapper. Tussen ons en een akelig diepe afgrond aan onze rechterkant staat alleen een kleine, halfhoge metalen reling. Een beetje huiverig blijf ik daar ruim vandaan. Het is niet zo dat ik hoogtevrees heb, maar bij zo'n steil aflopend ravijn voel ik me toch behoorlijk ongemakkelijk.

'Jemig!' zegt Leo, die een stukje uit het raam hangt om naar beneden te kijken. 'Dat is echt de kortste route naar het dal. Laten we die maar niet nemen, Pien!'

Juist op dat moment geeft de auto achter ons gas. Hij scheurt rakelings langs ons heen, gaat dan scherp naar rechts en snijdt ons af.

Alles lijkt in slow motion te gebeuren. Ik trap vol op de rem, terwijl ik automatisch naar rechts stuur om de zwarte auto niet te raken. Die rijdt intussen met volle snelheid bij ons vandaan.

Met piepende banden komt onze auto tot stilstand, maar door de vaart schuiven we nog wel door. Een hartverscheurende seconde lang denk ik dat we het ravijn in glijden. Onze rechtervoorkant raakt de reling, maar gaat er niet doorheen.

Ik zit verstijfd achter het stuur.

Naast mij stamelt Beatriz: '*Meu Deus!*'

Adrenaline pompt door mijn aderen. Eventjes blijven we alle drie stilzitten, onze ademhaling snel en oppervlakkig. Buiten klinkt het zachte ruisen van de wind en het vrolijke gezang van vogels, alsof er niets gebeurd is.

De zwarte auto, die ons bijna van de weg heeft geduwd, verdwijnt achter de volgende bocht en is algauw nergens meer te bekennen.

'Heeft iemand het kenteken van die idioot gezien?' vraagt Leo.

Ik moet bekennen dat ik er niet op heb gelet.

Beatriz weet het ook niet precies: 'Een gewoon Portugees nummerbord, iets met XD, geloof ik.'

We kijken elkaar aan, met grote ogen van de schrik.

'Wat een gek! Wie doet nou zoiets?!' barst Leo uit.

'Ik woon hier al mijn hele leven, maar dit heb ik nog nooit meegemaakt,' zegt Beatriz beduusd.

'Het scheelde niet veel,' zegt Leo opgelucht, terwijl ze haar hoofd weer uit het raam steekt. 'Moet je kijken, Pien, hoe dicht je bij die afgrond gekomen bent!'

Bij die gedachte alleen al voel ik me misselijk.

'Heb je wat water voor me?' vraag ik in het Nederlands.

Leo geeft me een flesje uit haar tas.

Na een paar slokken voel ik me een stuk beter.

'Wil je blijven rijden?' vraagt Beatriz.

Ik knik en start de auto weer. Uiterst voorzichtig stuur ik weg bij de reling, die ik er bij nader inzien eigenlijk best fragiel uit vind zien.

'Meu Deus,' fluistert Beatriz nog een keer. Het klinkt als een gebed.

Van de shock zit ik nog te trillen. Om dat niet aan de anderen te laten zien, knijp ik zo hard in het stuur dat mijn knokkels wit worden.

Nadat het een tijdje stil is geweest en ik al bijna weer in hetzelfde tempo durf te rijden als eerst, vertelt Beatriz: 'Ik zag ineens mijn hele leven aan me voorbijgaan, in een flits. Kun je dat geloven? Je leest weleens dat mensen zoiets zien als er iets ergs gebeurt, maar zelf heb ik het nog nooit meegemaakt. Het leek me altijd wat onwerkelijk. Maar echt, ik dacht dat we ons einde tegemoetgingen.'

'Hoe was dat, om je leven in een flits aan je voorbij te zien trekken?' vraagt Leo.

Beatriz lacht vreugdeloos.

'Confronterend. Moeilijk. Pijnlijk, zelfs.' Ze zwijgt een tijdje en vervolgt dan: 'Luister, ik heb jullie dit nog niet verteld, maar ik ben later toch nog getrouwd, een paar jaar na mijn zwangerschap. Met Luis. Luis Gonçalves. Een lieve man, van wie ik helaas te vroeg afscheid heb moeten nemen door die rotziekte.'

'Hoe lang geleden?' informeert Leo zacht.

'Vier jaar in juni,' antwoordt Beatriz, zonder om te kijken. 'En we hebben een dochter, Olivia. Zij werd tien jaar na mijn eerste zwangerschap geboren. Dat vertel ik jullie, omdat ik zojuist ineens bedacht: als er iets met mij gebeurt, heeft Olivia geen ouders meer. Terwijl ze zwanger is.'

'Zwanger?' echo ik. 'O, wat leuk, dan word je dus oma!'

Beatriz knikt.

'Maar als ik nu in dat ravijn had gelegen, zou ik mijn kleinkind nooit te zien hebben gekregen. Dat zette me wel aan het denken. En daarom wil ik ook dat jullie dit weten.'

Weer is ze een tijdje stil. Dan zucht ze.

'Weet je, na de dood van mijn ouders ben ik steeds meer gaan nadenken over het kind dat ik heb afgestaan, en dat dus hun kleindochter was. En de halfzus van Olivia, van wie ze helemaal niks weet. Die gedachte benauwt me steeds meer.'

'Als je nu dan toch zo open bent, kun je het ook wel vertellen: heb je daarom die brief geschreven?' vraagt Leo, terwijl ze tussen onze stoelen door vooroverleunt.

Beatriz schrikt op.

'Wat? Nee! Ik heb die brief helemaal niet geschreven. Hoe kom je daarbij?'

Via de achteruitkijkspiegel werp ik een woedende blik op Leo.

Maar die blijft daar vrij nuchter onder.

'Gewoon. Als ik in jouw schoenen had gestaan, Beatriz, zou ik misschien ook wel zo'n brief gestuurd hebben.'

Beatriz draait haar hoofd van ons weg en kijkt uit het raam. 'Nee, dat heb ik niet gedaan.'

'En als dat wel zo was, waarom zou je die brief dan aan mijn moeder gestuurd hebben?' werp ik in het midden.

Daar heeft geen van ons een antwoord op.

32

'Wat ben ik hier een tijd niet meer geweest,' verzucht Beatriz als we uiteindelijk Curral das Freiras binnenrijden.
Ik kijk naar het klokje op het dashboard. We hebben er al met al bijna een uur over gedaan.
'Het is wel erg mooi,' merkt Leo op.
Ze heeft gelijk. Het afgelegen dorpje heeft de dramatische schoonheid die bergachtige gebieden zo kenmerkt: de groene berghellingen en de ruige hoge bergtoppen vormen een majestueus decor. Curral das Freiras zelf ligt in een diepe vallei, wat het plaatsje nog meer afgelegen en geïsoleerd doet lijken.
In de kleine buitenwijk staan vooral moderne huizen en gerenoveerde boerderijen. Het grootste deel van de huizen in het oude deel van het dorp is gebouwd in traditionele stijl: witte huisjes met rode daken. Sommige oudere huizen hebben nog steeds stenen gevels. De straten zijn smal en kronkelend, aangepast aan het bergachtige terrein.
Beatriz wijst me de weg naar het midden in het dorp gelegen Aparthotel, dat Valley of Nuns Holiday Apartments blijkt te heten. Ik parkeer de auto op de parkeerplaats bij het hotel en we stappen uit.
'De vallei van de nonnen?' vraag ik terwijl we onze tassen uit de auto pakken.
'Ja, deze plaats is een toevluchtsoord voor nonnen geworden. De route, of delen ervan, die ze gelopen moeten heb-

ben vanuit Funchal bestaat nog steeds als wandeling,' legt Beatriz uit terwijl we naar binnen lopen. Bij de balie meldt Beatriz haar reservering. De jonge vrouw die haar te woord staat, controleert de gegevens op haar laptop en overhandigt haar een paar sleutelkaarten.

Als ik zie dat Beatriz meteen haar creditcard tevoorschijn haalt om te betalen, schiet ik naar voren. 'Hé Beatriz, dat is niet de bedoeling. Wij betalen mee.'

Met een beslist gebaar steekt ze haar hand op. 'Geen sprake van, Pien. Jullie zijn hier als mijn gasten.'

'Dat is toch nergens voor nodig,' begint Leo.

Maar Beatriz schudt haar hoofd en is onvermurwbaar. 'Mijn uitnodiging. Ik betaal. Einde discussie.'

'Dan betalen wij de maaltijden wel,' zegt Leo zacht in het Nederlands.

Het is alsof Beatriz dat toch verstaan heeft, want ze zegt prompt: 'Ze hebben hier helaas geen restaurant bij het complex, elk appartement heeft een eigen keukentje, maar ik neem jullie graag mee uit eten en de kosten neem ik voor mijn rekening. Het is geen luxehotel helaas, maar de centrale ligging is perfect.'

Voordat we iets kunnen terugzeggen, pakt ze haar tas op en meldt opgewekt: 'Nu gaan we naar onze kamers.'

Een beetje beduusd volgen we haar.

Onze kamers blijken op de eerste verdieping te liggen, naast elkaar.

Beatriz geeft mij twee sleutelkaarten en wijst op de rechterkamer.

'Die zijn voor jullie kamer. Ik stel voor dat we ons even gaan opfrissen en elkaar dan over een halfuur beneden treffen, dan kunnen we naar een café of restaurant. Het is allemaal heel dichtbij.'

'Oké.'

Dan verdwijnt ze in haar appartement.

Onze kamer is licht en prettig. We hebben inderdaad een eigen keuken, een badkamer, allebei een groot bed en er is een zitje bij de balkondeuren.

Leo gaat meteen het balkon op.

'Wauw!' Ze gebaart naar het uitzicht op het dorp en de omliggende bergen.

'Echt mooi,' beaam ik.

Samen staan we een tijdje te kijken.

'Weet je wat ik dacht?' vraagt Leo ineens.

Ze kijkt me even aan, maar richt haar blik dan weer op de bergen.

'Toen die zwarte auto zo hard langs ons reed, moest ik ineens denken aan die auto die ons van de weg reed toen we bij de vrouw van die gynaecoloog geweest waren. Die was ook zwart.'

'Denk je dat het hetzelfde merk was?'

'Weet ik niet. Let ik eigenlijk nooit zo op.'

'Ik ook niet,' geef ik toe. 'Maar denk je echt dat het dezelfde auto was?'

'Ik weet het niet, Pien.' Nu kijkt ze me wel aan. 'Maar het zit me niet lekker: twee keer gelazer met zo'n zwarte auto. En dan de inbraak in onze hotelkamer, waarbij alleen maar jouw onderzoeksmateriaal gestolen wordt. Ik weet dat ik er eerder wat luchtiger over deed en vastberadener werd om juist door te gaan met ons onderzoek, maar ik voel me er niet prettig bij.'

'Ik heb dat sinds die inbraak heel sterk. En ik ga van steeds meer dingen denken dat het obstructie was. Dat die posters na één dag al waren weggehaald, bijvoorbeeld. En dan die vent met die hoody die langs ons rende.' Ik denk na en zeg dan: 'Maar welk belang heeft die persoon – of personen – erbij dat wij ermee ophouden?'

'Daar staat dan weer tegenover dat als we niet door waren gegaan, we Beatriz niet hadden gevonden. En misschien gaat het met haar hulp wel een stuk sneller nu.'
'Moeten we dit aan Beatriz vertellen? Misschien heeft zij een vermoeden?'
'Ik weet niet of dat slim is. Zij beweert ook dat ze niet weet wie die brief naar je moeder heeft gestuurd en misschien wordt ze zo bang als we dit vertellen dat ze ons niet meer wil helpen. Dat zou pas echt zuur zijn. Laten we maar uitpakken. We moeten zo alweer naar beneden.'
'Ja, ik denk dat je gelijk hebt. Eerst kijken hoe ver we samen met haar komen. Maar het kan geen kwaad wat alerter te zijn.'
We gaan weer naar binnen. Na twintig minuten hebben we de kasten met onze spullen ingeruimd en onszelf opgefrist.
'Laten we maar gewoon naar beneden gaan,' stel ik voor.
'Yes, ik ben wel toe aan een drankje,' verzucht Leo.

33

Terwijl we beneden staan te wachten begin ik tegen Leo nog een keer over de kosten die Beatriz volledig voor haar rekening wil nemen. 'Het lijkt me slim als wij onze bestellingen een beetje bescheiden houden. Ik vind het niet zo leuk dat zij ons niet wil laten meebetalen, alsof we van haar profiteren.'

Leo kijkt me veelbetekenend aan en trekt haar wenkbrauwen even op als ze zegt: 'Kijk, ik laat me graag trakteren als mensen daar gelukkig van worden...'

Ik wil meteen reageren, maar ze geeft me geen kans: 'Maar ik ben het met je eens. Laten we het niet te gek maken. Ik zat wel te denken dat zij hier natuurlijk ook iets uit wil halen na al die jaren. Voor ons betalen, als dank, is misschien wel haar manier om ermee om te gaan. Ik hoop wel dat ze snel komt, ik heb intussen behoorlijke trek nu we een beetje van de schrik zijn bekomen.'

Ze is nog niet uitgesproken of Beatriz komt eraan. Ze neemt ons mee naar een restaurant verderop in de straat. Het terras is op de eerste verdieping en heeft een fantastisch uitzicht.

'Wauw. Zullen we buiten gaan zitten?' zegt Leo, terwijl ze al doorloopt naar het terras.

Zodra we zitten, zegt Beatriz: 'Ik heb in het hotel al op de site van het restaurant gekeken. Ze hebben hier allemaal lokale gerechten, die ik jullie zeer kan aanbevelen.'

'Zoals?' vraagt Leo.

'De *sopa de trigo* ken ik nog uit de tijd dat ik hier bij mijn oom en tante woonde: dat is een stevige tarwesoep met groenten uit de streek, bonen en wat vlees. En daarbij dan *sandes de carne vinha d'alhos*: dat zijn, zeg maar, broodjes met heerlijk bereid varkensvlees. Echt lekker.'

Wij laten ons graag verrassen, dus wenkt ze de ober.

De jongen noteert onze bestelling en informeert wat we daarbij willen drinken.

'Zijn jullie al toe aan wijn?' vraagt Beatriz.

Leo is altijd toe aan wijn, maar ik vind het nog wat vroeg, dus houd ik het bij passievruchtensap.

Beatriz wisselt een paar woorden in het Portugees met de jonge ober, die gedienstig knikt en weggaat.

'Ze hebben hier een prima landwijn, zag ik,' zegt Beatriz tegen Leo. 'Dus ik heb de vrijheid genomen die te kiezen.'

Leo verzekert haar dat ze daar geen enkel probleem mee heeft.

De drankjes arriveren. Leo proeft en prijst de wijn.

In de stilte die daarop volgt, vraag ik aan Beatriz: 'Wat gaan we hier vandaag en morgen precies doen? In elk geval op bezoek bij je oom en tante, neem ik aan?'

Er verschijnt een zachte glimlach op Beatriz' gezicht.

'Mijn oom is helaas al een tijdje dood. Eerlijk gezegd voel ik me nogal schuldig tegenover mijn tante: ze is na zijn dood in een soort bejaardenflat getrokken, aan de rand van het dorp. En al die tijd ben ik niet bij haar langs geweest. Ook niet toen ruim een jaar geleden mijn moeder overleed. Terwijl zij haar enige zus was, dus dat moet voor haar net zo moeilijk zijn geweest als voor mij.'

Ze bijt op haar lip.

'Heb je helemaal geen contact meer met haar gehad?' vraag ik, terwijl ik een hand op haar arm leg.

'Jawel. Een beetje. Heel soms telefonisch, maar dat werd steeds minder. Ik heb wel gezorgd dat ze de begrafenis van mijn moeder kon bijwonen. Daarna heeft ze me nog één keer gebeld, maar zelf vind ik het moeilijk om haar te bellen. Ik heb me er nooit meer toe kunnen zetten om naar Curral das Freiras te gaan en het schuldgevoel daarover maakt het ook lastiger om op een andere manier contact te houden.'

'Zij had toch ook naar jou kunnen komen?' suggereert Leo.

'*Tia* Ana?' Ze lacht schor. 'Nee, daar is ze echt te oud voor. En ook nog eens slecht ter been. Het was een hele toer voor haar, die begrafenis.'

Ik knijp even in haar arm.

'Verwijt ze het jou dat je zo lang niet bij haar langs bent gekomen?'

Weer die droevige glimlach.

'Ach nee, Tia Ana is zo'n lieve vrouw. Die zal me nooit iets verwijten. Ik heb haar ook nooit een onaardig woord tegen of over *Tio* Arnoldo horen zeggen, terwijl die man toch echt niet makkelijk was. Maar goed, ik heb haar gisteravond dus wel gebeld. Daar was ze erg blij om. Morgenmiddag om twee uur verwacht ze ons.'

'O, ze weet dat wij meekomen?' vraagt Leo verrast.

'Ja. Ik heb haar verteld waarom jullie op het eiland zijn. En dat ik haar veel vragen wil stellen. Dat begreep ze.'

'Wat fijn. En lief van haar. Het moet voor haar ook niet makkelijk zijn,' zeg ik.

Het is een pak van mijn hart, want ik hield eigenlijk rekening met de mogelijkheid dat we de oude vrouw een beetje zouden overvallen. Wie weet zou ze helemaal niet zitten te wachten op twee bezoekers uit Nederland. Of dat Beatriz zich zou bedenken en toch liever alleen zou willen gaan.

'En wat gaan we dan in de tussentijd doen?' wil Leo weten. 'Je kunt hier geweldig wandelen, volgens mij. Aan het uitzicht te zien moet dat spectaculair zijn.'

Beatriz wacht even met antwoorden tot de ober een dienblad met kommen soep en vervolgens borden met goedgevulde broodjes en wat salade heeft uitgeserveerd.

'Vanmiddag wil ik graag een rondje door het dorp maken. Noem het maar een trip down memory lane. Ik kan jullie ook rondleiden. Vanavond kunnen we samen eten, dacht ik, maar ik ga in elk geval bijtijds naar bed. En morgenochtend naar de kerk. Voel je vrij om met me mee te gaan of zelf iets te gaan ondernemen. Ik ga ervan uit dat we in elk geval samen naar Tia Ana gaan. En dan morgenavond weer naar Funchal, want maandag moet ik weer werken.'

Leo en ik kijken elkaar aan.

'Vanzelfsprekend gaan we met je mee naar je tante,' zeg ik. 'Maar misschien slaan we de kerk morgenochtend over,' zeg ik verontschuldigend. 'Toch, Leo?'

'Ja, dat is eerlijk gezegd niets voor mij. Dan kunnen Pien en ik de omgeving nog verder gaan bekijken. Ik ben wel in voor een stevige wandeling.'

'Precies,' stem ik in. 'En vanmiddag willen wij graag met jou mee om het dorp te zien en meer over jouw verleden te horen.'

'Dat vind ik fijn,' zegt Beatriz warm. 'Eet smakelijk.'

34

Beatriz leidt ons rond in het dorp. 'Er is hier in veertig jaar tijd veel veranderd,' zegt ze terwijl ze zich naar ons omdraait. 'Kijk, die lantaarnpalen bijvoorbeeld: dat zijn er inmiddels minstens twee keer zoveel als toen. En bewakingscamera's had je toen nog helemaal niet natuurlijk.' Hier en daar wijst ze op nieuwe gebouwen of gerenoveerde huizen.

Bij het passeren van een paar winkeltjes zegt ze: 'Dit is allemaal echt voor toeristen: lokale producten en souvenirs. In de jaren tachtig hoefde niemand zulke prullaria te hebben. En lokale producten kochten de mensen wel op de markt.'

De kronkelende straatjes van het dorp stijgen en dalen. De weg naar het kerkplein gaat zelfs vrij stevig omhoog. Voor de kerk, het centrale punt in het dorp, blijft Beatriz staan, om vol eerbied naar boven te kijken. De klokkentoren rijst hoog uit boven de rest van het dorp. Toen we vanochtend kwamen aanrijden, was die toren het eerste wat we van Curral das Freiras zagen. De kerk heeft een eenvoudige maar serene uitstraling met subtiele stenen accenten rond de ramen. De grote houten deuren van de hoofdingang hebben fraai houtsnijwerk.

Beatriz glimlacht. 'Zo'n kerk is toch altijd een toonbeeld van rust en stabiliteit in deze snel veranderende tijden. Een soort baken waar mensen houvast bij vinden.'

'Ben je hier zelf vaak geweest?' vraag ik.

Ze knikt, zonder me aan te kijken.

'Heel vaak. Sowieso elke zondag, maar in die periode wel vaker. Ik heb toen ook veel met de pastoor gepraat, en vooral ook met een jonge kapelaan, die er altijd voor me was als ik hem nodig had. Later is hij zelf pastoor geworden in een ander dorp, heeft Tia Ana me eens verteld.'

'Ben je nog steeds zo religieus?'

Met verbazing kijk ik naar Leo. Zulke vragen zou ik echt nooit durven stellen. En ook niet willen stellen. Het is alsof ze Beatriz verzoekt om een kijkje in haar ziel te nemen.

Maar Beatriz heeft er blijkbaar geen moeite mee.

'Minder dan toen, maar religie is altijd wel erg belangrijk geweest in onze familie. In elk geval in ons gezin dan, want Tio Arnoldo had niet veel op met het geloof. Dat had iets met zijn jeugd te maken, denk ik, maar daar praatte hij nooit over. Een tijdlang heb ik er zelf wel een haat-liefdeverhouding mee gehad. Ik vond er troost en steun, en tegelijkertijd was het juist dat geloof van mijn vader waardoor mijn zwangerschap voor het huwelijk zo veroordeeld werd.'

'Dat moet heel moeilijk voor je zijn geweest,' zeg ik begripvol. We passeren nu de zijkant van de kerk, met gebrandschilderde ramen. Het terrein van de kerk is hier van de stoep gescheiden door een laag bakstenen muurtje. Het grasveld aan de andere kant wordt steeds breder en loopt uit in het kerkhof, achter de kerk.

Beatriz blijft even staan. 'Dit kerkhof zal inmiddels wel vol zijn. Dat zie je in al die oude dorpjes: op een gegeven moment is er gewoon geen ruimte meer voor nieuwe graven. Dan beginnen ze meestal met een volgend kerkhof, buiten de dorpsgrenzen. Maar mijn oom ligt hier nog, die heeft hier een familiegraf, waar mijn tante ook komt te liggen.'

'Wil je er even heen, naar dat graf?' vraag ik.

'Nee, dat hoeft niet. Ik ben toen natuurlijk wel naar zijn begrafenis geweest, maar ik zou nu niet meer weten waar hij precies ligt.'
We lopen verder.
Een paar straten verder blijft Beatriz staan voor een robuust bakstenen gebouw. Boven de ingang hangt een groot bord met de tekst CENTRO COMUNITÁRIO VALE DAS FREIRAS.
'Wat is dit?' wil Leo weten.
'Dit is het gemeenschapscentrum,' antwoordt Beatriz.
We zien dat er mensen het gebouw in en uit lopen. Door de openstaande deuren is een grote hal te zien, functioneel ingericht en met heldere kleuren.
Omdat Beatriz geen aanstalten lijkt te maken om door te lopen, vraag ik: 'Ben jij hier vroeger ook geweest?'
'Ja, maar toen was het nog geen gemeenschapscentrum.'
'Wat was het dan?' dring ik aan.
'Dit was de kliniek waar ik ben bevallen.'
Ik wissel een snelle blik met Leo.
'Hier heb ik mijn kind gebaard,' vertelt Beatriz met hese stem. 'De gynaecoloog was gekomen en liet zich assisteren door twee zusters.'
'Verpleegkundigen?' vraagt Leo.
'Nee, echte nonnen.'
Daar kijk ik van op.
'Zat hier nog een klooster dan?'
Ze schudt haar hoofd.
'Nee, allang niet meer. Die nonnen waren met de arts meegekomen uit Funchal. Zij hebben ook mijn kindje meegenomen, mijn meisje.'
Beatriz zucht diep.
'Zelf vind ik het onvoorstelbaar dat het alweer veertig jaar geleden is. Ik weet nog precies...'

Ze valt stil. Ik wil een arm om haar heen leggen, maar ze loopt ineens verder.

'Ik laat jullie het oude huis van mijn oom en tante zien.'

We volgen haar zwijgend. Nog geen twee minuten later komen we aan bij een oud stenen huis in een smal, bochtig straatje. Het staat op een helling en is dus schuin gebouwd, van voren veel dieper dan aan de achterkant. Zoals zoveel huizen in Curral das Freiras is het witgekalkt en heeft het rode dakpannen.

'Hier woont inmiddels natuurlijk een ander gezin, maar tot een paar jaar geleden was dit het huis van mijn Tia Ana en Tio Arnoldo,' vertelt Beatriz. 'Ik had er als kind al weleens gelogeerd, maar heb er in die periode maandenlang gewoond. Vanaf het moment dat mijn buik boller werd tot ongeveer drie maanden na de bevalling.'

'Dat moet dus ongeveer negen maanden zijn geweest?' vraagt Leo.

'Zoiets, ja. Mijn oom en vooral mijn tante waren gelukkig heel lief voor me. Mijn vader vond het zo'n schande voor zijn reputatie dat ik niet in Funchal kon blijven. Ik werd dus ondergebracht bij mijn oom en tante in dit afgelegen dorp, waar niemand uit Funchal me kon zien. Ik mocht niet naar openbare gelegenheden, behalve dan naar de kerk. Ook mijn bevalling vond plaats in het diepste geheim. Na afloop was ik mijn kind kwijt en zat ik helemaal alleen in dit huis, bij mijn Tia Ana, die haar uiterste best deed om mij te troosten. Ze heeft goed voor me gezorgd. Maar ik heb de afgelopen jaren steeds minder voor haar gedaan, terwijl ze nu niemand anders meer heeft.'

Nu sla ik wel een arm om haar heen.

'En jouw ouders?'

Het wordt Beatriz allemaal even te veel. Ze sluit haar ogen en haalt diep adem, maar dat houdt de tranen niet

tegen. We laten haar even. Dan herpakt ze zich.
'Sorry. Ik wil jullie niet met mijn verdriet confronteren.'
'Dat is toch helemaal niet erg!' zeg ik terwijl ik haar een zakdoekje geef.
Ze veegt haar tranen weg en vertelt verder. 'Mijn vader keek me nauwelijks meer aan toen hij eenmaal wist dat ik zwanger was. En mijn moeder mocht van hem niet bij me langsgaan. In al die tijd dat ik hier zat, heb ik ze maar één keer gezien: toen ze met kerst kwamen eten, niet lang voordat ik was uitgerekend. De blik waarmee mijn vader me toen bekeek! Die zal ik niet meer vergeten. Hij was niet eens meer boos, alleen verdrietig. Of nee, intens teleurgesteld.'
'Zullen we aanbellen om te vragen of we even binnen mogen kijken?' stelt Leo voor.
'Nee, nee! Ik wil niemand tot last zijn.'
'Je bent echt niemand tot last,' verzeker ik haar. 'Die mensen vinden het vast geen probleem als ze horen dat jij hier nog een tijdlang gewoond hebt.'
Maar ze loopt alweer verder, naar een volgende plek uit haar verleden. Vanzelfsprekend volgen we haar.
Het is bepaald geen straf om door dit schilderachtige valleidorp te wandelen. Ondanks de veranderingen die Beatriz heeft genoemd, komt het op ons over alsof de tijd hier heeft stilgestaan.
We verlaten de oude dorpskern en laten de bebouwing achter ons. Tussen twee heuvels ligt een stuk grond met hoge bomen, waarvan ik kastanjes, laurierbomen en een eucalyptus herken. Eromheen groeien varens, struiken en bloeiende planten. Vanaf de bergkant stroomt er een beekje naar het dorp toe, dat midden in deze kleine vallei een vijvertje heeft gevormd: daarin drijven waterlelies en eromheen liggen gladde keien.

'Wat mooi is dit,' zegt Leo zacht. 'Is het een parkje?'

'Dat zou je zeggen,' antwoordt Beatriz glimlachend. 'Maar dit is allemaal puur natuur.'

We staan stil en laten de omgeving op ons inwerken: het weelderige groen, de bloeiende bloemen waaromheen bijen zoemen en vlinders dwarrelen, het vrolijke gezang van allerlei vogelsoorten, de frisse geuren, de zacht kronkelende paadjes over de heuvels die het natuurlijke reliëf van de vallei volgen, en op de achtergrond de terrasvormige landbouwvelden tegen de berghellingen.

'Ik heb hier heel wat uren doorgebracht in de laatste maanden voor mijn bevalling. En zeker ook daarna. Hier vond ik de rust en de troost die ik zocht. Al werd het verdriet er natuurlijk niet minder om.'

'Hoe ging dat de jaren erna?' wil ik weten.

'Verdriet verdwijnt nooit. Je leert er hooguit beter mee omgaan.'

35

Nadat we 's avonds samen gegeten hebben, gaat Beatriz inderdaad al vroeg naar haar kamer.

Leo en ik overwegen even om het dorp in te gaan, maar strijken toch neer op ons balkon met een fles wijn die we op de terugweg hebben gekocht. We praten zachtjes, om de andere gasten in hun appartementen niet te storen.

Leo schenkt ons in. 'Man, wat een dag. Die arme Beatriz.'

'Zeg dat. Stel je eens voor: je bent zestien jaar oud, onverwacht zwanger geworden, en dan sturen je ouders je gewoon weg, naar een of ander dorp. En daar laten ze je dan gewoon zitten, helemaal alleen.'

Leo staart naar de bergen. 'Ik ben er vroeger ook vaak bang voor geweest.'

'Wat bedoel je?'

'Ik had voor mijn twintigste een heel onregelmatige cyclus en was op mijn zestiende al geen maagd meer.'

'Ik weet dat je niet de braafste was, maar dat is best jong, toch?'

'Ach, je weet dat ik van mijn vrijheid en avontuur hou, en dat had ik toen ook al heel sterk, maar ik was niet totaal onverantwoordelijk. Het was altijd veilig. Maar toch heb ik hem wel een paar keer geknepen. Gelukkig is het altijd goed gegaan. Ik moet er niet aan denken dat ik zo jong moeder had kunnen worden. En ik moet er eerlijk gezegd nog steeds niet aan denken. Ik hou van het leven dat ik heb.'

'Toch kun je heel goed voor anderen zorgen.'
'Klopt, maar dat zijn geen totaal van mij afhankelijke wezens. Hoewel...' Ze kijkt me veelbetekenend aan en grinnikt.

'Jaja. Zo kan-ie wel weer,' zeg ik lachend. 'Maar ik snap je wel, hoewel het voor mij iets anders ligt. Ik heb vroeger vaak gedacht dat ik wel graag moeder wilde worden, en dan net zo'n band zou hebben met mijn kind als ik met mijn moeder had. Ze was het levende bewijs dat je daar geen vader voor nodig had. Maar hoe ouder ik werd, hoe beter ik de eenzaamheid van mijn moeder zag. Daardoor wilde ik juist wel een partner en aanwezige vader voor mijn kinderen.'

'Maar er kwam geen prins op het witte paard.'
'Ha, nee. En ik weet heus wel dat niemand perfect is, maar ik ben gewoon nog niemand tegengekomen bij wie ik erop durfde te vertrouwen dat het goed kwam. De relaties die ik heb gehad werden na een tijdje toch wat benauwend. Ik had eigenlijk wel genoeg aan mezelf en de band met mijn moeder.'

'Ja, die eenzaamheid zag ik ook wel bij je moeder. Al kon ze het heel goed maskeren. En ze had jou. Dat doet me weer aan Beatriz denken. Zou die tante bij de bevalling zijn geweest?'

'Uit wat ze vertelde, neem ik aan van niet,' zeg ik. 'Ze hebben geprobeerd dat zo onpersoonlijk mogelijk te houden: kind opvangen en meteen wegbrengen.'

'Op zich wel verstandig, denk ik. Anders had ze dat meisje nooit meer willen loslaten.'

Ik weet niet goed wat ik daarvan moet denken. 'In alle opzichten is het gewoon wreed. Zoiets tekent je voor het leven.'

Leo knikt. 'Het schuldgevoel. De eenzaamheid. Het ver-

driet. Ik had echt met dat arme mens te doen.'
'Datzelfde voelde ik ook. En meer. Ik merk dat ik me steeds meer met Beatriz verbonden ga voelen. Maar is dat terecht, of komt dat alleen doordat we haar beter leren kennen? Ze zou mijn moeder kunnen zijn.'
'Ja, het heeft me echt geraakt.'
'En toch, Pien, weet ik niet of ze ons wel alles verteld heeft.'
'Dat idee krijg ik ook. Zou ik misschien ook niet doen, in haar geval. Ik bedoel: we zijn nog maar net in haar leven gekomen. En het zijn heel heftige dingen die ze heeft meegemaakt.' Ik denk nog even na voordat ik eraan toevoeg: 'Maar ik denk voortdurend aan mijn moeder, en dan begin ik me automatisch weer af te vragen wat die hier nou eigenlijk allemaal gedaan heeft.'
'Ik hoop echt dat we daarachter komen. Maar makkelijk zal het niet worden. Het is allemaal zo lang geleden.'
'Dat is waar. Het zou me niks verbazen als die oude tante ons ook niet veel verder kan helpen. Die is misschien allang blij dat ze Beatriz weer eens ziet.'
'Yep, dat zou zomaar kunnen. Al zou ik dat wel erg voor jou en Beatriz vinden.'
Ik haal mijn schouders op. 'Voor Beatriz levert het misschien wel wat op. Het lijkt me sterk dat ze mijn moeder ook gekend heeft.'
Weer zitten we een tijdje stilletjes tegenover elkaar. Uiteindelijk vraag ik: 'Heb jij al bedacht wat we morgenochtend gaan doen?'
'Ontbijten en dan naar de kerk. Nee, geintje.' Ze pakt haar telefoon. 'Ik heb eens even aan mijn goede vriend Google gevraagd wat hier allemaal te doen is. Ik was wel nieuwsgierig naar wat Beatriz had gezegd over die nonnen en die route, dus ik heb dat even opgezocht. Komt-ie. "De naam

van dit dorp op Madeira verwijst naar een historische connectie met nonnen. Volgens de overlevering vluchtten in de zestiende eeuw de nonnen uit het Santa Clara-klooster in Funchal naar Curral das Freiras om te ontkomen aan aanvallen van piraten." Piraten, Pien!' Ze kijkt me even aan voordat ze doorgaat: '"Het afgelegen en moeilijk bereikbare dal bood een veilige schuilplaats. Daaraan heeft dit toevluchtsoord zijn naam te danken."'

'En wat is daar, behalve de kerk, nog van terug te vinden?'

'Het pad dat die nonnen gebruikten is er nog steeds. Ik had al gezien dat je hier heel mooi kunt wandelen, maar dit lijkt me wel bijzonder. Doen?'

'Mij best.'

'Kijk, dames en heren, voor dit soort uitbundig enthousiasme doet Reisbureau Leonor het allemaal!'

'Sst, gekkie. Niet zo hard. Er zijn mensen hier in het pand die het rustig aan willen doen.'

'Wat ben je toch een partypooper. Nog een glaasje?'

Zonder iets te zeggen houd ik mijn glas op.

36

Na een heerlijk ontbijt bij een bakkerij en patisserie verderop in de straat nemen we afscheid van Beatriz, die nog even terug naar haar kamer gaat om zich op te frissen voor haar geplande kerkbezoek.

Leo en ik lopen het dorp door. In vergelijking met de keurig geklede kerkgangers zijn we echte toeristen in onze T-shirts, shorts en sneakers. Ik merk aan mezelf dat ik me een beetje schaam als ik die mensen in het voorbijgaan groet. Ook al weet ik niet precies waarom.

'Eigenlijk heb ik geen idee of het, als we straks wat hoger zijn, koud is.' Voor de zekerheid heb ik mijn dunne trui om mijn middel geknoopt.

'In deze tijd van het jaar? Als de zon er straks op staat? Lijkt me niet. Ik heb wel even naar het weerbericht gekeken, maar het ziet er prima uit.'

Daar heeft ze gelijk in, want het is een heldere morgen. De ochtendzon werpt een gouden gloed over de heuvels, waardoor de dauwdruppels als diamantjes fonkelen op de bladeren.

Buiten Curral das Freiras wordt de Caminho das Freiras aangegeven met wegwijzers langs het pad dat we hebben gekozen. Bij het eerste bord blijven we staan. Er staat allerlei informatie op: de afstand tot het volgende rustpunt, de moeilijkheidsgraad van de route en allerlei historische en culturele informatie over de omgeving.

Opgewekt beginnen we aan de tocht. Ons pad kronkelt zich een weg door het levendige landschap, waar tussen het frisse groen overal wilde bloemen staan, in verschillende tinten paars en geel.

'Dit is waarschijnlijk waarom ze Madeira het bloemeneiland noemen,' constateert Leo terwijl ze op haar telefoon kijkt.

'Doe je telefoon eens weg en kijk gewoon om je heen, troela. Je lijkt wel zo'n toerist die voortdurend fotograferend door een museum rent, om pas thuis te gaan kijken wat ze nou eigenlijk gezien heeft.'

Ze grijnst. 'Ik bied alleen maar extra info, hoor. Daarmee kun je je ervaring dieper beleven.'

'Pf.'

Het pad stijgt behoorlijk en een tijdlang heb ik gewoon niet genoeg adem om al lopend ook te praten. Ik ben blij als we op het eerste rustpunt aankomen: een soort terrasplateau dat uitzicht biedt over de vallei. Er staan een paar houten picknicktafels.

'Een stevige tippel,' puf ik terwijl we gaan zitten. 'Blij dat het zulk mooi weer is.'

Leo kijkt uit over het dal en dan naar mij.

'Moe? Jij was vanochtend al vroeg wakker, geloof ik. Gaat het een beetje?'

Ik glimlach. Eigenlijk dacht ik dat ze het niet in de gaten had gehad. Ik deed nog wel zo stil, om haar niet te wekken.

'Klopt. Ik droom vrij intensief de laatste tijd, al weet ik er vrijwel nooit meer iets van als ik wakker word. Om kwart voor zeven was ik klaarwakker. Toen heb ik nog een tijd op bed liggen nadenken.'

'Iets wat je wilt delen?'

Ik kijk haar recht in de ogen.

'Dit alles. Mijn moeder, Beatriz, en natuurlijk Carolina, die maar een maand met mij scheelt.'
Leo zegt niets.
'Ik vind dat moeilijk, weet je,' vervolg ik. 'Ik voel een duidelijke connectie met Beatriz. Het is net alsof ik... haar ken. En dan niet gewoon, hè. Meer alsof we een band hebben. Ik kan er niet goed de vinger op leggen wat het is.'
Nog steeds zwijgt Leo.
'Misschien komt het doordat mijn moeder en zij op een bepaalde manier lotgenoten zijn. In dezelfde periode zwanger, allebei hier op Madeira. En omdat die Carolina dus ook naar Nederland zou zijn gegaan.'
Ik aarzel.
'Je vindt het allemaal wel heel toevallig,' constateert Leo.
'Ja, dat! En omdat Beatriz en ik natuurlijk allebei aan een zoektocht bezig zijn, juist naar dat stukje verleden van veertig jaar terug. Alles is zo met elkaar verstrengeld, begrijp je?'
Ze begrijpt het.
Samen lopen we even later door naar een van de bergkammen, waar het pad overheen voert. Op deze hoogte is er veel minder groen en zien we vooral rotsen om ons heen. Wel zijn de uitzichten ronduit spectaculair.
Als we aan de andere kant van de berg aankomen, betrekt ineens de hemel. Donkere wolken rollen over de bergtoppen en er steekt een kille wind op.
Huiverend trek ik mijn truitje aan.
'Ik dacht dat jij het weer had gecheckt?' vraag ik, licht verwijtend.
'Ja, maar zoals we al gemerkt hebben kan het weer op Madeira soms plotseling omslaan, vooral in bergachtige gebieden. En het schijnt vaker voor te komen op eilanden, iets met de oceaan en hoogteverschillen. Blijkbaar kan dat soms op heel korte afstand variëren.'

Ze heeft het nog niet gezegd, of er vallen regendruppels: eerst zachtjes, maar al snel zitten we in een heuse stortbui.

We kunnen nergens schuilen en ons pad is binnen enkele ogenblikken modderig geworden.

'We gaan terug!' beslist Leo.

Onbewust pak ik haar hand. Samen gaan we de bergkam over, in de stromende regen. Het uitzicht is nu vertroebeld en de gladde zolen van onze sneakers zoeken houvast op de natte stenen en de glibberige aarde.

Uit het niets doemt ineens een man voor ons op: een onheilspellende, grote gestalte. Hij heeft zijn hoody over zijn hoofd getrokken en een zonnebril op, al is dat momenteel echt niet nodig. Met vastberaden tred komt hij ons in hoog tempo tegemoet.

Iets aan dit beeld komt me bekend voor. Als hij vlak bij ons is, bijt hij ons toe: '*You ask too many questions!*'

Vervolgens botst hij in het voorbijgaan met zijn stevige schouder tegen me aan.

Ik schrik en verlies mijn evenwicht, laat Leo los en val. Het pad is spekglad, waardoor ik naar beneden glijd. Wanhopig klauwen mijn handen naar houvast.

Ik zie nog net dat de man intussen gewoon doorrent: zijn silhouet verdwijnt in de mist die zich om de bergtop heeft gevormd.

Leo schreeuwt het uit, in haar stem klinkt angst. Bij mij slaat die om in pure paniek als ik bij de volgende bocht van het pad rechtdoor glibber, richting de afgrond.

Ik brul uit onmacht, strek mijn armen uit om mezelf tegen te houden en kom met mijn elleboog hard in aanraking met een rots.

Het volgende moment is Leo bij me. Ze laat zich op haar knieën vallen en grijpt me beet. Haar vingers vinden eerst geen houvast op mijn natte arm, maar het lukt me om haar hand te pakken. Ze zet zich schrap en trekt me met een krachtige ruk terug op het pad.

Daar blijven we zitten, hijgend en huilend, onze armen om elkaar heen.

Mijn hart bonkt in mijn keel en het duurt even voordat ik durf om te kijken. Het is echt diep. Als ik hier verder de steil aflopende helling af zou zijn gegleden, zou ik in het beste geval bont en blauw beneden zijn aangekomen.

Leo en ik klampen ons weer aan elkaar vast, tot we wat rustiger zijn.

'Ben je nog heel?' vraagt Leo.

We staan op en nemen de schade op. Mijn elleboog bloedt, maar niet ernstig, en mijn knieën doen zeer.

'Volgens mij heb ik niks gebroken. Ik overleef het wel. En jij?'

'Ik heb niks. Alleen een heleboel vragen. Wat moest die gast nou weer? Maar kom, laten we eerst zorgen dat we heelhuids terugkomen.'

Voorzichtig gaan we verder naar beneden, het pad af.

De natuur die we eerder zo bewonderd hebben is nu donker en dreigend, maar naarmate we dichter bij de vallei komen, wordt het weer beter.

Wanneer we het dorp in lopen schijnt de zon weer, alsof er niets gebeurd is.

We passeren een ouder echtpaar, dat in tegengestelde richting gaat en ons vriendelijk groet.

'Moeten we ze waarschuwen?' vraag ik fluisterend.

Leo haalt haar schouders op. 'Waarvoor precies? Dit was duidelijk alleen aan ons gericht.'

Dat is zo, en ik voel me er ongemakkelijk door. Ik wil hier zo snel mogelijk doen wat we moeten doen en dan terug naar Funchal. Ik overleg met Leo wat we tegen Beatriz moeten zeggen.

Aangekomen in het hotel worden we met grote ogen bekeken door de jonge vrouw achter de balie.

'Is alles in orde?' vraagt ze.

'Nu wel,' antwoordt Leo.

Zonder verdere details te geven vertrekken we naar onze kamer, waar we om beurten lang douchen en ons verkleden.

Omdat mijn knieën blauw en geschaafd zijn, trek ik mijn jeans aan.

Ik ben nog maar net toonbaar genoeg om de mensheid weer onder ogen te komen als er op de deur wordt geklopt.

Het is Beatriz. Wanneer ik haar binnenlaat, kijkt ze me bezorgd aan.

'Ik hoorde van de receptionist dat jullie nogal gehavend teruggekomen zijn van jullie wandeling. Wat is er gebeurd?'

'Dat wil je niet weten,' zegt Leo, die net de badkamer uit komt.

'Ja, dat wil ik wel weten. Ik voel me toch een beetje verantwoordelijk voor jullie verblijf hier.'

Leo en zij nemen plaats aan het tafeltje voor onze balkondeuren. Ik ga op de rand van mijn bed zitten.

'Jullie gingen de nonnenroute lopen, toch?' vraagt Beatriz.

'Dat klopt. Het was echt hartstikke mooi, totdat Pien en ik bovenaan de berg kwamen, bij een bergpas. Toen begon het ineens ontzettend te plenzen. Daardoor werd het pad glad, en wij hadden natuurlijk onze sportschoenen aan. Net toen we moeizaam teruggingen, kwam er een jogger langs die tegen Pien aan liep, waardoor ze viel. Het had niet veel gescheeld of ze was zo de berg afgegleden.'

'O!' Beatriz slaat haar hand voor haar mond en kijkt me ontzet aan. 'Ben je nog helemaal heel?'

Ik glimlach. 'Het valt allemaal wel mee. Alleen blauwe plekken en schaafwonden.'

'Gelukkig. Klinkt alsof het ook anders had kunnen lopen.

Wat raar dat die man zomaar tegen je aan loopt. Heeft hij zich wel verontschuldigd?'

Even wisselen Leo en ik een blik. Hier hebben we het op de terugweg over gehad.

'Nou, dat is het punt,' begint Leo.

Ik besluit het over te nemen.

'Weet je, Beatriz, die man is gewoon doorgelopen. En vlak voordat hij tegen mij aanbotste, riep hij iets.'

'Wat dan?'

'Dat wij te veel vragen stellen.'

'En zoiets gebeurde niet voor het eerst,' vult Leo aan. 'Toen we in Funchal waren rende er ook een man voorbij, die riep dat we moesten stoppen met "this shit" en naar huis moesten gaan.'

Beatriz kijkt haar ernstig aan.

'En nu denken jullie dat die twee gebeurtenissen verband houden met elkaar?'

'Ja,' antwoord ik. 'Vooral omdat ze niet op zichzelf staan. Er zijn ons namelijk al meer dingen overkomen sinds we op Madeira zijn. Eerst werden we door een zwarte auto de berm in gedrukt, toen we gewoon over straat liepen. En je was er zelf bij toen we op weg hierheen werden gesneden en bijna van de weg werden gedrukt door weer een zwarte auto.'

'En dan is er ook nog ingebroken in onze hotelkamer,' vult Leo aan.

'Dat wist ik helemaal niet!' reageert Beatriz geschrokken. 'Hebben jullie wel aangifte gedaan?'

'Nee, want er waren alleen wat kopieën en onderzoeksmateriaal van Pien gestolen. Verder niks van waarde, wat op zich ook al vreemd is.'

'Onderzoeksmateriaal?' vraagt Beatriz, terwijl ze me met opgetrokken wenkbrauwen aankijkt.

'Ja, wat spullen die ik bij elkaar had gezocht voor de

speurtocht naar het verleden van mijn moeder, hier op het eiland.'

Ze knikt begrijpend. 'Bij elkaar is dat allemaal wel vreemd, zeker omdat jullie nog maar zo kort op Madeira zijn. Bedreigend ook.'

'Dat is het inderdaad. Het lijkt erop dat iemand niet wil dat ik iets te weten kom over mijn moeder.'

'Maar wie?' vraagt Beatriz. 'En waarom?'

'Als ik dat wist, zou ik nu direct naar de politie gaan.'

Ik hoor zelf hoe grimmig ik klink. We besluiten nog wel Tia Ana te bezoeken, maar daarna meteen terug te gaan naar Funchal.

37

Twintig minuten voor de afgesproken tijd gaan we gedrieën op weg naar de tante van Beatriz. We lopen door de oude dorpskern naar een buitenwijk waar te midden van een strak aangelegd park een groot W-vormig gebouw van drie verdiepingen staat.

Een bord bij de oprijlaan vermeldt dat het LAR DO VALE heet.

'Vreselijk dat ik hier nooit eerder ben geweest,' moppert Beatriz op zichzelf, terwijl we naar de ingang lopen.

In de entreehal zit een vrouw met opgestoken grijs haar achter de balie. Beatriz stelt haar een paar vragen in het Portugees, die ze vriendelijk beantwoordt. Daarbij wijst ze naar een paar liftdeuren, een stukje verderop in de hal.

'Tweede verdieping, in de C-vleugel, appartement 14,' vertelt Beatriz, als we met haar naar de liften lopen.

Nadat we hebben aangebeld bij appartement 14 wordt de deur voor ons opengedaan door een jonge vrouw in een wit-groen uniform. Ze stelt zich voor als Carla en gaat ons voor naar de woonkamer.

Het appartement is ruim en licht, met grote ramen die uitzicht bieden op de bergen. De langwerpige woonkamer komt aan de ene kant uit op een balkon dat uitkijkt over de goed onderhouden tuin van het complex, met wandelpaden, zitjes en kleurrijke bloembedden. Aan de andere kant is het zitgedeelte, waar een oude vrouw op een makkelijke stoel troont.

Zittend begroet ze Beatriz in het Portugees, breedlachend. Beatriz loopt snel naar haar toe en omhelst haar.

Nadat ze even zacht met elkaar gepraat hebben, richt de oude vrouw zich tot ons.

'Hallo. Mijn naam is Ana Mendes Rodriguez,' zegt de vrouw. 'Sorry, mijn Engels is een beetje roestig. Ik gebruik het nog maar zelden sinds ik hier zit. Toen ik jong was wilde ik wat van de wereld zien, maar in de jaren zestig kwam de wereld naar ons. Ik heb toen wat Engels geleerd zodat ik toeristen kon rondleiden als vrijwilligerswerk.'

Op onze beurt stellen we onszelf voor, waarna de vrouw naar de bank wijst ten teken dat we kunnen gaan zitten. Carla haalt intussen thee en koffie voor ons.

'U zit hier mooi,' vindt Beatriz.

'Dank je. En dat is zo. Maar soms ook eenzaam.' Ze kijkt naar Beatriz, die zich meteen weer in het Portugees begint te verontschuldigen, totdat tante Ana haar hand opsteekt en naar ons wijst. 'Wij hebben nog genoeg tijd om bij te praten, lieve Beatriz. Laten we het hebben over waarom deze dames hier zijn.'

'U hebt gelijk.' Beatriz gaat rechtop zitten. 'Na de dood van papa en mama ben ik steeds meer na gaan denken over wat er veertig jaar geleden is gebeurd, toen ik hier bij u verbleef.'

Er verschijnt een toegeeflijk glimlachje op het gezicht van de oude vrouw. Ze knikt Beatriz toe om haar aan te moedigen om verder te praten.

'En de gedachte dat mijn lieve Olivia niemand meer zal hebben als ik ook wegval, benauwt me steeds meer. Zeker nu ze zwanger is.'

De oude vrouw slaat haar handen in elkaar.

'Ach, is de kleine Olivia zwanger?'

'Zo klein is ze niet meer, Tia Ana, ze is al dertig.'

'Waar blijft de tijd?'
'Die verglijdt in de eeuwigheid, zoals u zelf vroeger zei. Maar goed, toen kwamen deze twee vrouwen afgelopen week naar het eiland. Pien hier heeft in de spullen van haar overleden moeder een foto gevonden van João en mij, toen we nog jong waren. Haar moeder blijkt hier ruim veertig jaar geleden op Madeira geweest te zijn en is in dezelfde tijd zwanger geworden als ik.'

'Dus ik ben net zo oud als de dochter van Beatriz,' vul ik aan. 'Die blijkbaar ook in Nederland is opgegroeid, net als ik.'

'Nee, nee, dat is een vergissing,' zegt de oude vrouw. 'Zo is het niet gelopen.'

Beatriz en ik kijken elkaar even aan.

'Hoe bedoelt u?' vraagt Beatriz.

'Het was wel de bedoeling dat jouw dochtertje naar Nederland zou gaan, maar dat ging uiteindelijk niet door.'

Mijn hart bonkt in mijn borst.

'Het was bijna helemaal rond,' vertelt de oude vrouw. 'Er was een Nederlands stel gevonden dat zelf geen kinderen kon krijgen: die mensen wilden jouw dochter graag adopteren. Daar heeft toen die aardige Nederlandse vrouw, die ook weleens bij jullie over de vloer kwam, nog in bemiddeld. Die heeft zich daar echt voor ingezet. Maar op de een of andere manier liep het toch nog mis. Ze durfden de adoptie uiteindelijk toch niet aan, denk ik.'

'Waarom hebt u dat nooit eerder verteld?' vraagt Beatriz ademloos. 'Wat is er toen gebeurd met Carolina?'

'Carolina? Ach ja, zo noemde jij haar, hè? Ik weet niet welke voornaam ze haar gegeven hebben, maar ze is toch op het eiland gebleven. Bij een echtpaar in Funchal. Die waren dolblij met haar. Ik kon het je al die jaren niet zeggen omdat ik dat je vader had beloofd, en om je tegen jezelf in bescherming te nemen. Achteraf had ik het graag anders gedaan, maar je vader was een machtig man en Arnoldo was afhankelijk van hem voor zijn werk. Ik vond je ook nog erg jong voor het moederschap, maar geloof me, het heeft me veel pijn gedaan dat je zo'n verdriet had en dit moest meemaken. En toen je weer terugging naar Funchal... toen was het makkelijk om mijn mond te blijven houden.'

Beatriz staart haar aan.

'Dus al die jaren heeft mijn dochter vlak bij me in de buurt gewoond en u hebt nooit iets gezegd.'

'Ik kon het niet, Beatriz. Maar sinds iedereen om me heen wegvalt, je broer, je vader, Arnoldo, je moeder, ben ik ook steeds meer gaan nadenken over hoe ik de laatste jaren hier door wil brengen, en jouw gezin is het enige wat me nog rest. Als eerlijkheid is wat je dichterbij brengt, dan is me dat veel waard. En de komst van deze dames uit Nederland prikkelde mijn geheugen. Het was een teken.'

Beatriz heeft inmiddels een koortsige blik in haar ogen.

'Hoe kom ik erachter wie die mensen zijn?'

'Dat weet ik niet, ik heb alleen een familienaam voor je.'

'En die luidt?'

'Aguilar.'

Beatriz begint spontaan te huilen en ik hurk bij haar neer om haar te troosten.

Achter mij vraagt Leo: 'U noemde zojuist een Nederlandse vrouw die behulpzaam was geweest bij de eerste adoptiepoging. Weet u van haar misschien ook de naam?'

'Daar heb ik gisteren lang over zitten nadenken, toen Beatriz vertelde dat jullie met haar meekwamen. Haar achternaam weet ik niet meer, maar ze werd altijd Roos genoemd.'

Het is alsof alles om me heen opklaart.

Ik kijk de oude vrouw verbijsterd aan.
'Roos Voortman?' weet ik uit te brengen.
'Het was inderdaad zoiets, maar ik weet het niet meer precies. Opeens was deze Roos ook verdwenen.'

38

Nog steeds een beetje beduusd zitten we met z'n drieën op de hotelkamer van Leo en mij.

'Niet te geloven dat mijn dochter op een paar kilometer afstand van mij terecht is gekomen,' zegt Beatriz na een tijdje. 'Misschien heb ik haar onbewust weleens ontmoet. Stel je voor.'

'Inmiddels moet ze dus ook veertig zijn, net als Pien. Dus kan het best zijn dat je al oma bent.'

Beatriz kijkt Leo getroffen aan. Ze krijgt tranen in haar ogen.

'Een familie Aguilar in Funchal met een dochter van veertig. Daar moet achter te komen zijn,' veronderstel ik.

'Dat denk ik ook,' antwoordt Beatriz. 'Ik ga er morgen meteen achteraan. Jullie hebben geen idee hoe dankbaar ik ben dat jullie tweeën in mijn leven zijn gekomen. Anders had ik dit misschien nooit geweten.'

'Denk je dat jouw tante het je dan niet verteld had?' vraagt Leo.

'Ik weet het niet. Echt niet.' Beatriz staat op. 'Als jullie me willen excuseren, ga ik nu eerst naar mijn kamer om mijn spullen te pakken. Vinden jullie het goed als we dan zo snel mogelijk teruggaan naar Funchal?'

'Prima, we zijn ook zo ingepakt.'

We kijken Beatriz na. Ze lijkt opgetogener.

'Wat een middag,' verzucht ik.

'Toch raar, dat die tante dit allemaal zo lang voor Beatriz verborgen heeft gehouden.'

'Ik vond haar uitleg wel plausibel. Het lijkt mij juist logisch dat ze hier pas over wil praten nu de ouders van Beatriz er niet meer zijn. Het werd gezien als een schande voor de familie, iets wat de vader en moeder van Beatriz koste wat het kost verborgen wilden houden. En bovendien was er steeds minder contact. Nu is alles anders.'

Leo knikt langzaam.

'Daar zit wat in. En nu gaat onze speurtocht dus door in Funchal.'

'Als die dochter tenminste nog altijd op Madeira woont.'

'Oké, ik heb weleens gedacht dat het best zou kunnen dat we van het eiland af moeten om antwoorden te krijgen. Zou je dat inderdaad gedaan hebben, als we bijvoorbeeld een spoor zouden moeten volgen naar Portugal?'

'Als ik daardoor meer te weten zou komen over mijn moeder? Reken maar!'

Ik roer met mijn lepeltje door het laatste restje koffie in mijn kopje. 'Weet je, Leo?'

Ik laat een stilte vallen. Mijn beste vriendin kijkt me aan zonder iets te zeggen.

'Eigenlijk...' Ik slik. 'Eigenlijk heb ik me de laatste tijd vaak afgevraagd...' Het lukt me bijna niet om het uit te spreken, maar ik moet het zeggen. Ik haal diep adem, hef mijn kin op en zeg: 'Ik dacht echt even dat ik Carolina Gomes was.'

Het hoge woord is eruit.

Ze legt een hand op de mijne. 'En dat is niet zo gek. Sorry dat ik daar al eerder over begon, toen we nog bijna niks wisten en jij er nog niet klaar voor was. Maar ik dacht het dus ook. Hoe kloterig dat ook zou zijn voor jou. En voor je moeder, ook al maakt die het nu allemaal niet meer mee.'

Ik merk dat ik mijn tranen niet meer kan inhouden.
'Daarom heb ik een beetje het gevoel... alsof ik mijn moeder heb teruggekregen.'
Snikkend zak ik tegen Leo aan.
Leo houdt me gewoon vast en laat me het er allemaal uit huilen.
Als het weer een beetje gaat en ik rechtop ga zitten, overhandigt ze me zwijgend een zakdoek.
Ik pak hem aan en glimlach dankbaar naar haar.

39

Als ik eenmaal op mijn hotelkamer ben, pak ik mijn telefoon en bel ik het eerste nummer in mijn contactenlijst.
'Ha mam.'
'Olivia, we zijn vandaag naar Tia Ana geweest.'
'Dat weet ik. Hoe was het?'
'Ik heb groot nieuws: Carolina is destijds helemaal niet naar een gezin in Nederland gegaan. Ze is ondergebracht bij een familie hier op Madeira, in Funchal! Vlak bij ons!'
'Wat?'
'Ja, echt. Tia Ana wist het zeker. Ik ga morgen verder op zoek, want ze kon zich zelfs de naam van die mensen herinneren.'
'Dus die Nederlanders hadden er helemaal niks mee te maken.'
'Nou, volgens Tia Ana heeft de moeder van Pien geholpen om Carolina bij een Nederlands stel te krijgen toen ik zwanger was. Maar jij hebt dit allemaal wel in gang gezet, met die brief van je.'
Ze is even stil.
Dan vraagt ze: 'Wil je dat ik sorry tegen je zeg? Of tegen die Nederlanders?'
'Nee, dat is niet nodig. Ik ben er nu juist zo gelukkig mee, meisje. Misschien ga ik je halfzus vinden. Dit had ik nooit durven hopen.'
'Dat vind ik echt fijn voor je, mam.'

'Dank je. En hoe is het met jou? Hou je het nog vol?'

'Ik heb de babykamer nu op orde. En het begint fysiek wel zwaar te worden. Dus het is nu echt aftellen. Maar verder sta ik er een beetje alleen voor. Dat gevoel heb ik, tenminste.'

'Hoezo?'

'Nou, Miguel is alleen maar aan het werk. Zelfs 's avonds zie ik hem bijna niet. Vaak lig ik al in bed als hij thuiskomt. En dan is hij de volgende ochtend natuurlijk alweer vroeg weg. Echt niet leuk.'

'Heb je dat wel tegen hem gezegd?'

'Wat dacht jij dan? Natuurlijk! Maar dan zegt hij dat hij geen keus heeft. Dat het ook in mijn belang is als het bedrijf goed rendeert. En dat iemand het geld moet verdienen voor een gezin met een baby.'

Ze begint zachtjes te huilen.

'Ach, meisje toch. Het komt echt wel goed. Ik vind het alleen maar logisch dat hij het beste voor jullie kind wil. Beter zo dan andersom.'

'Hoe bedoel je?'

'Nou, dat het goed is dat hij niet zo'n leegloper is, die niet aan het werk te krijgen is. Wees blij dat je een man hebt met verantwoordelijkheidsgevoel.'

'Blij is niet echt hoe ik me nu voel, mam.'

'Dat komt wel, wacht maar tot de baby er is. Ik wil het meteen weten, hè, als er iets is, of als je zover bent!'

'Tuurlijk. En jij moet mij ook direct appen als je nieuws hebt over Carolina.'

'Dat beloof ik. Dag lieverd.'

'Dag mam.'

40

Op weg terug naar Funchal betrap ik mezelf erop dat ik regelmatig in mijn spiegels kijk om te zien of er misschien een zwarte auto achter ons rijdt. Gelukkig is dat niet zo. Maar ik blijf op mijn hoede, zeker als we de haarspeldbochten bereiken.

'Ik ga zo snel mogelijk contact opnemen met alle families Aguilar in Funchal om te vragen naar een veertigjarige dochter,' kondigt Beatriz aan.

'Kunnen we helpen?' bied ik aan.

'Nee, jullie hebben genoeg gedaan. Vanaf hier wil ik het zelf doen.'

Ik kijk recht voor me uit. Ergens ben ik teleurgesteld, omdat ik betrokken zou willen blijven bij haar zoektocht. En omdat mijn moeder toch een rol heeft gespeeld om de baby destijds een goede plek te geven. Maar in zekere zin heb ik ook duidelijkheid: ik ben mijn moeders eigen dochter!

'Jullie begrijpen het toch wel, hè?' vraagt Beatriz. 'Dit is de laatste stap. Die moet ik echt zelf zetten. Als ik haar nu daadwerkelijk vind, als ik haar te spreken krijg, dan is dat zo ontzettend... teer, snappen jullie dat?'

'Dat snappen we zeker,' verzekert Leo haar.

'Maar mocht je verder nog iets te weten komen over mijn moeder, dan wil ik dat wel heel graag horen.'

Ze kijkt me van opzij aan en haalt dan diep adem.

'Eh, Pien, er is nog wel iets wat ik je misschien al eerder

had moeten vertellen. Maar toen kende ik jullie nog niet zo goed en wist ik niet hoe jullie – en vooral jij – daarop zouden reageren.'

Ik wacht af, niet echt gespannen, maar wel geïntrigeerd.

'Jullie weten inmiddels dat ik een dochter heb.'

'Ja, Olivia,' zegt Leo.

'Mijn Olivia houdt heel veel van me en wil altijd het beste voor me.'

Even weet ze niet hoe ze verder moet. Dan vervolgt ze:

'Kijk, het zit zo. Toen ik hoogzwanger was, kwamen mijn ouders met kerst eten bij Tio Arnoldo, Tia Ana en mij. Dat was de enige keer dat ik ze gezien heb in al die maanden dat ik in Curral das Freiras logeerde. Zoals dat gaat, wanneer je bijna bent uitgerekend, moest ik vaak plassen. Na een van mijn toiletbezoeken was ik terug op weg naar de huiskamer, toen ik mijn ouders met mijn oom en tante hoorde praten over een Roos uit Nederland. Zodra ze in de gaten hadden dat ik hen afluisterde, viel het gesprek stil.'

Zwijgend wacht ik op het vervolg.

Beatriz zucht. 'Nou, toen mijn vliezen gebroken waren en de bevalling begon, lag ik in de kliniek. Die zusters zeiden geen stom woord tegen mij, maar ik hoorde hen op een afstandje wel met elkaar praten, ook al dachten ze dat ik hen niet kon verstaan. Ik ving toen op dat mijn kind na de geboorte direct naar Nederland zou gaan.'

Ze lacht vreugdeloos. 'Tja, en voor mij was één en één vervolgens twee. Ik was ervan overtuigd dat mijn baby terecht zou komen bij een Nederlandse die Roos heette.'

'Begrijpelijk,' vind ik.

'Maar nu komt het: toen eerst mijn vader en daarna mijn moeder stierf, moest ik hun huis gaan ontruimen. Mijn broer João is al in het begin van deze eeuw overleden, dus ik stond er helemaal alleen voor. Dat was best emotioneel, want ik moest ineens allerlei spullen van mijn ouders uitzoeken: kleding, papieren, persoonlijke dingen, alles. Gelukkig heeft Olivia me toen erg geholpen, want het was behoorlijk zwaar voor me.'

Dat kan ik me maar al te goed voorstellen, want ik ben zelf nog maar amper toegekomen aan het uitruimen van het huis van mijn moeder. Hoe moet het dan wel niet zijn als je de eigendommen van twee ouders moet bekijken?

'Een van de dingen die ik toen tegenkwam, is het zwarte notitieboekje van mijn vader. Dat had hij altijd bij zich, jaar in jaar uit, en daar stonden allemaal gegevens in, waaronder veel namen en adressen. Tja, en ik wist natuurlijk dat mijn ouders ooit contact hadden gehad met een Roos uit Nederland. Zij zou de nieuwe moeder van mijn dochter zijn geworden, daar was ik van overtuigd. In dat boekje heb ik toen inderdaad de gegevens gevonden van een Roos Voortman uit Nederland.'

Ik moet mezelf dwingen om mijn ogen op de weg gericht te houden. Gelukkig zijn we inmiddels de bergen uit, want de schemering zet al in. Funchal is niet ver meer.

'Dus jij hebt die brief toch geschreven!' roept Leo uit.

Beatriz schudt haar hoofd.

'Nee, dat zou ik nooit doen. Maar toen ik dat adres vond, moest ik vreselijk huilen. Olivia kwam me troosten en ja... daarna heb ik haar alles verteld. Ze wist al een tijdje dat ik ooit een kindje had gekregen dat ik heb moeten afstaan. Toen ze zelf zestien werd, vond ik dat een goed moment om haar dat geheim te openbaren. Al heb ik toen alleen gezegd dat het kindje bij me is weggehaald en dat ik het nooit meer heb teruggezien. Zelfs dat mijn baby een dochtertje was, heb ik pas later onthuld. Net als de naam Carolina, die ik haar na haar geboorte stiekem gegeven had.'

'Maar toen je dat notitieboekje gevonden had, was ineens alles anders,' zeg ik zacht.

Ze knikt. 'Ja. Ineens was de vage "Roos uit Nederland" een echt bestaand persoon geworden, met een adres en alles. Dus wist ik plotseling waar mijn Carolina woonde. Dat dacht ik tenminste. Daarom heb ik dat toen met Olivia gedeeld, het hele verhaal dat ik jullie nu ook heb verteld.'

'Dus zij heeft die brief geschreven!' zegt Leo licht verontwaardigd.

'Inderdaad, ja. Echt, dat wist ik niet, dat moeten jullie van me aannemen. Toen jij me de foto van die brief liet zien, Pien, was dat echt de eerste keer dat ik die onder ogen kreeg. Al wist ik wel meteen wie die brief geschreven moest hebben.'

'Maar dat wilde je ons toen nog niet vertellen,' constateert Leo.

'Dat kon ik dus niet, op dat moment. Alles was zo nieuw en anders. En jullie gingen samen met mij die zoektocht aan. Voor het eerst in al die jaren gebeurde er iets waardoor ik misschien toch dichter bij mijn Carolina zou kunnen komen. Dat wilde ik niet in gevaar brengen. Begrijpen jullie dat?'

Ik begrijp het, maar voel me ook een beetje gebruikt.

'Ik vind het wel moeilijk om dit te horen, Beatriz. En als ik eerlijk ben, vraag ik me toch af waarom Olivia die brief in die dreigende bewoordingen heeft geschreven. En waarom ze hem heeft verstuurd zonder dat aan jou te laten weten. Ik zou haar dat graag willen vragen.'

'Ik weet het niet… Misschien moeten we Olivia hierbuiten laten. Ik heb het voor jullie verzwegen, blind door mijn verlangen om mijn dochter terug te vinden. En hoewel je het misschien niet gelooft, werd ik ook door jouw verhaal erg geraakt. Even dacht ik…' Dan bedenkt ze zich. 'Ach, dat ben ik je natuurlijk wel verschuldigd. Ik app je haar contactgegevens wel door. Het spijt me oprecht, Pien. Ik wist niet goed wat ik van jullie en de zoektocht moest verwachten en was bang weer gekwetst te worden.'

'Dat begrijp ik. Maar uiteindelijk kom je toch veel verder als je eerlijk bent. Kijk maar naar je tante Ana.'

Beatriz knikt.

41

's Avonds zitten Leo en ik na te tafelen in visrestaurant Marisqueira Tropicana, vlak bij de kabelbaan van Funchal.
We raken niet uitgepraat over het weekend dat we achter de rug hebben.
De angstige autorit op weg naar Curral das Freiras. Beatriz, die haar eigen geschiedenis herbeleefde in het dorp waar ze veertig jaar geleden haar eerste dochter ter wereld had gebracht. Ons avontuur in de bergen, waar ik door de duw van die vreemde man bijna de helling af was gegleden. Het gesprek met tante Ana, met de voor zowel Beatriz als voor mij zo belangrijke ontdekkingen. En natuurlijk ook de onthullingen van Beatriz op de terugweg.
Het zit me nog steeds niet helemaal lekker dat Beatriz voor ons heeft verzwegen dat ze het adres van mijn moeder kende en dat ze, toen ze erachter kwam dat Olivia die brief had gestuurd, niks heeft gezegd. Zeker omdat ik me echt steeds meer verbonden met haar begon te voelen.
Het is fijn om het hier met Leo over te hebben. Ze houdt me scherp, maar stelt me ook gerust. En als deze reis me iets geleerd heeft, is het wel dat niets is wat het lijkt en dat iedereen uit zelfbescherming de kaarten tegen de borst heeft gehouden. Inclusief mijn eigen moeder. Maar ook haar kan ik het niet echt kwalijk nemen, want uiteindelijk heeft dit verhaal niks met mij te maken en misschien vond ze het gewoon heel pijnlijk dat het haar niet gelukt was

om Beatriz' dochter naar Nederland te krijgen.

Ergens ben ik ook wel opgelucht dat er niet meer achter zit, en ik hoop nu alleen maar dat Beatriz haar dochter ook echt vindt. En ik ben ook wel, net als Leo, benieuwd naar Olivia. Ze moet veel van haar moeder houden als ze zoiets voor haar doet. Al keuren we de manier waarop niet echt goed.

De vriendelijke ober die ons de hele avond bediend heeft, ruimt onze dessertbordjes af en vraagt of hij ons misschien nog iets te drinken kan brengen. '*On the house*,' meldt hij daarbij. Meteen zit Leo rechtop. Met een stralend gezicht kijkt ze de jongeman aan.

'Hebben jullie ook mocktails?'

'Voor mij hoef je niet elke keer mocktails te drinken, hoor,' bezweer ik haar. 'Ik heb ook wijn gedronken. Niet zoveel als jij natuurlijk, maar ik lust best nog een glaasje.'

'Vooruit dan maar,' antwoordt ze. En tegen de ober: 'Twee witte wijn, alsjeblieft.'

'Maar ik wil hier niet te lang meer blijven zitten,' zeg ik, zodra hij weg is.

'Ja, want morgen is er weer een dag.'

Haar stem klinkt spottend.

'Wat?' vraag ik.

'Gewoon. We zijn wel op vakantie, hè! Je hoeft morgen niet naar de zaak.'

Grijnzend antwoord ik: 'Nee, dat is gelukkig pas volgende week. Benieuwd hoe het daar gaat.'

'Dat kun je wel aan Indira overlaten. Ze is een vervelende streber, maar weet wel wat ze doet.'

Ik bekijk haar onderzoekend.

'Wat was dat toch altijd precies tussen jullie? Bestaat er zoiets als een hekel op het eerste gezicht? Want dat is, volgens mij, wat er bij jullie tweeën aan de hand is.'

'Klopt. Soms weet je meteen dat je iemand niet mag. Die Indira van jou zag mij meteen als een bedreiging, want zij wilde jouw nummer één zijn, en misschien wel filiaalhouder worden als jij er eindelijk toe overgaat om een tweede zaak te openen.'

'Hoho! Wie zegt dat ik dat wil?'

'Ga je me nou vertellen dat je het niet wilt?'

Ik aarzel. Natuurlijk heb ik weleens gedacht aan uitbreiding toen het steeds beter ging lopen, maar ik heb nooit serieus overwogen om er werk van te maken.

'Ze zag natuurlijk dat jij een betere kapper bent dan de andere meiden. Ook beter dan ikzelf, dat durf ik rustig toe te geven. Maar dat wil toch niet zeggen dat jij meteen haar plaats zou moeten innemen?'

'Dat hoef je niet tegen mij te zeggen! Zeg dat maar tegen haar. Zij wilde mij weg hebben. Dus heeft ze de andere meiden – met wie ik in het begin best goed kon opschieten – gewoon tegen mij opgezet. Toen wist ik wel hoe laat het was: tijd om te vertrekken.'

'Weet je, nu voel ik me een slechte bedrijfsleider omdat ik dit allemaal niet, of in elk geval veel te laat, in de gaten heb gehad. Ik was blij dat jij er was, en nog veel blijer toen wij zo onwijs goed met elkaar bleken te kunnen opschieten. Daardoor heb ik stomweg niet beseft dat er dingen scheefgroeiden. Totdat het te laat was.'

'En zelfs daarna heb je de situatie nog helemaal verkeerd ingeschat. Anders had je me niet gevraagd om terug te komen.'

Ik kijk haar ontsteld aan.

'Sorry Leo, dat heb ik echt niet in de gaten gehad.'

'Nee, natuurlijk niet. Want als ik dat gedaan had, had jij de tent wel kunnen sluiten. Dan was het pas echt oorlog geworden tussen mij en die Indi van jou.'

'Noem haar niet steeds zo.'
'Sorry, het is sterker dan mezelf,' zegt ze grijnzend. 'Waar blijft die wijn nou?'
'Jij bent onverbeterlijk, wist je dat?'
'Tuurlijk weet ik dat. Eigenlijk is dat juist een van mijn sterke punten. Als ik verbeterlijk was, dan bleef ik bezig. En dat moet niet, hè!' Waaraan ze ineens veel serieuzer toevoegt: 'Maar eerlijk gezegd heb je aan die Indi – pardon: aan Indira – best een goeie. Die moet je houden. Ze is een bitch, maar wel iemand die het beste met jou voorheeft. En die nota bene jouw kapsalon draaiende houdt terwijl jij met je beste vriendin hier op Madeira oude geheimen ontrafelt, lol hebt en wijn drinkt. Maar nu zit ik hier gewoon te verdorsten!'

Gelukkig komt de ober juist op dat moment twee glazen witte wijn brengen.

'Ik dacht al dat je ons vergeten was!' zegt ze verwijtend.

'Hoe zou ik twee zulke mooie dames nu toch kunnen vergeten?'

Leo steekt haar vinger diep in haar mond om een braakneiging uit te beelden, maar schenkt hem vervolgens wel een lieve glimlach.

'Wat? Dat had hij verdiend.'

Mijn telefoon trilt. Een berichtje. Automatisch kijk ik.

'Het is van Olivia,' meld ik enthousiast. 'We mogen morgenochtend langskomen. Doen?'

'Ja, natuurlijk! Wat een stomme vraag.'

'Drink jij je wijn nou maar op.'

Meteen stuur ik een bevestiging.

42

Het huis van Olivia blijkt in een exclusieve villawijk met weelderige tuinen te liggen, die uitkijken over de Atlantische Oceaan.

Er staan veel witte huizen met rode daken, al is de woning waarvoor de taxichauffeur ons afzet van een modernere architectuur, die een elegante luxe uitstraalt.

We melden ons bij de intercom aan het hek en lopen over de lange oprijlaan naar de grote villa. Onze wandeling zal vast niet onopgemerkt blijven, want ik zie op diverse plaatsen bewakingscamera's hangen.

Voordat we kunnen aanbellen, wordt de voordeur opengedaan door een hoogzwangere, maar toch vrij stijlvol geklede jonge vrouw, die ons met een brede glimlach welkom heet.

Ik noem automatisch mijn naam en kan mijn ogen niet van haar gezicht afhouden: ze is een jongere uitgave van Beatriz.

Als ze me ziet staren, schiet ze in de lach.

'Zeg maar niks, jij vindt dat ik sprekend op mijn moeder lijk, toch? Dat hoor ik altijd. Als mijn vader me wilde pesten, noemde hij me Beatriz 2.'

Haar Engels is vloeiend.

We volgen haar door een ruime hal met dakramen en kunstwerken. De woonkamer is nog fraaier: grote ramen van het plafond tot aan de vloer, openslaande deuren die toegang bieden tot een prachtig aangelegde tuin met een terras en een zwembad. Alles aan de inrichting is comfortabel en verfijnd. Ik zie marmer, hardhout en designerstoffen, allemaal smaakvol op elkaar afgestemd.

'Wat woon je hier mooi,' zegt Leo bewonderend.

'Ja, hè? Ik heb São Martinho altijd de ideale wijk van Funchal gevonden: er wonen wel veel patsers en expats, maar het is lekker dicht bij het centrum en toch rustig.'

'En het uitzicht!' voegt Leo daaraan toe.

'Ja, dat went nooit, daar ben ik elke dag weer blij mee. Ik ontbijt vaak op het terras, dan zie ik de baai van Funchal met al die boten. Schitterend. Willen jullie trouwens buiten zitten?'

'Ik hoopte al dat je dat zou voorstellen!' antwoordt Leo meteen.

Zodra we hebben plaatsgenomen, komt een jonge vrouw een grote kan water met ijsblokjes en een paar glazen bij ons neerzetten.

Olivia vraagt haar om ook koffie en thee te brengen. Daarna richt ze haar aandacht weer geheel op ons.

'Wat een weelde,' zegt Leo. 'Wat doe je, als ik vragen mag? Of ben je een rijke man getrouwd?'

Ik kijk haar verwijtend aan omdat ze zo vrijpostig is, maar Olivia schiet in de lach.

'Ik met een rijke man getrouwd? Ha, dat is eerder andersom. Ik heb Miguel leren kennen omdat we allebei voor het bedrijf werkten dat mijn grootvader heeft opgezet. Voordat opa overleed, werd Miguel bedrijfsleider – toen waren we al getrouwd. En nu is hij directeur. Ik heb me teruggetrokken van de werkvloer.'

'Wacht even, wat was dat ook alweer voor bedrijf? Je moeder heeft wel iets gezegd over een fabriek,' vraagt Leo nieuwsgierig.

'Destilaria Gomes da Madeira, zegt jullie dat iets? Al jaren de grootste honingrum- en poncha-fabriek van het eiland, zelfs van heel Portugal. We exporteren over de halve wereld.'

Ik kijk haar verbaasd aan.

'Maar waarom werkt Beatriz dan gewoon in een kledingzaak, als het bedrijf nog steeds in familiehanden is?'

Olivia lacht haar klaterende lach.

'Heeft ze er niet bij gezegd dat die kledingzaak van haar is? Ze vindt het leuk om er te werken en gedraagt zich ook als een werknemer, alleen maar om "gewoon" te zijn. Die behoefte heb ik nooit begrepen.'

'Maar jouw echtgenoot is nu dus de directeur van het familiebedrijf?' vraag ik.

'Ja, mama en ik zijn de eigenaars en beslissen op de achtergrond mee als het nodig is. Het was altijd de bedoeling dat mijn oom João op termijn opa zou opvolgen als directeur. Hij had ook grote plannen voor uitbreiding; een vestiging in Porto en misschien zelfs in Rio de Janeiro, maar toen stortte hij met zijn sportauto van een rots. Heel tragisch. Het schijnt dat hij een dier wilde ontwijken, waardoor hij zelf in het ziekenhuis belandde. Eerst leek hij er weer bovenop te komen, maar toen traden er complicaties op, en die heeft hij niet overleefd. Zo'n tragedie.'

'En jouw eigen vader dan?' informeert Leo.

'Papa was een schat van een man. Volgens mij was hij veel te artistiek en te zachtmoedig voor de zakenwereld, al is hij uiteindelijk toch in het bedrijf van mijn opa gaan werken. Tot hij kanker kreeg. Mama was ontroostbaar.'

De jonge vrouw komt terug met thee en koffie, schenkt in en verdwijnt dan weer met een knikje.

'Willen jullie er misschien iets bij eten?' vraagt Olivia. 'Nee? Ach, daar komen jullie ook niet voor, hè.'

Ze buigt zich naar me toe.

'Pien, ik ben jou een excuus schuldig. Of eigenlijk jouw moeder, maar die is er niet meer, hoorde ik.'

'Nee, ze is afgelopen jaar overleden. Tussen haar spullen vond ik de brief die jij geschreven blijkt te hebben.'

'Daar wil ik het over hebben. Het spijt me echt heel erg. Dat meen ik. Vooral omdat nu blijkt dat het volkomen onterecht was. Het moet ook pijnlijk voor je zijn geweest omdat je moeder al overleden was. Echt, sorry. Als ik dit allemaal had geweten...'

'Maar jij stuurde die brief omdat...'

'Omdat ik gemerkt had hoe erg mijn moeder er nog altijd mee zat, met alles wat haar veertig jaar geleden overkomen is,' maakt ze mijn zin af. 'Dat kwam allemaal opnieuw naar boven toen mijn grootouders overleden waren en mama bezig was hun spullen uit te zoeken. Ze wist de voornaam van jouw moeder al en vond toen ook dat adres in Nederland, dus had ze eigenlijk zelf kunnen proberen om contact op te nemen.'

Ze trekt een spijtig gezicht.

'Maar jullie kennen haar inmiddels een beetje: ze had haar ouders beloofd dat ze nooit zou proberen om haar dochter te zoeken – die ze trouwens altijd Carolina noemde, alsof ze op die manier een echt bestaand persoon van haar had gemaakt, in plaats van een schim uit haar jeugd. Maar goed, dat heeft ze dus ook nooit gedaan. Ze wilde het gewoon niet! Ook al vond ik dat zelf een misplaatste vorm van loyaliteit. Ik bedoel: ze moest toch ook loyaal zijn tegenover haar eerste dochter!'

'Dus toen heb jij maar contact opgenomen,' begrijpt Leo.

'Inderdaad. Achteraf gezien had ik dat misschien anders moeten aanpakken, maar mijn moeder had er eerst nooit iets over losgelaten en vertelde mij toen, in dat lege huis van mijn grootouders, ineens de naam van die vrouw uit Nederland. Van wie zij dus dacht dat die haar dochter had opgevoed. En omdat ik zelf ook zwanger ben, begon het heel erg voor me te leven en besloot ik dat ik moest ingrijpen. Ik was boos over het onrecht dat mijn moeder was aangedaan, en omdat ik mijn familie niets meer kon verwijten wilde ik eigenlijk alleen maar de aandacht trekken van Roos – inmiddels wist ik dus dat ze zo heette – en dit leek me de beste manier om dat te doen. Maar ze heeft nooit contact met mij opgenomen.'

'Dat had ook niet gekund,' zeg ik, op licht verwijtende toon. 'Ze is niet alleen een halfjaar geleden overleden, maar het mailadres dat erin stond werkt ook niet.'

'Wat?'

'Ik heb het verschillende keren geprobeerd. Elke keer kreeg ik een foutmelding.'

'Hoe kan dat nou?' Met een diepe frons in haar voorhoofd pakt ze haar telefoon, waarna ze even bezig is en het mij dan laat zien: 'Hier, dit mailadres heb ik er speciaal voor geopend. Nooit een mailtje gehad.'

Intussen roep ik de kopie van het mailtje op in mijn telefoon. We houden de twee toestellen naast elkaar, terwijl Leo opstaat en over onze schouders meekijkt.

Leo is ook de eerste die ziet wat er aan de hand is en ze begint hard te lachen.

'Geen wonder, je hebt een tikfout gemaakt in het mailadres,' wijst ze.

'Shit, je hebt gelijk.' Olivia kijkt hoofdschuddend naar haar display. 'Thruthbetold@gmail.com met een extra h ertussen in plaats van Truthbetold@gmail.com. Wat ontzettend stom van me!'

'Nou ja, je had wel mijn aandacht en juist omdat ik met het mailadres nergens kwam, hebben Leonor en ik deze reis geboekt. Anders was het misschien bij een paar mailtjes gebleven.'

Olivia knikt.

'En het is maar goed ook dat het zo is gelopen, want alleen door jullie heeft mijn moeder uiteindelijk toch haar zoektocht ondernomen. Weten jullie ook al dat ze inmiddels een afspraak heeft met de Aguilars, de adoptieouders van mijn halfzus?'

Dat weten we inderdaad. Ze had ons die ochtend geappt.

We drinken koffie en water, praten nog een tijdje en genieten van het uitzicht en het weer.

Na een goed halfuur zijn we klaar om te vertrekken. Onze gastvrouw loopt met ons mee naar binnen. Al pratend kijken we nog even rond in de woonkamer.

Naast het grote televisiescherm aan de muur zie ik links een foto van Olivia hangen en rechts van een man van wie ik aanneem dat hij Miguel is. Zijn lachende gezicht is ook te zien op een foto die op een antieke dressoirkast staat. Mijn blik valt op de man schuin achter hem en ik verstijf.

Olivia merkt dat er iets is en ziet dan waar ik naar kijk.

'Dat is Miguel,' vertelt ze.

Ik slik moeizaam.

'En die man achter hem?'

Leo buigt zich naar de foto toe en meldt: 'Dat is Eduardo, de neef van dokter Silva's vrouw.'

'Dacht ik al, ik herkende hem direct,' beaam ik.

'Hoe komen jullie daarbij?' vraagt Olivia verbaasd. 'Dat is José, de chauffeur van mijn man.'

43

Ik neem de foto in mijn handen en bekijk hem van dichtbij. Daarna geef ik hem zonder een woord te zeggen door aan Leo.

Die kijkt maar heel even en constateert dan: 'Geen twijfel mogelijk, dit is de Eduardo die we gezien hebben bij Silva.'

'Silva?' echoot Olivia.

'We hebben hem gezien bij de weduwe van dokter Silva, de gynaecoloog,' leg ik uit.

'Dokter Silva? Die ken ik natuurlijk. Die man was zo'n beetje de familiearts van alle Gomes-vrouwen. Al leeft hij nu niet meer. En denken jullie dat je daar onze José hebt gezien?'

'Dat denken we niet, dat weten we zeker,' reageert Leo wat fel. 'Is die José van jullie heel lang? Brede schouders? En een tattoo in zijn nek?'

Glimlachend antwoordt Olivia: 'Ja, maar dat zegt niet veel. Hij is een vechtsporter. Kickboksen, geloof ik. Al die jongens hebben overal tattoos.'

Ze haalt haar schouders op. 'José ook, net als iedereen. In elk geval kent Miguel hem al van jongs af aan. Komt uit een buurt die niet zo best bekendstaat, maar voor ons is hij altijd een voorbeeldige werknemer geweest. Ik denk dat jullie de verkeerde voor je hebben, want ik kan me niet voorstellen dat José net zou doen alsof hij een neef van onze oude gynaecoloog is.'

'Ik weet het niet. Het was een beetje een raar verhaal bij die mevrouw Silva,' zeg ik.

Meteen valt Leo me bij: 'Ja, volgens hem was die vrouw dement. En dat speelde ze daarna ook heel overtuigend. Maar toen wij daarvóór met haar praatten, was er echt niks mis met haar. Ik vond het een raar spelletje. Hij heeft ons toen, zeg maar, weggejaagd.'

'Heel agressief, inderdaad,' beaam ik. 'Zoals een vechtsporter dat zou doen.'

'Tja, wat willen jullie dat ik doe?' vraagt Olivia onzeker. 'Jullie denken onze chauffeur ergens te hebben herkend. En nu?'

Ik kijk nogmaals naar de foto. Nu zie ik dat José tegen een zwarte auto leunt. Mijn hart slaat een slag over.

'Hebben jullie een zwarte auto?'

'Eh. Nee. Maar we hebben wel een heel wagenpark. Hobby van Miguel.' Ze lacht er een beetje beschaamd bij.

Ik wijs op de foto. 'Dus deze auto is niet van jullie?'

'Nee, die is van José zelf. Hij heeft hier ook een kamer in ons huis, zodat hij kan overnachten als Miguel en hij laat thuiskomen en 's ochtends weer vroeg weg moeten. Maar meestal gaat hij naar zijn eigen flat. Dan komt hij 's ochtends in zijn eigen auto, die hij hier neerzet, waarna hij Miguel de hele dag rondrijdt.'

'Is die auto nu hier?'

'Sorry, maar waarom wil je dat weten?' Ze klinkt een beetje achterdochtig.

Ik kijk naar Leo. Die knikt.

'Wat?' vraagt Olivia verward. 'Wat is er?'

We leggen haar uit wat er gebeurd is toen we terug naar Funchal liepen na ons bezoek aan mevrouw Silva. En tijdens onze bergrit, toen we bijna het ravijn in gesneden werden.

'Was dat twee keer dezelfde auto?' wil ze weten.

'Durf ik niet te zeggen,' geef ik toe. 'Maar die tweede keer zag jouw moeder dat die zwarte auto een Portugees nummerbord had met xd erop.'

'Dus willen we het eigenlijk wel graag zeker weten,' voegt Leo daaraan toe. 'Vooral omdat wij jouw José kennen als Eduardo, is het allemaal wel heel toevallig.'

Olivia knikt bedachtzaam. 'Dat is nogal een beschuldiging. Maar als het klopt dat het Josés auto is...'

'Staat hij hier? Mogen we hem alsjeblieft zien?'

Ze aarzelt, maar draait zich dan resoluut om. 'Kom mee.' Ze neemt ons mee naar buiten en loopt naar een enorme garage naast het huis.

Er staan verschillende dure auto's, van felrood tot chic grijs. En één zwarte.

'Leo,' zeg ik in het Nederlands, 'kijk eens naar dat kenteken.'

'xd,' leest Leo hardop. 'Shit, Pien. Dit moet die auto zijn.'

Al heeft Olivia geen woord van ons gesprek verstaan, ze lijkt het wel te begrijpen. Met grote ogen kijkt ze ons aan. Dan pakt ze haar telefoon en loopt al bellend de loods uit. We zien haar geagiteerd praten. Als ze uitgesproken is, gaan we naar haar toe.

'Hij dacht mij te kunnen zeggen dat hij geen tijd heeft om te komen. Dus heb ik hem verteld dat hij zijn goedbetaalde baan kwijt is als hij niet binnen een halfuur voor mijn neus staat.'

'En?' vraagt Leo.

'Hij komt eraan.'

44

Bij hoge uitzondering heb ik misbruik gemaakt van mijn positie door eerder weg te gaan van mijn werk.
Toen ik door de vertrouwde straten van Funchal liep, op weg naar de adoptieouders van mijn dochter, leek alles om me heen een nieuwe betekenis te krijgen.
Ik heb ontzettend veel geluk gehad, want er waren maar weinig telefoontjes naar families Aguilar nodig voordat ik Dolores Santos Aguilar te spreken kreeg. Zij was vol begrip toen ik vertelde waarom ik belde en bevestigde dat ze een dochter van veertig heeft. Ze nodigde me zonder dralen uit om langs te komen.
Het kostte me niet veel moeite om het opgegeven adres te vinden, want ze wonen niet ver buiten het centrum, in een van die oude wijken. Hun huis aan de Rua da Esperança is een bescheiden woning met een kleine voortuin vol kleurrijke bloemen. De gordijnen waren uitnodigend opengeschoven, waardoor een warm ogend interieur zichtbaar was.
Mijn hart bonste van de zenuwen, maar ook van hoopvolle verwachting. Op de groengeverfde voordeur hing een klopper, op de deurpost zat een elektrische bel. Even aarzelde ik tussen die twee, toen belde ik aan.
Vrijwel meteen werd de deur opengedaan door een vrouw die Dolores moest zijn. Dan moest de man die achter haar kwam staan dus Silvano zijn. Ze leken me een jaar of tien

ouder dan ik, met een rustige, prettige uitstraling die me direct een beetje geruststelde.

Na de begroeting nodigden ze me uit om binnen te komen. Hun woonkamer was huiselijk en zag eruit alsof er echt in geleefd was. Aan de muren hingen gezinsportretten en ook foto's van een meisje in verschillende leeftijden. Centraal in het wandmeubel stond, boven de televisie, een bijzonder mooie portretfoto van haar als volwassen jonge vrouw. Links daarvan een met een jong gezin, en rechts een met een jongen en een meisje. Er schoot een brok in mijn keel.

We gingen aan tafel zitten, ik kreeg wat te drinken, en ze keken me zo begripvol aan dat ik begon te praten.

Ik had zo opgezien tegen dit gesprek, ik was er zo nerveus voor geweest, maar deze lieve mensen maakten het me ontzettend makkelijk, met hun welwillende aandacht en ongedwongen vriendelijkheid. In het begin trilde mijn stem licht, maar het ging al snel beter toen ik mijn hele verhaal deed: over mijn zwangerschap op zeer jonge leeftijd; over de pijnlijke beslissing om mijn kindje te moeten afstaan; over het feit dat ik onbedoeld hoorde dat de door mij nooit geziene baby een meisje was en dat ik haar voor mezelf Carolina noemde; over mijn jarenlange stille verlangen naar mijn eerste dochter; en over de recente ontdekking dat ze hier in Funchal was opgegroeid.

De Aguilars luisterden aandachtig, hun gezichten toonden medeleven en begrip. Ze vertelden me over henzelf, over hun gelukkige huwelijk, dat echter kinderloos bleef. Hoe ze door tussenkomst van de kerk en via een wat schimmig persoonlijk netwerk een pasgeboren dochtertje konden adopteren. Dat meisje noemden ze Maria en ze voedden haar op alsof ze hun eigen bloed was. De vernoeming naar de moeder van Jezus was expres gekozen door Dolores, in de hoop dat het kind onder bescherming van de Heilige Maagd een gelukkig leven zou leiden.

Het was alsof er tijdens ons intieme, warme gesprek een zware last van mijn schouders viel. Die lieve mensen spraken over Maria's kinderjaren, haar schooltijd en haar huwelijk. Ze lieten foto's zien en vertelden dat Maria als jonge vrouw trouwde met een jongen uit het zuiden van Madeira. Inmiddels woont ze al jarenlang met hem in Câmara de Lobos, de tweede stad van het eiland. Ze hebben twee kinderen, wat zowel de Aguilars als mij tot trotse grootouders maakt. Dat moesten het jongetje en het meisje op de foto zijn die ik in de kast had zien staan.

Dolores pakte mijn handen en zei zacht dat ze na mijn telefoontje direct naar Maria had gebeld. De Aguilars hadden haar al in haar tienerjaren onthuld dat ze geadopteerd was. Maar ze vond het toen ingewikkeld om daar iets mee te doen. Dolores en Silvano waren wat haar betreft haar ouders en zij wisten ook niets over mij.

'We hebben het helemaal aan haar gelaten of ze contact met jou wilde,' zei Dolores. 'We hielden er rekening mee dat er een dag kon komen dat haar biologische moeder op de stoep zou staan. Er was ons verzekerd dat het allemaal goed was afgehandeld, maar je hoort ook zoveel schrijnende verhalen. Maria heeft in elk geval direct gezegd dat ik haar jouw gegevens mocht doorspelen. Je mag haar altijd bellen. Ze wil graag een gesprek met je.'

Ik had me zo voorgenomen me groot te houden, maar ik begon toch onbeheerst te snikken. Ook Dolores hield het niet droog, terwijl Silvano me bemoedigend toeknikte.

Aan het eind van ons emotionele gesprek gaf Dolores me een dubbelgevouwen vel papier, waarop naast Maria's naam ook haar adresgegevens en telefoonnummer staan. De sleutel tot de dochter die ik nooit heb gekend. We namen oprecht hartelijk afscheid.

Nu kijk ik naar het opgevouwen papiertje in mijn handen: een belofte van een verbinding met het verleden en een brug naar morgen.

Van tevoren wist ik dat de weg vooruit niet gemakkelijk zou zijn, maar het kleine sprankje hoop in mijn moederhart is opgelaaid.

Ik ga een afspraak maken met Maria.

Ik kan niet wachten om haar straks, als ik thuis ben, te bellen.

En natuurlijk ook Olivia, om haar alles te vertellen.

45

Het toegangshek voor de oprijlaan gaat open, laat een glanzende imposante auto door en gaat onmiddellijk daarna weer dicht.
Ik kijk even opzij naar Leo: ook zij is onder de indruk. Wat we hier zien is een symbool van uitzonderlijke luxe en status, ver verwijderd van onze dagelijkse werkelijkheid.
Olivia komt uit de keuken, waar ze even heeft staan bellen.
'Mijn moeder heeft nieuws. Ze vertelde dat ze jullie ook een bericht heeft gestuurd,' meldt ze.
Terwijl wij onze telefoons pakken, kijkt zij uit het raam naar de auto, die langs het huis rijdt in de richting van de garageloods.
'Hèhè, daar is José,' constateert ze. 'Dat zal eens tijd worden.'
Leo en ik hebben inderdaad allebei een berichtje van Beatriz gehad: *Ben bij de adoptieouders geweest. Erg aardige mensen. Ik heb nu de gegevens van Maria (!!!) en ga haar bellen voor een afspraak. Liefs.*
'O, wat mooi!' roept Leo.
Glimlachend vertelt Olivia: 'Ja, ik had haar net aan de lijn. Ze loopt op wolken. Mij heeft ze meteen onderweg gebeld, maar ze wil rustig thuis zitten als ze Maria belt.'
'Wat ontzettend fijn voor jouw moeder dat ze met haar wil praten,' zeg ik.

'En ik zal je nog meer vertellen: ik dacht dat mijn kind het eerste kleinkind van mijn moeder zou worden, maar nee, hoor!'

'Maria heeft dus al kinderen,' begrijpt Leo.

'Yes. Twee maar liefst. Ze vroeg mij nog of ik het niet vervelend vond. Ik zal haar aandacht nu moeten gaan delen. Maar dat vind ik helemaal niet vervelend, want nu kan eindelijk die brok verdriet die ze al zo lang met zich meezeult oplossen. En ik heb ineens een neefje en een nichtje, terwijl ik tot nu toe nauwelijks familie had. Dat is wel even wennen. Maar ik ben erg benieuwd.'

Voordat ik iets terug kan zeggen, komt een man met een nors gezicht door de tuindeuren de kamer binnenlopen. Hij is nog groter dan ik me herinnerde.

'Dag José,' groet Olivia op onvriendelijke toon. 'Ik zou je aan deze dames willen voorstellen, maar volgens mij ken je ze al.'

José blijft vlak bij Olivia staan. Hij torent hoog boven haar uit, maar ze lijkt op geen enkele manier door hem geïntimideerd. Anders dan Leo en ik.

'Nooit gezien,' antwoordt hij korzelig.

'Jawel, hoor,' zegt Leo dapper. 'Jij bent Eduardo. De zogenaamde neef van mevrouw Silva.'

'Ik weet niet waar u het over hebt.'

'En je hebt ons ook niet geprobeerd van de weg te drukken met de zwarte auto die hier in de garage staat?' vraag ik.

Hij geeft geen antwoord, maar staart me alleen maar aan.

Aan Olivia is te zien dat ze ongeduldig wordt. 'José, jij denkt zeker dat wij totale idioten zijn?'

Haar stem klinkt vinnig. Als ze zo praat, zou ik niet graag ruzie met haar hebben.

De chauffeur begint zich ook duidelijk ongemakkelijk te voelen.

Met haar handen in haar zij doet ze nog een stap naar hem toe. Haar ogen spuwen vuur terwijl ze tegen hem zegt: 'Luister, José, het kan me niet schelen hoe lang jij Miguel al kent, hoe goed jullie bevriend zijn en hoe zeker jij denkt te zijn van je baan, maar als jij niet nú gaat praten, kun je meteen je spullen gaan pakken. Is dat begrepen?'
Omdat hij niet meteen reageert, vraagt ze nog feller: 'Is. Dat. Be-gre-pen?'
Hij knijpt zijn lippen even op elkaar, maar zegt dan: 'Ja, begrepen.'
'Goed. En nu wil ik weten of jij deze dames inderdaad kent.'
'Ja.'
'Wat, ja?'
'Ja, die ken ik.'
Zwaar geïrriteerd tikt ze met een van haar pumps op de grond.
Leo en ik wisselen een snelle blik. Niemand zou op dit moment graag in Josés schoenen staan.
'José...'
De dreiging in haar stem is bijna tastbaar.
De chauffeur zucht diep.
'Ja, Olivia, ik ken deze vrouwen. Ik heb ze verschillende keren gezien.'
'Waar en wanneer?'
'De afgelopen week, op diverse plekken.'
'Heb je net gedaan alsof jij de neef van mevrouw Silva was, zoals deze dames zeggen?'
'Ja.'
'En wat nog meer?'
Hij slaat zijn blik neer.
'Wat nog meer, José? En laat me dit niet nog een keer vragen!'

'Ik heb ze een paar keer een beetje geïntimideerd,' antwoordt hij kleintjes.
'Een beetje geïntimideerd?' ontploft Leo. 'Je hebt ons bijna een ravijn in gereden!'
'Nee, nee,' reageert hij geschrokken. 'Ik heb er steeds op gelet dat er niets ernstigs gebeurde. Het was alleen maar om te zorgen dat u zich bedreigd voelde.'
'Nou, dat is dan goed gelukt,' zeg ik sarcastisch. 'We zijn ontzettend geschrokken en bijna door een vangrail gereden, noem dat maar niks ernstigs.'
'Sorry.'
Hij klinkt schuldbewust, maar daar neemt Olivia geen genoegen mee.
'Ik wil nu direct van jou horen wat je precies hebt gedaan. En wanneer. Als je ook maar iets weglaat, dan zie ik dat als een reden voor onmiddellijk ontslag. En denk maar niet dat je daarna van me af bent, want ik weet je te vinden en ik kan het je heel moeilijk maken!'
'Oké, oké. Ik ben een keer langs deze dames heen gerend om ze te waarschuwen dat ze moesten stoppen met vragen stellen. En ik heb wat papieren uit hun hotelkamer gehaald. Ik heb mevrouw Silva geholpen om ze af te poeieren en ben daarna nog vlak langs hen heen gereden met de auto. En inderdaad heb ik in de bergen geprobeerd om ervoor te zorgen dat ze niet naar Curral das Freiras zouden gaan. Maar toen heb ik er echt goed op gelet dat ik ze niet te scherp afsneed, dat moet je geloven, Olivia!'
'Was jij het ook die me bij onze bergwandeling zo'n duw gaf dat ik bijna de helling afgleed?' wil ik weten.
'Ik heb wel van een afstandje toegekeken of ik niet moest ingrijpen! Dat was gelukkig niet nodig.'
'Niet dankzij jou!' verwijt Leo.
'Nee, sorry.'

Olivia kijkt hem hoofdschuddend aan.

'Maar waarom, José? Waarom in godsnaam? Wat hebben deze dames jou misdaan?'

'Helemaal niets, Olivia. Ik...' Hij slaakt een diepe zucht. 'Ik kon niet anders.'

'Wat een flauwekul,' briest ze. 'Hoezo niet?'

'Het was een opdracht.'

'Van wie?'

'Dat kan ik niet zeggen.'

Ze staart hem ongelovig aan. 'Je hebt maar één werkgever, José. Of klus je soms bij in het criminele circuit? Denk maar niet dat je hiermee wegkomt. Ik ga nu Miguel bellen.'

Als ze haar telefoon pakt, probeert José haar tegen te houden. 'Olivia, alsjeblieft...'

'Blijf hier!' gebiedt ze hem, en ze begint te bellen.

46

Thuisgekomen ga ik in mijn gemakkelijke stoel zitten, sluit mijn ogen en neem even de tijd om God te danken dat hij dit mogelijk heeft gemaakt.

Dan pak ik mijn telefoon en het papiertje dat Dolores me gegeven heeft. Mijn vingers trillen een beetje als ik het nummer intoets.

De wachttoon klinkt één, twee, drie, vier keer. Dan wordt er opgenomen.

'Olá?' *zegt een vrouwenstem.*

'Olá, sou a Beatriz.'

Even is het stil, dan vraagt ze: 'Beatriz?'

'Ja, Beatriz.' *Ik aarzel even, maar voeg er dan toch aan toe:* 'Je moeder. Je biologische moeder.'

'Ah, Beatriz! Ik had al gehoord dat je me zou bellen. Hoi! Ik ben het, Maria.'

'Maria! Wat geweldig dat je met me wilt praten. Dat heb ik ook al gezegd tegen Dolores, eh… tegen je moeder.'

'Tja, ik was toch wel nieuwsgierig.'

'O, ik ben zo blij dat je er zo over denkt. Ik maakte me zorgen, weet je…'

'Waarom?'

'Nou ja, ik dacht: misschien zit je er wel helemaal niet op te wachten.'

'Misschien vroeger niet. Toen was ik jong en vond ik het verwarrend, maar nu ik zelf kinderen heb weet ik hoe belang-

rijk het is als je je roots kent. Zullen we een afspraak maken om elkaar ook persoonlijk te ontmoeten? Zal ik naar u toe komen?'

'Ach nee, ik kom graag naar jou toe, als dat oké is. En je hebt twee kinderen, hoorde ik.'

Ze lacht. Alsof ze doorheeft dat ik die ook graag wil zien.

'U bent welkom, hoor. En ja, Rico en Marga – zoals ik Ricardo en Margarida altijd noem – zijn onze grote vreugde. Wat zullen ze ervan opkijken dat ze er zomaar een oma bij krijgen!'

Ik krijg tranen in mijn ogen en antwoord ontroerd: 'Ik kom dolgraag. Wanneer zou dat uitkomen?'

'Eh, Esto moet door de week vaak lang werken. Zou het komend weekend kunnen?'

'Natuurlijk. Zullen we meteen zaterdag afspreken?'

'Prima.'

'Goed, dan ben ik om een uur of elf bij jullie. O, en verstond ik het goed dat jouw man Esto heet?'

Weer die vrolijke lach.

'Ja, eigenlijk Estêvão. Maar wij zijn nogal van het afkorten. Mij noemt hij vaak Mar.'

Nu moet ook ik lachen en ik bedenk dat ik hopelijk zodanig deel uit mag gaan maken van hun leven dat zij me straks Bea zullen noemen.

We nemen vrolijk afscheid.

Na afloop blijf ik een tijdlang gelukzalig zitten, met mijn telefoon op mijn schoot.

Ik heb zaterdag een afspraak met mijn dochter. En haar gezin. In Câmara de Lobos.

Echt, ik kan mijn geluk niet op.

Meteen bel ik mijn andere dochter.

Olivia neemt vrijwel direct op.

'Ha mam, hoe ging het telefoongesprek?'

'O, echt geweldig. We hebben een afspraak gemaakt voor komende zaterdag. Dan ga ik naar haar en haar gezin toe!'
'Wat leuk! Zal ik je brengen?'
'Nee, dank je. Dat is lief aangeboden, maar dit moet ik zelf doen.'
'Oké, begrijp ik. Maar eh… mam?'
'Ja?'
'Zou je hierheen kunnen komen?'
'Naar jullie? Wanneer?'
'Nu meteen.'
Ik ben oprecht verbaasd: Olivia kan weleens eigengereid en zelfs koppig zijn, maar zo dwingend ken ik haar niet.
'Hoezo, meisje?'
'Ik ben hier met Pien en Leonor, en zo meteen komt Miguel. Mam, het is echt heel belangrijk dat jij daar ook bij bent. Het schijnt dat José hun onderzoek – en daardoor misschien ook dat van jou – heeft geprobeerd te saboteren.'
'Jullie chauffeur?' vraag ik.
'Onze José, ja. Ik wil echt graag dat je nu direct hierheen komt.'
'Ik kom eraan.'
Ik hang op en voel een knoop in mijn maag.

47

Beatriz arriveert eerder dan Miguel. Ze groet ons en geeft Olivia een dikke knuffel. Die lijkt in haar moeders omhelzing even te ontspannen.
Dan draait Beatriz zich om naar José. 'Wat heeft dit te betekenen, José?'
'Laten we even wachten op Miguel, mam.'
'Nooit gedacht dat de zoektocht naar Maria zoveel pieken en dalen zou kennen.'
'Tja, als het aan José had gelegen, hadden jullie die hele speurtocht niet eens uitgevoerd,' zegt Olivia, met een vernietigende blik op de chauffeur.
Terwijl wij in de comfortabele zithoek hebben plaatsgenomen is José aan de eettafel gaan zitten, op enige afstand.
Hij zegt niks, maar draait zijn hoofd weg.
Net als Olivia ongeduldig weer haar telefoon oppakt, horen we een auto aankomen. Er stopt een taxi voor het hek.
'Eindelijk, daar is hij!' Beatriz gaat rechtop staan en slaat haar armen over elkaar. Even later komt een goedgeklede, grote en knappe man met gitzwart haar via de voordeur naar binnen. Hij is een jaar of vijfendertig.
'Sorry allemaal, dat het zo lang duurde,' zegt hij in het Engels, terwijl hij zijn jasje uittrekt en dat over een van de eettafelstoelen hangt. Daarna komt hij met uitgestoken hand eerst naar Leo en daarna naar mij. 'Ik ben Miguel de Sousa, aangenaam.'

Leo en ik noemen onze namen en kijken toe hoe Miguel zijn schoonmoeder kust en vervolgens naar zijn vrouw loopt.

Duidelijk geërgerd begint hij tegen Olivia in het Portugees te ratelen, terwijl hij haar aan de elleboog naar de andere kant van de kamer meeneemt.

'Is hij boos?' vraagt Leo zachtjes aan Beatriz.

'Hij vindt het onacceptabel dat hij uit een vergadering is geroepen zonder te weten waarvoor precies, al helemaal omdat hij ook nog een taxi moest nemen omdat José ook weggeroepen was door Olivia. Maar ik ken mijn dochter en ze doet dat niet zomaar.'

Olivia is overduidelijk niet onder de indruk van zijn tirade. Ze beent terug naar waar wij zitten en vervolgt in het Engels: 'Ik eis niet voor niets dat je onmiddellijk hierheen komt, Miguel Angel de Sousa Cabrera! José heeft iets uit te leggen. Aan ons allen. Ga zitten!' Zelf neemt ze plaats in een van de fauteuils, net als haar moeder. Vervolgens draait ze zich naar de eettafel en gebiedt ze José: 'Jij ook!'

Omdat Leo en ik op de driezitsbank zitten, en de leunstoelen bezet worden door Olivia en Beatriz, rest de twee grote mannen niets anders dan plaats te nemen op de tweezitter. Daar is niet veel ruimte, dus zitten ze dicht naast elkaar, zichtbaar ongemakkelijk.

'Wat wil je nou eigenlijk?' vraagt Miguel geïrriteerd aan Olivia.

'Antwoorden,' zegt ze kortaf.

Miguel wisselt een snelle blik met José.

'Onze chauffeur heeft bekend dat hij mama, Pien en Leonor opzettelijk heeft gedwarsboomd bij hun zoektocht naar mama's eerste dochter.'

'Carolina?' vraagt Miguel.

'Ze heet Maria. Ik heb haar gevonden,' zegt Beatriz.

Miguel lijkt zich even geen raad te weten met dit nieuws. Het duurt even voordat hij glimlacht en zegt: 'Wat goed, Beatriz!'

'Nou, dat weet ik niet, als ik Olivia moet geloven. Wat heeft José tegen jullie gezegd?'

'Dat Pien en ik zo snel mogelijk Madeira moesten verlaten,' vat Leo samen.

'Exatemente!' beaamt Olivia. 'Maar om dat voor elkaar te krijgen is hij vrij ver gegaan: intimidatie, bedreiging, diefstal...'

'Poging tot moord!' gooit Leo er nog een schepje bovenop.

'Dat is niet waar!' protesteert José. 'Ik heb het op zo'n manier gedaan dat jullie geen gevaar zouden lopen.'

'Geen gevaar? Je reed ons twee keer bijna van de weg af. De tweede keer zelfs in een haarspeldbocht op weg naar boven.'

Beatriz kijkt geschokt naar de chauffeur.

'Is dat echt waar, José? Was jij dat?'

José steekt zijn handen verontschuldigend op en buigt zijn hoofd.

'Hij heeft ons een paar keer bedreigd, hij deed net alsof hij de neef van mevrouw Silva was, en hij heeft ingebroken op onze hotelkamer,' somt Leo op.

'Waarbij hij mijn mapje met papieren voor ons onderzoek heeft meegenomen.'

'José, geef antwoord.' De stem van Olivia heeft weer die onverholen dreiging.

De chauffeur kijkt op en bekent kleintjes: 'Ja, dat is waar.'

'En waarom heb je dat gedaan, José?' vraagt Olivia. En als hij niet meteen antwoord geeft, zegt ze vinnig: 'Moet ik het herhalen?'

'Het was een opdracht, meer kan ik er niet over zeggen.'

'Je begrijpt dat we je niet meer kunnen vertrouwen als werknemer als je dit soort opdrachten aanneemt. Wie heeft hier belang bij, José? En waarom leen je je voor zoiets? Had je geld nodig? Betalen wij je soms niet genoeg? En waarom ga je door als je weet dat mijn moeder hier ook bij betrokken is?' Dan kijkt ze naar Miguel, die angstvallig stil is gebleven. 'Wat mij betreft ontslaan we hem. Wat vind jij hier nou van?!' barst ze uit.

'Ik… José… wat is dit?' Miguel oogt zenuwachtig en kijkt José niet aan.

Olivia ziet het en gaat rechtop zitten. 'Miguel?' Ze staart naar hem. 'Kijk me aan.'

Miguel gaat verzitten op de bank en kijkt Olivia aan met een mix van ongemak en irritatie. 'Wat? José zal zijn redenen wel hebben. Ik zal met hem praten. Kom, José.' Hij wil opstaan, maar Olivia's kreet doet hem bevriezen.

'Niks daarvan. Nu zie ik het! Jij was het! Jij hebt José die opdracht gegeven. Hoe kon ik zo blind zijn? Jullie zullen elkaar altijd beschermen. Waarom, Miguel? Waarom?!'

Miguel gaat rechtop zitten en haalt diep adem door zijn neusgaten. 'Hoe durf…'

Voordat hij zijn vrouw kan uitkafferen onderbreek ik hem met luide stem: 'We hebben bewijs. We hebben de auto van José herkend en we weten dat hij zich heeft voorgedaan als de neef van mevrouw Silva, toen wij daar waren.'

'Als dat stomme wijf van een Silva gewoon had gedaan waarvoor wij haar betalen, was het allemaal niet nodig geweest!' barst Miguel nu uit.

Iedereen kijkt hem geschokt aan.

Meteen zwijgt hij en leunt met zijn armen over elkaar achterover.

'Afgezien van het feit dat je zojuist bekend hebt... Mag ik vragen waarom "wij" de weduwe van onze familiegynaecoloog betalen?' vraagt Beatriz ijzig.

Miguel slikt, maar blijft zwijgen en kijkt haar laatdunkend aan. Beatriz recht haar rug en knijpt haar ogen tot spleetjes.

'Lieve schoonzoon, jij bent dan misschien wel de directeur van Destilaria Gomes da Madeira, maar je schijnt te vergeten dat Olivia en ik samen vijfennegentig procent van de aandelen bezitten. Het feit dat jij de overige vijf procent hebt gekregen als bonus, zal mij er als hoofdaandeelhouder en feitelijke eigenaar van het bedrijf niet van weerhouden om jou per direct op straat te zetten als ik dat nodig vind. Bovendien ga ik morgenochtend naar mijn notaris om ervoor te zorgen dat jij na mijn dood absoluut niets van mijn erfenis krijgt.'

Hij kijkt haar geschrokken aan.

Meteen valt Olivia haar moeder bij: 'En ik hoef jou er vast niet aan te herinneren, lieve echtgenoot, dat wij niet in gemeenschap van goederen zijn getrouwd. En ik hou vooralsnog onverminderd veel van je, maar zodra ik de indruk krijg dat ik jou niet meer kan vertrouwen, zet ik onmiddellijk een punt achter dit huwelijk.'

Haar mededeling slaat bij hem in als een bom. Miguel gaat naar voren zitten en kijkt haar smekend aan.

'Maar *querida*, ik heb jou nooit iets misdaan. En ik heb het bedrijf grootgemaakt!'

'Nee, dat heeft mijn grootvader gedaan,' werpt zijn echtgenote tegen.

'Als je niet eerlijk bent, Miguel, dan zijn de gevolgen wat mij betreft definitief,' waarschuwt Beatriz kil.

'Wat mij betreft ook,' valt haar dochter haar bij.

Duidelijk gefrustreerd geeft Miguel het op.

'Goed, goed. Ik zal het vertellen. Maar het is allemaal niet wat het lijkt.'
'Dat bepalen wij wel,' antwoordt Beatriz.

48

De stilte in de woonkamer is tastbaar. Miguel zit met gebogen hoofd op de tweezitter naast José, die zijn armen over elkaar heeft geslagen en zenuwachtig op zijn lip bijt.

Tegenover hen, in de twee leunstoelen, kijken Miguels vrouw en schoonmoeder hem met strakke gezichten aan.

We schrikken op als Beatriz' telefoon gaat. Zonder te kijken wie er belt graait ze in haar tas om het ding op stil te zetten.

'Nou? Komt er nog wat van?'

Miguel zucht diep en kijkt op.

'Jullie moeten begrijpen,' begint hij met een opvallend matte toon, 'dat de Destilaria Gomes echt alles voor me is.'

Als hij ziet dat Olivia haar wenkbrauwen optrekt, voegt hij daar haastig aan toe: 'Afgezien van ons huwelijk, Olivia, want jij bent de liefde van mijn leven. Maar ik heb sinds mijn opleiding mijn hele ziel en zaligheid in het bedrijf gestoken. Jouw grootvader heeft me alles geleerd. Natuurlijk weet ik dat het niet de bedoeling was dat ik het bedrijf uiteindelijk zou gaan leiden, want dat zou vanzelfsprekend de taak van jouw broer zijn geweest, Beatriz. Maar het noodlot heeft anders bepaald.'

Hij schuift wat naar voren, zodat hij op de rand van de bank komt te zitten.

'Toen jouw vader overleed, Beatriz, stond ik er. Wanneer het nodig was heb ik dag en nacht gewerkt om te zorgen dat de Destilaria niet alleen goed draaide, maar zelfs floreerde. We breiden nu uit als nooit tevoren. Dat hebben jullie aan mij te danken!'

Beatriz lijkt niet onder de indruk van zijn relaas.

'Je hebt nog steeds geen antwoord gegeven op mijn vraag.'

'Ik wil alleen maar aangeven...' Hij valt stil, haalt diep adem en gaat dan verder. 'Ik heb de Destilaria altijd gezien als een familiebedrijf. En mezelf als familielid. Het was alsof het allemaal zo moest zijn, toen Olivia en ik getrouwd waren en ik binnen het bedrijf doorgroeide tot algemeen directeur. Voor mij was het niet meer dan logisch dat het er uiteindelijk toe zou leiden dat Olivia en ik samen de hele firma zouden bezitten. En dat, als we kinderen zouden krijgen, die het familiebedrijf op termijn zouden overnemen. Dan zou het ons bedrijf zijn, snap je?'

De twee vrouwen in de leunstoelen blijven hem onbewogen aankijken.

'Toen jij, Olivia, kwam met het verhaal dat jouw moeder in de jaren tachtig als tiener een kind had gekregen dat ze had moeten afstaan, voelde ik me nog niet bedreigd,' vertelt hij. 'Maar toen je het nodig vond om die Nederlandse vrouw een brief te schrijven – hoewel ik je dat nog zo uit je hoofd heb proberen te praten – begon ik me steeds meer zorgen te maken.'

'Jij was bang dat je je geliefde bedrijf ooit met een extra erfgenaam zou moeten delen,' begrijpt Beatriz, die hem aankijkt alsof hij iets is wat aan haar schoenzool is blijven plakken.

'Als je het zo zegt, klinkt het allemaal zo plat,' probeert hij zich te verdedigen. 'Maar jullie kunnen je niet voorstellen...'

Hij zucht diep. Zijn blik krijgt iets wanhopigs.

'Jij was heel teleurgesteld dat je geen reactie kreeg op die brief, Olivia. Ik was dolblij. Eigenlijk hoopte ik dat het hele hoofdstuk daarmee was afgesloten en dat we gewoon verder konden. We verwachten een baby, het bedrijf loopt goed, we leven als vorsten: we zijn zo bevoorrecht! Daar dank ik de lieve God elke dag voor. Daarom schrok ik zo ontzettend toen de weduwe Silva mij belde om te zeggen dat er twee Nederlandse vrouwen in haar huis op zoek waren naar een dossier van de familie Gomes. Ik had niet gedacht dat er nog iemand naar zou komen vragen.'

'Maar waarom zou ze jou bellen? En hoe wist jij van die dossiers van Silva?' vraagt Beatriz geagiteerd.

'Toen Olivia vertelde dat ze die brief naar Nederland had gestuurd, ben ik gaan nadenken waar iemand zou kunnen beginnen met de zoektocht naar Carolina. Bij het begin, de geboorte, leek me het meest logisch. Ik wist van Olivia natuurlijk dat je door dokter Silva behandeld was. En aangezien het zo'n goede vriend van je vader is geweest, was het ook niet zo moeilijk om zijn adres te vinden. Hij was nog niet zo lang overleden, dus ik ben namens het bedrijf een bezoekje aan de weduwe gaan brengen. Om te vragen of we nog iets voor haar konden betekenen. Maar ook om erachter te komen of zij misschien meer wist. Ik heb geprobeerd dat zo voorzichtig mogelijk te doen, maar het is een intelligente vrouw en ondanks haar leeftijd zeer geslepen. Ze had me snel door en vertelde dat ze dossiers had. En wat erin stond. Ze wist alles, ook over die Nederlandse vrouw. Ik vroeg haar die dossiers te vernietigen, maar dat wilde ze niet. Wat ze wel wilde, was geld.'

'Ik weet niet wat ik hoor!' Olivia kan haar woede niet meer inhouden. 'Hoe heb je dit allemaal achter mijn rug kunnen doen? Hoe kan ik je nog vertrouwen?'

'Inderdaad,' valt Beatriz haar bij, terwijl ze Miguel indringend aankijkt. 'Hoe kon je dit doen? Heb je haar betaald?'

'Ik vond het natuurlijk een belachelijk voorstel. Wat kon zo'n oude vrouw me nou maken? Maar ze pakte de telefoon om jou te bellen, Beatriz. Ik raakte in paniek en zei toe. Ik hoopte dat het daarmee klaar zou zijn. Een hele tijd hoorde ik niks, en ik dacht dat het opgelost was. Totdat die heks vorige week belde dat er twee Nederlandse vrouwen bij haar thuis op zoek waren naar informatie over Carolina. En dat ze meer geld wilde, of anders...'

'Dus ze was bepaald niet dement,' constateert Leo.

'Nee, natuurlijk niet,' antwoordt Miguel. 'Toen jullie bij haar voor de deur stonden, heeft ze meteen mij gebeld en ik stuurde direct José.' Hij kijkt naar José en knikt hem toe.

José pakt het over: 'Ik hoopte haar de mond te snoeren door nog een keer te betalen, en dat het toneelstukje als "de neef van" voldoende was om jullie bij haar weg te houden. Maar het bleek niet voldoende. Jullie bleven maar doorgaan en jullie hadden veel sneller dan verwacht contact met Beatriz.'

Daar reageer ik niet op. In plaats daarvan vraag ik aan Miguel: 'Jij zei net dat de weduwe Silva alles wist. "Ook over die Nederlandse vrouw." Bedoel je daar mijn moeder mee?'

'Ja, natuurlijk.'

Ik frons mijn wenkbrauwen en wissel een snelle blik met Leo.

'Hoezo? Wat stond er dan allemaal in het dossier dat die gynaecoloog over mijn moeder had?'

49

Mijn mond is kurkdroog terwijl ik gespannen op Miguels antwoord wacht. Hij wordt er zichtbaar ongemakkelijk van. 'Ik weet het niet precies allemaal.'
'Kom op, Miguel! We willen het hele verhaal. Ik zweer het, als je niet eerlijk kunt zijn, dan is het afgelopen tussen ons!' roept Olivia.
'Oké, oké! In het dossier stond' – hij kijkt nu naar mij – 'de naam van je vader.'
Ik adem diep in. Dit was het laatste wat ik had verwacht.
'Ja, en die luidt?' vraagt Leo ongeduldig, terwijl ze mijn hand vastpakt.
'Eh, dat is nogal gevoelige informatie, ik weet niet of...'
'Verdomme Miguel, zeg op!' barst Olivia weer uit.
'Het was João Gomes! Het was je broer, Beatriz.' Hij kijkt haar schichtig aan, alsof hij een hysterische aanval verwacht.
'Mijn broer?' weet Beatriz uit te brengen. Geen van ons lijkt deze informatie snel te kunnen verwerken. 'Maar hoe...? Maar waarom wist ik dat niet?'
Olivia staat op om bij haar moeder op de armleuning te gaan zitten. Ze strijkt over haar moeders arm. 'Oom João... was vader?'
Beatriz kijkt naar mij. Ze krijgt tranen in haar ogen. 'Dan ben jij zijn dochter. En onze nicht. Ik kan dit niet bevatten. Er is een moment geweest dat ik dacht dat jij misschien

mijn dochter was, maar dit... Ik moet Tia Ana bellen en vragen of ze hier meer van weet!'

Ik ben als versteend. Ook ik heb gedacht dat Beatriz mijn biologische moeder kon zijn, maar toen duidelijk werd dat dat niet zo was, toen Beatriz zelf haar dochter alsnog gevonden had en toen bleek dat mijn moeder alleen een rol had gespeeld bij een mogelijke adoptie door een Nederlands stel, dacht ik dat mijn verhaal hier klaar was.

'Pien, gaat het?' vraagt Leo zacht.

Ik kijk haar aan en alle spanning van de afgelopen tijd, de zoektocht naar de waarheid, de pogingen van José om die te dwarsbomen, de onzekerheden en twijfels over mijn achtergrond ballen zich samen. Ik barst in huilen uit.

Even later, nadat ik een stevige knuffel van Leo, Beatriz en Olivia tegelijk heb gekregen, lach ik door mijn tranen heen en maak me los uit onze omhelzing. We weten nog steeds niet het hele verhaal, maar het voelt op een vreemde manier opwindend om mijn nieuwe familie in de ogen te kijken.

Beatriz kijkt me glimlachend aan. 'Ongelofelijk. Wat een rijkdom ineens. Twee dochters en een nicht.' Ze bukt resoluut om haar tas te pakken en kondigt aan dat ze nu haar tante gaat bellen. 'Als er íémand meer weet, is zij het wel. Maar als dat zo is, snap ik niet waarom ze het niet heeft verteld toen we bij haar waren.'

Als ze haar telefoon te pakken heeft en naar het scherm kijkt, lijkt ze te schrikken. 'O! Dat telefoontje daarnet was van Tia Ana.' Ze belt meteen terug en loopt de kamer uit.

50

'Olá?' klinkt de broze stem van mijn tante.

'Tia Ana! Ik wilde u juist bellen toen ik zag dat u mij al gebeld had. Ik kan niet geloven wat ik zojuist gehoord heb, hier bij Olivia! En dat u dat niet eerder verteld hebt. Ik wist het allemaal niet en nu opeens word ik ingehaald door het verleden.'

'Waar heb je het over, kind? De familie Aguilar? Heb je hen al gesproken?'

'Dat vertel ik zo, belde u daarover?'

'Ja, ik was zo benieuwd. Maar er is nog iets... Over die Nederlandse vrouw die je had meegenomen.'

'Pien? Daar wilde ik het juist over hebben. Ze is mijn nicht, nietwaar?'

'Beatriz...'

'Waarom hebt u het niet eerder verteld? Dat João een kind had? En nog wel met Roos?'

'Je hebt gelijk, ik had het misschien meteen moeten vertellen. Maar je had al zoveel aan je hoofd met de zoektocht naar je dochter. Ik vroeg me af of het niet allemaal een beetje te veel voor je zou zijn, zo ineens. En ik wist niet hoe die vrouw zou reageren. Maar hoe weet jij dit eigenlijk?'

'Lang en schokkend verhaal, maar ik moet eerst weten hoe het met João zat. U zei zelf dat familie zo belangrijk was en dat u niet meer met geheimen wilde rondlopen.'

'Ik weet het. Ik weet het. En daarom belde ik ook vandaag.

Voordat ik zelf mijn graf in tuimel wil ik schoon schip maken. En zowel jouw dochter als Pien heeft het recht om te weten waar ze vandaan komt.'

'Dat vind ik ook. En daarom belde ik u. Waarom wist ik niet dat João vader zou worden?'

'Jij zat al bij ons en je vader wilde dat iedereen zo weinig mogelijk contact met je had. Blijkbaar kenden je broer en Roos elkaar al een tijdje uit het café waar zij werkte, maar die zomer zijn ze echt verliefd geworden. Eerst had je vader er geen bezwaar tegen. Ze had tenslotte geprobeerd te helpen toen ze via João had gehoord dat de familie een adoptiegezin zocht. Maar toen bleek ze zelf zwanger.'

'Nee!'

'Jazeker. Enfin, jij zat op dat moment al bij ons en Arnoldo en ik hebben het er serieus met jouw vader over gehad of Roos ook hierheen zou komen.'

'Om dat kind te laten afstaan?'

'Daar is het dus uiteindelijk niet van gekomen. Gelukkig, zou ik zeggen, want het is me later echt aan mijn hart gegaan hoeveel verdriet jij ervan had toen je je dochtertje moest afstaan.'

'Maar Roos moet toch gewoon naar Nederland zijn gegaan? Want daar is Pien geboren.'

'Klopt. Jouw vader heeft een stevig gesprek met Roos gehad. Hij vond haar geen goede partij voor João en wilde dus ook niet dat hij te weten zou komen dat zijn vriendinnetje zwanger was. Want dan zou hij onherroepelijk de romantische beslissing hebben genomen om hoe dan ook met Roos te trouwen.'

'Ja, want zo was hij wel.'

'Exatemente. Dat wist jouw vader ook maar al te goed. Dus hij maakte Roos duidelijk hoe het zou gaan: zij mocht João niets over haar zwangerschap vertellen, moest meteen naar

Nederland vertrekken en mocht nooit meer voet op Madeira zetten.'
'Meu Deus! Wat erg. Hoe heeft ze daar ooit mee akkoord kunnen gaan?'
'Het ging ook niet zonder slag of stoot. Ze ging tegen je vader in, dat João volwassen was en zelf over zijn leven kon beslissen. Dat maakte je vader alleen maar verbetener om hun relatie te beëindigen. Ze had het João al bijna zelf verteld, maar je vader hield haar net op tijd tegen. Uiteindelijk moest ze wel akkoord gaan. Want ze had natuurlijk van dichtbij meegemaakt hoe je ouders met jouw zwangerschap om waren gegaan en ze had er nota bene aan meegewerkt om een adoptiegezin te vinden. Zoiets wilde zij voorkomen.'
'Ze is dus gevlucht vanwege die dreiging?'
'Niet alleen vanwege die dreiging. Ook omdat jouw vader haar een niet te weigeren aanbod deed.'
Ik zwijg, benieuwd naar wat er zal komen.
'Je vader maakte overduidelijk dat hij er alles aan zou doen om te voorkomen dat Roos met jouw broer zou trouwen. Hij wilde dat ze wegging. En daarom bood hij geld aan om een leven met haar baby te starten in Nederland.'
'En dat heeft ze gedaan...'
'Dat heeft ze gedaan, ja. Persoonlijk kon ik het haar niet kwalijk nemen. Ze heeft een afweging gemaakt en gekozen voor wat zij dacht dat het beste zou zijn voor haar kind.'
'Die arme vrouw. En arme João.'
'Zeg dat wel. Want die jongen wist van niets. Ineens was Roos verdwenen, zonder iets te zeggen. Dus dacht João dat hij voor haar niet meer dan een soort vakantieliefde was geweest. Dat zorgde logischerwijs voor het nodige liefdesverdriet, maar ach, daar komt een man meestal wel weer overheen.'
'Maar hoe kon mijn vader dan al weten dat ze zwanger was? Dat heeft ze hem toch niet zelf verteld?'

'Zij niet, nee. Maar Francisco Silva wel.'
'Was Piens moeder ook een patiënt van hem?'
'Ja, dat moet wel. Er was destijds maar één goede afdeling Gynaecologie, met Silva aan het hoofd. Maar zeker weten doe ik het niet. In elk geval heeft Silva aan jouw vader verteld dat de vriendin van zijn zoon zwanger was.'
'Allemachtig, Tia Ana. Ik dacht dat ik het enige slachtoffer van mijn vaders mores was. Maar João heeft me ook nooit over Roos verteld. Ik zag hem in die tijd wel op zondag bij ons thuis, maar omdat hij al op zichzelf woonde en werkte, kreeg ik niet meer zoveel mee van wat hij uitspookte.'
'Ik denk dat hij zich gekwetst voelde en zich misschien wel schaamde, omdat hij zo door Roos in de steek gelaten was. Tenminste, dat dacht hij. Je weet dat hij, net als je vader, geen prater was.'
'En al die jaren hebt u dit geweten en geheim moeten houden.'
'Ik ben er niet trots op, mijn kind. En ik was het zeker niet altijd met je vader eens. Maar zoals ik al eerder zei, waren we ook afhankelijk van je vader en ik praatte het voor mezelf goed dat jij echt nog niet toe was aan het moederschap en dat João geen gedegen gezin kon beginnen met een jonge vrouw die hij net kende en die... zo anders was.'
'Anders?'
'Ja, zo zelfstandig, vrijgevochten. Die de wereld wilde zien. Dat kon nooit een goede partner worden, dachten we. Maar ook wij kenden haar natuurlijk nog niet goed en we hebben haar weinig kans gegeven.'
'En João ook niet. Ik kan er niet bij dat hij een dochter zou krijgen. En dat Pien nu mijn nichtje is... Dat arme kind kan het zelf ook nog maar amper bevatten. Ik ga gauw weer naar ze terug, zodat ik ze het hele verhaal kan vertellen. Dat begrijpt u wel, toch?'

'Vanzelfsprekend. Het spijt me nogmaals dat dit allemaal zo lang voor jullie verborgen is gehouden. Ik moet zeggen dat ik een tijdlang gedacht heb dat Roos het haar dochter ooit nog zou vertellen, en dat die opeens op de stoep zou staan. Maar dat gebeurde nooit. Misschien was het uiteindelijk te pijnlijk voor haar en wilde ze geen enkele band met onze familie. Ik kan het haar niet kwalijk nemen.'

'Ik ook niet. Ik hoop dat Pien dat ook niet zal doen. En dat ze onze familieband accepteert.'

'Laat me vooral weten hoe het verdergaat. En vertel me later nog eens hoe jij erachter bent gekomen.'

'Doe ik. Ik bel u morgen. Tot dan.'

'Dag kind.'

51

Sinds de onthullingen van tante Ana en Miguel is mijn hele bestaan veranderd. Madeira is voor mij niet langer alleen het vakantie-eiland waar mijn moeder zwanger is geworden, maar vooral ook de woonplaats van de familie van mijn vader.

Beatriz, met wie ik vanaf het begin zo'n opmerkelijk warme band had, blijkt niet alleen een lotgenote van mijn moeder te zijn, die toevallig in dezelfde tijd zwanger was. Ze is ook mijn tante. Ik moet nog altijd wennen aan het idee dat ik nu weet wie mijn vader is, maar ook aan het feit dat ik hem niet meer kan leren kennen. Ik wil zo veel mogelijk over hem te weten zien te komen. Beatriz reageerde daar heel opgelucht op. Na het gesprek met haar tante was ze bang dat ik erg kwaad op haar familie zou worden en stante pede, net als mijn moeder, wilde vertrekken. Maar ze zou er alles voor overhebben om me in de familie op te nemen, en alles wat ik maar over mijn vader wil weten te vertellen.

Ik moet toegeven dat er zoveel op me afkwam dat ik heb gezegd dat ik even tijd nodig had om het te laten bezinken. En om te bedenken hoe we in deze nieuwe familieconstellatie met elkaar zouden omgaan. Ook omdat in zekere zin de geschiedenis zich bijna had herhaald, met hoe Miguel ons had behandeld. Want dat zat me echt niet lekker. Maar daar konden Beatriz en Olivia niets aan doen. En hoewel het gemis van mijn moeder vast meespeelt in mijn behoefte om familie te hebben, voel ik me oprecht thuis bij hen.

    Olivia stelde voor om in de laatste dagen van onze vakantie meer met elkaar op te trekken om elkaar beter te leren kennen. Als ik daar open voor zou staan. Ik beloofde dat ik daarover na zou denken.

Nu zitten Leo en ik samen op een terras aan de boulevard van Funchal, met uitzicht over de oceaan. Tussen ons in staat een tafeltje met witte wijn, olijven en kappertjes. De afgelopen dagen heb ik zo veel mogelijk tijd met haar doorgebracht. Zonder haar was ik dit avontuur misschien nooit aangegaan. Het heeft ons nog dichter bij elkaar gebracht. We hebben geprobeerd nog zo veel mogelijk van de vakantie te genieten en het eiland te ontdekken.

    Zo hebben we de Risco-waterval gezien, een museum over walvisvaart bezocht en het dorpje Santana gevonden, waarin nog authentieke witte huisjes met rieten daken staan, *palheiros* genaamd.

    Op aanraden van Olivia zijn we ook naar de Cabo Girão geweest, een klif ten westen van Funchal, die meer dan een halve kilometer boven de oceaan uit komt. We liepen daar over een glazen plateau, waardoor je die gruwelijke diepte recht onder je ziet. Leo en ik hebben allebei niet echt hoogtevrees, maar toen hebben we elkaar toch maar even vastgehouden, omdat het ons allebei duizelde.

    Nu kunnen we daarom lachen. Het is echt een fantastisch eiland. Ik snap dat mijn moeder hierheen wilde en dat ze hier verliefd is geworden, en ik wil vooral dat positieve gevoel waar het allemaal mee begonnen is vasthouden. Dus ik heb een besluit genomen.

    'Vind je het echt niet erg om alleen terug naar Nederland te moeten?' vraag ik Leo.

    'Ja, wat ben je toch een slechte vriendin.'

Ik geef haar een semibeledigde tik op haar arm.

'Nee joh, het lijkt me niet meer dan logisch dat je hier nog wat meer tijd wilt doorbrengen. Ik vond het meteen al een bijzonder goed idee van je om te blijven tot na de bevalling van Olivia.'

'Ja, maar ik had het fijner gevonden als jij daar ook bij had kunnen zijn. Samen uit, samen thuis, toch?'

Leo haalt haar schouders op. 'Als je dit nodig hebt, dan moet je het doen. Dat is wat ik je steeds duidelijk probeer te maken. Dat je een keer voor jezelf kiest en doet wat goed voor jou is. En bovendien kan ik niet zo makkelijk extra vrij van mijn werk regelen als jij.'

Daar heeft ze gelijk in. Dat is het grote voordeel van je eigen zaak hebben. Gelukkig deed Indira helemaal niet moeilijk toen ik haar belde om uit te leggen wat er allemaal gebeurd was en haar vroeg of het mogelijk zou zijn als ik wat langer wegbleef. Ze verzekerde me dat zij en de andere meiden het in de tussentijd best zouden redden zonder mij en wenste me veel sterkte en plezier. Dat was toch een opluchting.

'Ik ben zo benieuwd hoe de ontmoeting tussen Beatriz en Maria is vandaag. Ik zou haar ook graag willen ontmoeten als dat kan,' zeg ik.

'Ja, je hebt er echt een grote familie bij gekregen.' Leo lacht en schenkt ons allebei nog wat wijn in. 'Vergeet niet om me foto's te sturen. En ik wil natuurlijk alles horen!'

'Ik hou je dagelijks op de hoogte,' beloof ik. 'En het eerste wat ik zal doen als ik terug in Deventer ben, is bij jou langsgaan.'

'Dat is je geraden!'

'Je vliegtuig gaat toch om elf uur?' vraag ik.

Ze kijkt op haar telefoon.

'Yep, over zes uur. Dus we hebben zo nog tijd om samen

wat te eten. Ik heb m'n spullen al ingepakt. Twee uur van tevoren moet ik op het vliegveld zijn.'
'Niet "ik", maar wij. Want ik ga je natuurlijk fatsoenlijk uitzwaaien.'
'Ach mens, dat is toch helemaal niet nodig. Ik red me wel.'
'Dat weet ik, maar probeer me maar eens tegen te houden.'
Ze grinnikt. 'Na wat ik jou hier de afgelopen twee weken allemaal heb zien doen? Ik kijk wel uit!'

52

Het is een heerlijke dag. Ik ben ruim op tijd vertrokken uit Funchal en rijd in alle rust naar het westen van het eiland. Natuurlijk ben ik daar al eerder geweest, zoals ik vrijwel alle delen van ons kleine eiland al eens bezocht heb. Maar nu ga ik naar mijn dochter, dus ik zal het met andere ogen zien.

Ooit heb ik in de vissershaven van Câmara de Lobos met mijn vader op een van die traditionele chalupas meegevaren. Hij betaalde de visser om me in zijn boot door de schilderachtige haven en zelfs een stukje de oceaan op te varen. De pijn en het ongemak als ik aan mijn vader denk is minder geworden nu ik eindelijk mijn dochter ervoor terug heb gekregen. Nu wordt alles anders!

Hoewel ik de weg ken, ben ik toch weer aangenaam verrast als ineens het pittoreske vissersplaatsje in zicht komt, genesteld in een natuurlijke haven, omgeven door steile kliffen. De huizen, geschilderd in levendige kleuren, lijken tegen de heuvels op te klimmen, in een onderling gevecht om een glimp op te vangen van de oceaan.

In de haven dobberen vissersboten op het ritme van de golven. Er gaat een enorme rust van uit.

Ik rijd het dorp binnen, levendig door de zaterdagse bedrijvigheid van de plaatselijke bevolking. Op de grote parkeerplaats bij een kerkje, niet ver van mijn bestemming, parkeer ik de auto. Het marktplein vlak bij de haven, met zijn mozaïek van zwarte en witte keien, krioelt van de mensen.

Voor mij is Câmara de Lobos niet langer slechts een deel van het eiland waarop ik altijd al gewoond heb, maar de plek waar een nieuw hoofdstuk van mijn leven op het punt staat te beginnen. Nee, dat is eigenlijk niet waar: het is geen nieuw hoofdstuk, maar een oud hoofdstuk dat eindelijk verdergaat en niet zo abrupt blijkt te eindigen als ik veertig jaar geleden dacht.

Ik haal diep adem en stap mijn auto uit.

Het adres hoef ik niet na te kijken, want dat ken ik uit mijn hoofd.

Het huis van Maria ligt verscholen in een bochtig straatje, omringd door bloeiende bomen. Het oogt klein, maar uitnodigend.

Wanneer ik het tuinhekje open, hoor ik het gelach van kinderen vanuit de achtertuin en het geluid van de zee in de verte. Mijn hart bonst inmiddels in mijn keel bij elke stap die ik dichter bij de voordeur kom. Terwijl ik zachtjes aanklop, voel ik dat mijn ademhaling onrustig wordt.

De deur gaat open en daar staat een vrouw met een lief gezicht en donker haar.

Dit is ze, zeg ik nadrukkelijk tegen mezelf. Dit is mijn dochter. Dit is Maria.

Ik slik en voel dat er tranen in mijn ogen komen.

Van tevoren had ik bedacht dat ik op dit glorieuze moment van alles zou zeggen en doen. Maar nu kan ik geen woord uitbrengen.

Maria bekijkt me eerst onderzoekend, afwachtend, maar dan breekt er een stralende glimlach door op haar gezicht.

'Mãe?' vraagt ze zacht.

Ik ben hevig ontroerd. Nu ik eindelijk oog in oog sta met mijn oudste dochter, is dit het eerste woord dat ze tegen me zegt. Moeder.

'Ja,' weet ik met grote moeite uit te brengen.

Verder zijn er geen woorden nodig. We vallen elkaar in de armen. Onze omhelzing is intens, alsof we er een gemis van veertig jaar mee kunnen uitwissen. Maar dat kunnen we natuurlijk niet. Al hebben we nog wel de rest van ons leven – of in elk geval van mijn leven – om het te proberen.

Allebei huilen we. En lachen we. Tegelijkertijd. 'Kom binnen,' zegt ze en ze gaat me voor het huis in.

'Esro is nog niet terug. Hij is verse vis aan het halen voor het avondeten.'

'Natuurlijk, geen probleem,' antwoord ik.

Dan wordt mijn aandacht getrokken door een jongetje en een meisje, die achter het huis aan het badmintonnen zijn.

'Wat zijn ze mooi,' zeg ik zacht, en ik kijk opzij naar hun moeder. 'Hoe oud zijn ze nu?'

'Acht en zes, bijna zeven.'

Ik draai me om naar Maria, en pak haar hand vast.

'Dit is zo geweldig,' vertel ik haar. 'Ik heb hier zo naar uitgekeken.'

'Ik ook, mãe.'

'Ik heb je zoveel te vertellen.'

'Ik jou ook. En daar gaan we alle tijd voor nemen. Nu is het het belangrijkste dat je hier bent. Zal ik de kinderen roepen?'

'Ja, heel graag,' antwoord ik dankbaar.

Mijn dochter laat mijn hand los, met een bijna verontschuldigend gebaar. Ze doet de keukendeur open, steekt haar hoofd om de hoek en roept naar de spelende kinderen: 'Rico, Marga, komen jullie? Oma is er.'

Juichend komen ze aangerend.

Dit is de hereniging waarvan ik nooit heb durven dromen.

53

Het meisje dat Olivia in ruil voor een tijdelijk onderkomen in het huishouden helpt – ik weet inmiddels dat ze Irina heet en uit Oekraïne komt – houdt een groot dienblad met koffie, thee, een karaf water en verschillende koekjes voor zich uit.

Terwijl ze dat allemaal voor ons uitstalt op de tafel van het terras, zegt Olivia: 'Dank je wel, Irina! Slaapt de baby inmiddels?'

Het meisje knikt.

'Mooi, bedankt.' Olivia kijkt weer naar ons, duidelijk opgelucht. 'Het is zo raar, weet je. Ik heb een hele stapel boeken gelezen over de zwangerschap en de ontwikkeling van baby's, allerlei podcasts beluisterd en tientallen filmpjes bekeken op YouTube, maar ik blijf als nieuwe moeder toch het gevoel houden dat ik tekortschiet.'

Haar moeder schiet in de lach. Ze kijkt even naar Maria en Olivia. 'Dat gevoel van tekortschieten zal nooit overgaan. Je blijft altijd in nieuwe situaties en fases komen waar je uit moet zien te vogelen wat het beste is.'

'Precies,' valt Maria haar bij. 'Ik had het beeld dat ik een heel relaxte moeder zou zijn, maar dat bleek in het begin helemaal niet te kloppen. Hormonen, slaapgebrek, nieuwe verantwoordelijkheden, ze hebben allemaal invloed op wat je doet en wat je voelt.'

Omdat ik zelf als enige van ons vieren geen kinderen heb,

voel ik me een beetje een buitenstaander in dit gesprek.
Toch vraag ik: 'Werd dat makkelijker bij nummer twee?'

'Zeker,' antwoordt Maria. 'Dan heb je als ouder toch al heel wat ervaring opgedaan. Hoewel Marga natuurlijk wel ons eerste meisje was. Dat is toch weer anders.'

'Ons eerste meisje?' herhaalt Olivia, met hoog opgetrokken wenkbrauwen. 'Dat klinkt alsof jullie nog heel wat van plan zijn.'

'Zeg nooit nooit.'

We lachen, schenken thee en koffie in en nemen allemaal een glas water en wat koekjes.

Het is de eerste keer sinds de geboorte van Lucy – voluit Teresa Lúcia – dat we met zijn vieren bij elkaar zijn. En het voelt goed. Vertrouwd.

Er is veel gebeurd sinds Leo is teruggegaan naar Nederland. Na het groepsgesprek waren Miguel en José een week lang niet welkom in de villa. Olivia en Miguel hielden wel dagelijks contact, maar er was iets beschadigd in hun band en de vraag was of die hersteld kon worden.

Totdat Olivia en Beatriz een lang en ernstig gesprek met hem voerden. Ik was er natuurlijk niet bij, maar heb er naderhand wel uitgebreid verslag van gehad. Olivia heeft hem duidelijk gemaakt dat een relatie wat haar betreft alleen kans van slagen heeft als die niet alleen gebaseerd is op wederzijdse liefde, maar ook op openheid en eerlijkheid. En Beatriz vertelde hem dat het familiebedrijf naar haar mening alleen geleid kan worden door een integere directeur, die het volle vertrouwen geniet van de eigenaren – oftewel: de familie.

Eerst had Miguel verdedigend gereageerd. Gezegd dat hij het juist had gedaan om hun toekomst veilig te stellen. Maar het drong langzamerhand tot hem door dat hij op die manier nergens kwam. Bovendien begon de tijd te dringen, want de baby zou niet lang meer op zich laten wachten. Dus bood hij uitvoerig zijn excuses aan, bezwoer hij dat zoiets nooit meer zou voorkomen en dat hij er alles aan zou doen om het geschonden vertrouwen te herwinnen. Ook aan mij en Leo. De ironie is dat hij nu waarschijnlijk meer geld kwijt is dan wanneer hij niet uit angst had gehandeld en zich er nooit mee bemoeid had. Een harde, maar wijze les.

Later vertrouwde Olivia me toe dat ze er dolblij mee was dat hun huwelijk niet ontploft was. Ze houdt onverminderd veel van Miguel en wil graag dat hij een goede vader wordt voor hun kind. Een breuk had enorm veel pijn gedaan. Zeker gezien de geschiedenis van onze moeders wil ze hun kind in een eerlijke en zo volledig mogelijke familie laten opgroeien.

José mocht ook aanblijven, onder de uitdrukkelijke voorwaarde dat hij zijn welgemeende, diepe excuses aan zou bieden aan Leo en mij. Dat heeft hij gedaan.

Zelf was ik allang blij dat het allemaal zo afliep. Ik houd niet van conflicten, zeker niet als ze mooiere dingen in de weg staan.

Nu zit ik hier op het terras van de villa, samen met mijn tante en mijn twee nichten. Inmiddels hebben Beatriz, Maria en Olivia elkaar al een aantal keer gezien en ik ben erg blij dat ik ook met Maria heb kennisgemaakt.

Hoewel ik het in eerste instantie moeilijk te verteren vond dat mijn moeder deze geschiedenis altijd voor me verborgen heeft gehouden, begrijp ik nu beter hoe vernederend en pijnlijk het voor haar geweest moet zijn. Ze probeerde niet alleen mij, maar ook zichzelf te beschermen tegen die pijn.

Ik mis haar nog steeds. Dat zal niet overgaan. Maar ik ben niet meer alleen.